마지막 섬

SON ADA

by Omer Z. Livaneli

마지막 섬

쥘퓌 리바넬리 소설

오진혁 옮김

한국 독자에게 전하는 메시지

한국에서 제 소설이 출판된다니 큰 기쁨이고 영광입니다.
저는 여러분의 역사와 예술, 문화에 깊이 매료되어왔습니다.
진심을 담아 안부를 전합니다.

It's a great pleasure and honor to have my novels published in Korea.
I have been deeply fascinated by your history, art, and culture.
With my sincere regards.

O. Z. Livaneli

Livaneli

추천사

낙원과도 같았던 작은 공동체에 탐욕스러운 외부인이 들어오고, 마을은 점점 망가져 마침내 사람이 살 수 없는 곳이 된다……. 2008년 튀르키예의 에르도안 독재 정부를 비판하기 위해 쓴 작품이라고 하지만 2022년 한국 독자들에게도 울림이 크다. 이 소설 속 '전직 대통령'이 가리키는 바는 상상력이 부족하고 두려움에 시달리는 권위주의적 정치인에 한정되지 않는다. 선동가, 악덕 대기업, 자본주의, 혹은 문명 그 자체로 해석해도 자연스럽게 읽힌다.

작품의 힘은 낙원의 파괴자에 대한 단순한 고발을 넘어, 평범한 사람들이 그 작업에 동참하는 과정과 그 후폭풍을 대단히 설득력 있게 살피는 데서 나온다. 왜 우리는 번번이 그런 권위에 굴복하는가. 왜 그런 선동에, 유혹에 휩쓸리는가. 왜 우리는 항상 뒤늦게 깨닫게 될까. 그렇게 『마지막 섬』은 우리 시대의 심오한 우화이자, 숙제가 된다. 분량은 짧지만 주제는 묵직하고, 생각할 거리는 풍성한 책.

장강명 (소설가)

차례

1장

'그'가 어느 날 갑자기 나타나기 전까지만 해도, 우리는 '절대 비밀'로 지켜왔던 그 지상 낙원에서 평온한 삶을 이어가고 있었다.

내가 그 낙원을 어떤 말로 설명해야 할지, 설명할 용기를 또 어떻게 내야 할지 모르겠다. 그 작은 섬에 있는 잣나무 숲, 천연 수족관 같은 새파랗고 투명한 바다, 형형색색의 물고기들을 볼 수 있는 아름다운 협만 그리고 순백의 유령처럼 쉬지 않고 날아다니는 갈매기들에 대해 내가 이야기해봐야, 사람들은 기껏 관광지에서 파는 엽서 속 풍경 정도나 떠올리지 않을까.

그곳은 사계절 내내 온화하고, 밤이 되면 사람의 넋을 빼놓는 재스민 향기에 뒤덮이는 외딴섬이었다. 숲속에 자리한 낡고 오래된 집과 함께 세월에 내맡겨진, 자급자족이 가능한 독립된 세상이었다.

섬의 평화로운 자연환경은 마치 말로 표현할 수 없는 생명의 비밀을 품고 있는 것 같았다. 아침이면 해수면에 드리우는 우윳빛 안개와 저녁 무렵에 얼굴을 스치고 지나가는 미풍을, 그리고 갈매기 울음소리와 함께 들려오는 바람의 속삭임과 라벤더 향기를 어떻게 설명해야 할까? 매일 동이 떠오를 무렵 눈을 비비고 일어나면, 해무에 휘감겨 마치 공중에 떠 있는 것 같은 쌍둥이 섬이 눈 앞에 펼쳐지는 건? 바닷물 속으로 잠수했다 나오며 먹이를 찾는 갈매기들은? 집마다 피어있는 보라색 부겐빌레아꽃은? 그리고, 한밤의 린덴꽃을 어떻게 설명할 수 있을까?

사실, 우리는 그렇게 사는 게 아름다운 삶이라는 걸 생각조차 못했다. 그런 삶에 너무나 익숙해져 있어서 그냥 그렇게 살아가고 있었다. 매일 보는 바다와 집 앞 갯바위에 내려와 앉은 갈매기를 아름답다고 생각하진 않았으니. 양옆으로 난 나무들의 높은 가지들이 서로 뒤엉켜 만들어 내는 그늘 속 흙길과 저녁 무렵이면 거짓말처럼 여기저기서 동시에 들려오는 이웃들의 조용한 이야기 소리, 그리고 몇몇 집에서 나는 희미한 사랑의 속삭임들도 아름답다고 우리는 생각하지 못했다. 이런 건 그냥 일상이었다. 전문적이고 뛰어난 작가가 아닌 나로서는 모든 걸 형상화해서 서술하는 형식이 좋을 것 같다. 사실 소설가인 내 친구가 이 이야기를 글로 옮겨야 했다. 하지만 우리 모두를 비탄에 빠트렸던 그의 마지막으로 인해 그가 직접 이 이야기를 전하는 건 불가능해졌다.

소설가는 오랜 세월 섬에서 나의 가장 가까운 친구였다. 소설가라면 자기만의 묘사와 글재주로 모든 이야기를 글에 녹여 여러분에게 전할 수 있었을 텐데. 그 섬과 소설가에게 벌어진 비극적인 사건 탓에 안타깝게도 내가 여러분께 들려줘야 하는 상황이 되었다. 그러다 보니 포스트모던, 비소설, 신소설 등 복잡한 묘사기술에 문외한인 나 같은 평범한 사람의 글로 여러분은 만족해야 할 것 같다.

우리는 그 당시 섬에 대해서 소문을 내고 싶지 않았기에, 섬에 관한 이야기는 일체 비밀로 하고 있었다. 그런 곳이 존재한다는 사실을 사람들에게 알리고 싶지 않았다. 세상이 갈수록 미쳐 돌아가고 있었으니 우리에게도 좋을 리가 없었다. 어떻게 알게 되었는지는 몰라도 우연히 섬을 찾게 된 40가구가 섬 주민 전부였다. 섬은 평화로웠고, 섬 주민 누구도 다른 사람의 일에 간섭하지 않았다. 내가 섬으로 왔을 땐 수많은 상처와 실망 그리고 큰 아픔을 경험한 뒤였다. 섬에서 너무 좋은 친구들을 만나게 되었고, 나는 그곳을 '마지막 섬'이라고 이름 지었다. 그렇다. 마지막 섬, 마지막 은신처, 마지막 남은 인간적인 자투리땅이 바로 그 섬이었다. 우리에게 단 한 가지 소원이 있다면, 이런 평화가 깨지지 않는 것이었다.

섬에서는 텔레비전 전파를 수신할 수 없었다. 미쳐 돌아가는 세상에서 무슨 일이 일어나고 있는지는 고작 일주일에 한 번 들르는 여객선 편으로 배달되는 신문을 통해서나 알 수 있었다. 조용한 우리만의 세상에서 와인을 곁들인 점심 식사를 마치고 해먹에서 잠들기 전, 반쯤 감긴 눈으로 읽는 신문 기사에는 갈수록 광기를 더해가는 다른 세상의 이야기가 실려 있었다. 하지만 고백하건대, 우리는 이런 소식들을 스타워즈 정도로 여겼다. 그런 바깥세상 소식들은 그 정도로 우리와 상관없는 일이었다.

그건 우리의 착각이었다. 미쳐 돌아가는 세상의 정중앙에 있는 건 다른 세상이 아니라, 바로 우리 섬이었다. 하지만 우리는 장기집권 후 어쩔 수 없이 사임한 대통령이 우리 섬에 정착하기 전까지만 해도 이 사실을 몰랐었다. 자신이 온 세상을 짊어지기나 한 것처럼 행동해왔던 대통령이 사임 이후에 휴식 차 우리 섬으로 온 것이라고 믿고 있었다.

여기서 섬의 역사에 대해 잠시 짚고 넘어가야 할 것 같다. 오래전, 재력가였던 한 사업가가 섬을 매입했다. 그는 노년에 근사한 별장을 짓고 하인과 종들을 데리고 이곳에 정착했다. 그는 말년을 세상의 분쟁들로부터 멀리 떨어진 섬에서 낚시와 오후의 낮잠을 즐기면서 지냈다고 한다.

외로움을 견디지 못해서 그랬는지, 그는 자신의 몇몇 지인들에게 섬에 별장을 짓도록 부추겼다. 그의 지인들은 섬 주인의 것만큼 크지는 않았지만, 나름의 별장들을 지었다. 사업가는 섬으로 온 사람들에게 무상으로 집터를 제공했다. 숲의 나무나 섬에서 구할 수 있는 재료들로 섬 주민 모두가 힘을 합쳐 오두막을 지었다. 꼭 필요한 자재만 육지에서 들여왔다. 초기에 섬에 정착한 사람들의 입을 통해 다른 사람들에게 알려지면서 섬에는 모두 40가구가 정착하게 되었다.

사업가는 섬이 더 커지는 걸 원치 않았고, 가구 수가 더 늘어나는 걸 허락하지 않았다. 그는 자연의 아름다움과 섬의 고요함, 수많은 식물의 터전인 숲이 망가지는 것을 원치 않았다.

그가 죽고 그의 집은 큰아들에게 상속되었다. 사업에 큰 관심이 없었던 큰아들은 육지에서 골치 아픈 경영자의 삶 대신, 섬에서 사는 걸 선택했다. 세월이 흐르면서 상속자 큰아들과 마찬가지로 섬 주민들도 섬의 주인이 누구인지 잊어버렸다. 단지 좀 더 큰 집에서 사는 평범한 섬 주민이었다.

그에게 1호라고 하는 이유는 섬의 가장 중요한 사람이나, 지도자, 이제는 기억에서 사라진 섬 주인이었기 때문이 아니었다. 섬의 이상한 전통 때문이었다. 우리는 집의 번지수로 서로를 불렀다.

인생에서 큰 실망감을 맛보고, 삶에 지쳤던 내 아버지는 몇몇 지인들의 권유로 꽤 늦게 섬에 들어왔다. 40가구로 제한된 가구 중 뒤에서 다섯 번째로 집을 짓게 되는 바람에 우리는 36호로 불렸다.

소설가 친구는 섬에 본인이나 가족의 소유로 된 집이 있는 건 아니었다. 그러나 그의 작품을 좋아했던 아주 가까운 친구가 작품을 쓰기 위해 조용한 곳을 찾던 소설가에게 자신의 집을 제공했다. 그래서 소설가는 7호가 되었다. 7호 집은 섬에 처음 지어졌던 집들 중의 하나였다. 소설가의 집은 거대한 나무들의 터널이 있는 흙길 입구에 있었다.

집의 번지수는 선착장으로부터, 1, 2, 3… 40까지 순서대로 매겨졌다. 선착장이라고 해봐야 일주일에 한 번 들르는 여객선이 닿는, 사실 직접 닿는다기보다는 여객선이 너무 커 직접 배를 대지 못하고 작은 보트로 짐을 섬으로 나르는 데 쓰이는 작고 엉성한 접안 시설이었다. 선착장 옆에는 생필품을 파는 구멍가게가 있었다. 그리고 그 구멍가게 주인이 매일 잡아 온 생선이나 해산물을 파는 지붕만 있는 생선 가게도 붙어 있었다. 가족과 함께 오래전 섬에 정착해 이제는 섬의 일부가 되어버린 이 남자에게도 우리는 짧게 '구멍가게'라는 호

칭을 사용했다. 왜냐하면, 그 집은 번지수가 없었기 때문이었다. 그는 섬 주민들의 손에서 자라다시피 한 장애인 아들 그리고 아내와 함께 구멍가게 뒤에 자리한 방 두 개의 작은 별채에 살았다.

자! 본격적으로 이야기를 시작하기 전에 섬에 관해 필요한 내용을 다 말했는지 생각 좀 해보자. 빠트린 게 있나?

당연히 이 모든 이야기를 여러분께 더 수려하고, 문학적인 문장으로 전달하고 싶지만, 단순하게 설명할 수밖에 없을 것 같다. 그건 내가 그렇게 설명할 수밖에 없어서다. 이 노트와 씨름하는 매 순간이 나 자신을 각성하게 만드는 시간이기도 하다. '현대 문학가들처럼 써, 내용보다는 서술방식에 무게를 두고 구성해 봐. 좀 용기를 내'라며 말이다.

하지만 나는 이런 게 중요하다고 생각지는 않는다. 내 목적은 글솜씨를 인정받는 것이 아니라, 우리의 이야기를 들려주는 것이다. 이 말을 하면서 나는 같은 실수를 또 하고 말았다. 이야기의 맥을 또 끊어버렸다. 하지만 약속하건대, 여기서부터는 내가 이야기의 본론으로 바로 들어가겠다. 그리고 내 생각을 여러분께 강요하지 않겠다.

섬의 일상을 완벽하게 소개하기 위해서는 언급해야 할 게 하나 또 있다. 가장 중요한 이웃이자, 우리가 이 섬에 오기 수천 년 전부터 이곳에 정착해서 섬과 하나가 된 이 섬의 진짜 주인인 갈매기에 대해서다. 갈매기를 빼고 이 섬을 설명하는 건 불가능하다. 갈매기는 야생의 울음소리를 내며 그리 깊지 않은 바닷속으로 잠수했다가 엄청난 승리를 쟁취라도 한 듯 낚아챈 물고기를 뭍으로 가져갔다. 다양한 울음소리와 특이한 음파로 봐서는 그들만의 언어가 있는 게 분명했다. 갈매기는 섬의 자갈 해변 몇 곳의 실질적인 소유주였지만, 섬 주민 누구에게도 피해를 주지 않았다. 갈매기들은 바위틈에 알을 낳았다. 암수가 번갈아 가며 그 알을 지키기 위해 수평선에서 눈을 떼지 않았고, 천적에 대비해 위협적인 자세로 경계를 섰다. 한밤중에 마치 덩치 큰 남자가 걷는 것 같은 소리를 내며 석조 테라스 위를 걸어 다니기도 했다.

우리는 갈매기들의 언어를 배울 정도로 갈매기들과 친밀하게 살아왔다. 갈매기가 언제 화가 났는지, 언제 서로에게 위험하다고 경고를 하고, 언제 구애의 노래를 부르며, 언제 새끼들을 혼내는지 우리는 알 수 있었다.

정착 초기에 섬 주민들이 한 가장 현명한 일이라면, 섬의 원주민 격인 갈매기들이 놀랄만한 행동을 자제하고, 그들의 생존을 위협하지 않은 것이었다. 갈매기들은 섬에 처음으로 발을 디딘 이상한 동물들을 의혹에 찬 눈길로 살폈을 것이다. 알과 새끼들에게 해가 될지에 대해서도 아마 몇 년에 걸쳐 시험해 보았을지도 모른다. 마침내 섬 주민과 갈매기는 공생에 성공했다. 야생의 새와 일상으로부터 탈출해 조용한 삶을 원한 사람들은 암묵적 합의를 이뤄냈다. 서로의 터전을 침범하지 않기로 한 것이다.

그러나 집 한 채가 팔리면서 그 합의는 영원히 깨져버렸다. 그때까지 단 한 채의 집도 섬에서 매매된 적이 없었다. 집주인 본인이 직접 살거나 그렇지 않으면 가까운 지인들이 살도록 했다. 그러나 24호 노인에게 어느 날 심장마비가 찾아왔다. 항상 신속하게 섬의 모든 환자를 돌봐주었던 18호 의사도 이번에는 손을 쓰지 못했다. 도시에 사는 노인의 아들은 그렇게 집을 매물로 내놓았다.

우리는 그 사실을 섬의 묘지에 아버지를 매장조차 하러 오지 않았던 아무짝에 쓸모없는 아들을 통해서가 아니라, 신문의 부동산 광고를 통해서 알게 되었다. 그 소식은 섬 전체에 어마어마한 흥분의 파장을 일으켰다. 도시의 나이트클럽에서 좀 더 즐기기 위해 집을 매물로 내놓아 아버지의 이름에 먹칠을 한 이 쓸모없는 자식에게 모두가 욕을 퍼부었다. 24호는 이 섬에서 가장 존경받는 사람 중 한 명이었다. 우리 같이 섬의 2세대들이라고 할 수 있는 30~40대들은 그를 매우 존경했다. 그는 현역으로 활동하는 동안 이 나라에서 가장 존경받고 유명했던 변호사였다. 그는 친구인 섬 주인의 초청으로 이주했었다. 라라와 나는 나중에 이주해온 사람들에 속했다. 가슴이 미어지지 않고는 그 이름조차 떠올릴 수 없는 라라가 누구인지는 잠시 후 이야기하겠다.

이사 온 지 얼마 되지 않아 누가 몇 호인지 겨우 알아가고 있을 즈음이었다. 섬 주민들은 24호, 그러니까 변호사를 존경하고 있었다. 다들 변호사를 만나고 나면 나도 감동할 것이라고 말했었다. 그와의 만남을 나 또한 간절히 기대하고 있었지만, 고요한 일상에서 그를 끌어내는 것은 아닌가 하고 나는 주저하고 있었다. 이렇다 보니, 집 밖으로 잘 나오지 않는 그와는 내가 섬으로 온 지 거의 한 달이 지나서야 마주칠 수 있었다. 그것도 참 우스꽝스러운 상황에서….

어느 날, 내가 섬에 온 지 얼마 되지 않아 친구가 된 소설가와 함께 바다에서 수영을 하고 있었다. 우리는 바다에서 해변으로 돌아오고 있었다. 그때 우리 앞에서 24호가 헤엄을 치고 있었다. 소설가는 전에 소개해주고 싶다고 했던 사람이 바로 여기 있다고 그를 향해 소리쳤다. 우리 둘은 변호사 쪽으로 헤엄치기 시작했고, 그도 우리를 향해 다가왔다.

서로가 가까워졌을 때, 나는 "만나서 너무 반갑습니다. 정말 만나 뵙고 싶었습니다. 영광입니다."라고 인사했다. 육지에서 그리고 옷을 제대로 갖춰 입은 상태에서나 의미가 있음 직한 정중한 인사말을 나는 바닷물 속 이상한 상황에서 한 것이다. 왜냐하면, 구세대에 속하는 변호사가 경외심을 불러일으킬 만한 굵직한 목소리로 너무나 정중한 인사말을 먼저 내게 했기 때문이었다. 나도 같은 방식으로 답하려 하다 보니 그렇게 되었다.

그 순간 어이없는 일이 벌어졌다. 어떤 배에서 버린 건지 몰라도 해변을 향해 파도가 쓸어가고 있던 채소 쓰레기더미가 우리가 있는 곳으로 몰려왔다. 내 입에는 오이 껍질이 붙었다. 그걸 입에서 떼어내면서 한편으로는 물을 먹지 않으려고 팔다리를 저었다. 다른 한편으로는 예의를 갖춰 그에게 인사말을 하고 있었다. 변호사의 이마에는 짓이겨진 토마토가 붙어있었다. 이렇게 해서 입과 얼굴에 붙은 채소 쓰레기를 떼어내며 헤엄을 치는 와중에 극도로 정중한 첫 대면식을 치르게 되었다.

시간이 흘러 향기로운 꽃향기가 그윽하던 어느 날 저녁, 우리는 그늘진 테라스에서 재미난 대화를 나누고 있었고, 그 이상하고 우스꽝스러운 대면식을 회상하며 다 같이 웃음을 터트렸다. 소설가는 한 술 더 떠 그 흥미로운 만남을 단편으로 쓸 생각이라고 했다. 소설가는 자기 눈 위에 있지도 않은 가지 조각을 떼어내는 시늉을 하며 최대한 예의를 갖추고 했던 정중한 인사말들을 흉내 냈다.

하지만 이제 내가 들려줄 이 이야기의 결말 때문에 소설가의 계획은 실현되지 못했다. 이 이야기를 간추려 글로 쓰는 것도 소설가와 비교하면 너무 보잘것없는 나의 몫이 되어버렸다. 변호사는 한 번도 입에 담은 적은 없었지만, 우리 또래 정도 되는 되먹지 못한 아들이 자기에게 연락 한 번 하지 않는 것에 마음이 상해 있는 것처럼 보였다. 그가 그리워하고 있는 아들의 자리를 소설가와 내가 대신하고 있었다.

그가 사망하기 사나흘 전, 해가 머리 위에 있던 정오 무렵이었다. 그는 내게 조깅을 할 생각이라고 말했었다. "몸무게가 많이 늘었어. 이거 위험한 거야. 조만간 움직이는 것도 힘들어지겠어. 갈매기가 늙었다고 날지 않는 건 아니잖아? 갈매기는 나이 먹어도 쉬지 않고 하늘을 날아다니잖아. 바다에 들어가 먹을 것도 찾고 말이야. 인간들도 이 영리한 짐승을 보고 배워야 해. 나도 이제부턴 매일 뛸 생각이네."

나는 느닷없는 그의 조깅 동기에 대해 위험하니 주의해야 한다고 했다. 마치 내가 전문가라도 되는 것처럼, "뛰지 마시고 걸으시는 건 어때요"라고 했었다. 그는 내 말에 웃어 보였다. "사실 뛴다고 한 건 빨리 걷는다는 뜻이야. 내가 이 나이에 어떻게 뛰겠어."

며칠 뒤 새벽녘, 그는 숲길에서 쓰러져있는 채로 발견되었다. 의식이 없는 상태였다. 그의 의식을 되돌리지 못한 의사는 빨리 걷는 것이 변호사의 심장에 무리를 주었을 거라고 추측했다.

섬에서 누군가 죽으면 두 가지 방식으로 장례를 치렀다. 시신을 우리가 묘지로 지정해 놓은 경치 좋은 언덕에 매장하거나, 일주일에 한 번 오는 여객선 편으로 고향에 보내는 것이었다. 하지만 여객선이 올 때까지, 그리고 여객선으로 옮기는 과정에서도 계속 얼음을 채워 넣어야 했기 때문에 고향으로 시신을 보내는 것은 현실적인 방법은 아니었다. 고인이 된 변호사(섬에서도 그를 그렇게 불렀다)는 오래전 몇몇 지인들을 통해 간편한 절차를 마련했다. 섬에서 사망한 사람에 대한 소식을 수도에 있는 주민등록사무소에 신고하고, 그 사무소에서 사망 처리하도록 했다. 사망신고 절차가 육지에서 완료되는 바람에 이 외딴섬에서 장례를 치르는 것도 불법이 아니게 되었다. 수도에서 지방 관리를 보낼 수 없을 정도로 우리 섬은 주민 수가 적은 곳이었고, 그렇다 보니 이런 식으로 처리한 것이었다.

아, 기억에서 사라진다는 것과 버려진다는 것… 그리고 혼자 남겨진다는 것!

놀랍게도 그것들은 다 소중한 의미였다. 정적인 섬에서의 삶에 필요한 것들이었다. 나는 이 글을 쓰고 있는 지금도 과거의 그날들을 떠올린다. 강탈당한 그 천국을 생각하며 가슴을 쥐어뜯으며 통곡이라도 하고 싶다.

24호 집은 사방을 둘러싸고 있는 담쟁이덩굴 속에 버려질 것이고, 세월과 함께 그 짙푸른 식물들이 집안까지 덮어 온 집을 삼켜버리게 될 것이라고 우리는 생각하고 있었다. 그러던 어느 날, 나는 신문의 부고까지 다 챙겨보는 호기심 많은 이웃이 전해준 소식을 듣고 흥분하지 않을 수 없었다. 24번 집이 매물로 나왔다는 소식이었다. 신문에는 '지상 낙원의 섬에 매물'이라는 제목 아래에 섬에 대한 자랑들이 나열되어 있었다. 집을 매물로 내놓는 것은 오랫동안 지켜왔던 작은 우리 공동체의 금기를 깨는 것이었다. 비밀 준수를 어기는 것이자, 평화를 파괴하는 것이었다. 그래서 우리 중에는 돈을 모아 24번 집을 사들이자고 제안하는 사람들마저 있었다. 하지만 섬 생활의 나태함에 빠져 있던 우리는 아무런 결론도 내지 못했고, 실행에 옮기지도 못하고 있었다. 그도 그럴 것이, 우리는 세상사에 관심이 없었다. 우리의 일상에는 교통체증, 행정업무, 세금, 양식작성, 은행업무… 이런 것이 존재하지 않았다. 우리는 아침에 대충 입은 낡은 반바지 차림으로 집에서 나와서는 친구들과 잡담이나 하고, 커피나 마시고, 어떤 날은 바다에서 수영하기도 하고, 어떤 날은 낚시를 했다. 느린 유속의 물처럼 우리는 바쁜 것 하나 없이 살아가고 있었다. 섬이 이런 삶에 우리를 중독시켰다.

어느 날, 우리는 보트 한 척이 바다를 가르며 빠른 속도로 섬을 향해 다가오고 있는 것을 발견했다. 고속정 같아 보였다. 그 배는 섬에 접근했고, 선착장에 접안했다. 공무원 풍의 양복에 검은 선글라스를 끼고 무전기를 든 남자들이 배에서 내렸다. 그들은 구멍가게와 얼마 동안 이야기를 나눈 뒤, 그와 함께 24호로 갔다. 그들은 집 안에서 한 시간 정도 머물렀다. 그들 중 한 사람은 큰 사진기로 꽤 많은 사진을 찍었다. 그리고는 섬을 돌아본 뒤 다시 보트를 타고 떠났다.

우리에겐 어떤 인사도 없이…. 그들이 떠나자마자 구멍가게가 궁금해하고 있던 우리를 불러 모았다. 구멍가게는 그들이 우리 모두의 이름을 알고 있더라는 말을 했다. 이제 확실해졌다. 섬에 중요한 사람이 오려는 것이다. 나랏일과 관련이 있는 고위층. 그러니까 우리들의 표현으로는 윗대가리 중 한 사람. 하지만 상상력이 가장 풍부한 (이곳에서는 소설가다) 사람조차도 가장 윗대가리가 올 것이라고는 예상하지 못했다.

　그러던 어느 날, '그'가 왔다. 그렇게 해서 우리 섬의 역사와 축복은 영원히 뒤바뀌게 되었다.

2장

수요일 아침, 흰색의 큰 여객선이 여느 때와 다름없는 시간에 도착했을 때, 대부분의 섬 주민은 호기심을 가득 안은 채 선착장에 모였다.

　이 호기심은 누가 올 것인가에 대한 것은 아니었다. 그사이 흘러간 몇 주 동안, 여러 인부가 와서 집 안팎을 새로 칠하고 정원도 꾸몄다. 깨진 유리창도 갈았고, 목재로 된 계단과 난간 손잡이도 사포로 밀고 니스 칠을 했다. 집에서는 빛이 났지만, 우리가 적응하기엔 힘든 광경이었다.

　정장을 입은 한 사람이 인부들에게 지시를 내리고 있었다. 민간인 옷차림을 했음에도 겉모습부터 군인인 것을 숨길 수 없었다. 이 남자는 말이 새 나가지 않도록 인부들을 계속 통제했다. 그런데도,

우리는 누가 오는지 알고 있었다. 인부들도 사람인지라 몇 마디 말실수가 없을 수는 없었다.

오랫동안 계속된 철권통치 후에 국민에게서 외면당하고, 혁명의회가 사임시켰던 전 대통령을 맞을 준비가 진행되고 있던 것이었다. 이 소식은 섬 주민 모두에게 충격이었다. 여기에 왜 오는 거지. 뭐 하려고? 수많은 의전과 공식행사, 호화생활에 젖어 있던 사람이 이 섬에 뭐가 있다고 말이야!

게다가 더 심각한 문제는 그를 지지하는 사람들이 있는 것처럼 그의 적도 있어서, 우리 섬이 테러의 목표가 될 수 있다는 것이었다. 한 번은 그가 탄 방탄 차량이 지나가던 중에 도로에서 C-4 폭약이 폭발한 적도 있었다. 그는 그 뒤로 두 번의 암살 기도도 겨우 모면했었다.

대통령이 도착하기 전, 소설가와 나는 밤새 이야기를 하며 서로가 우려하고 있는 것들을 털어놓았다. 솔직히 말하면, 나는 소설가만큼 절망적이라고 생각하지는 않았다. 전 대통령이 조용한 은퇴 생활을 누리기 위해 이곳으로 온 것에 대해 이상하다고 생각지는 않았다. 공식행사들, 국가 위기상황, 언론들의 비난들로부터 넌더리가 났을 것이라고 나는 생각했다. 이젠 늙은 심신을 조용한 우리 섬에 내맡기고 단순한 일상 속에서 쉬고 싶었을지도 모르지 않는가. 어쩌면 섬을 선택한 주요한 이유 중 하나가 경호였을 것이다. 그렇지 않은가, 누가 들키지 않고 이 작은 섬까지 접근해서 그를 암살할 수 있단 말인가?

소설가는 내가 너무 순진하다고 했다. 나는 정치에 크게 관심이 없었다. 전 대통령에 대한 부정적인 시각들이 너무 과장되었다고 생각하고 있었다. 대통령과 그 측근들이 항상 주장했듯이 '나라를 내전으로부터 구하기 위해 정권을 잡은 대통령과 그의 동료들'의 의도는 좋았던 것이라고 믿고 있었다. 섬의 평화가 깨질 것에 대해 두려워했지만, 대부분 주민은 나처럼 생각했고, 전 대통령에게 예의를 갖춰야 한다고 했다.

이런 생각을 가지고 우리는 선착장에 모였다. 우리는 사람들이 가방과 몇몇 짐을 여객선에서 보트로 옮겨 싣는 것을 구경했다. 보트는 주민들의 일주일 치 식료품도 싣고 왔다. 보트에서 내린 세 사람은 가방과 상자들을 24호로 나르기 시작했다.

보트는 다시 여객선으로 향했다. 육안으로 구분할 수 있는 거로는 여객선의 간이 계단에서 경호원들의 세심한 배려를 받아가며 흰 옷을 입은 몇 사람이 보트에 옮겨 타고 있는 모습이었다. 밀짚모자를 쓴 사람이 전 대통령인 것 같았다. 배가 가까워질수록 그 추측이 틀리지 않았다는 것을 알았다. 전 대통령은 새하얗고 말끔한 양복을 입고 있었고, 회색 넥타이를 매고 있었다. 신문을 통해서 수백 번은 봤고, 사진을 통해 눈에 익은 신념에 찬 얼굴이 우리를 향해 다가오고 있었다. 보트가 선착장에 닿았고 경호원들의 부축을 받으며 전 대통령이 우리 섬에 발을 디뎠다.

그는 근사한 지팡이를 짚고 있었다. 그의 뒤를 따라 부인으로 보이는 흰옷 입은 나이 든 여자와 두 명의 어린아이가 내렸다. 열두세 살 정도로 보이는 여자애 한 명과 남자애 한 명이었다.

선착장에 모인 우리는 이 가족에 비하면 누추하기 짝이 없었다.

우리 중에는 수영복 차림이 있는가 하면, 반바지만 입고 온 사람도 있었다. 가장 잘 갖춰 입은 옷이 반바지에 플란넬 셔츠 정도였다. 여자들도 수영복이나 반바지를 입고 있었다.

사는 곳의 환경이나 기후가 사람을 바꿔놓는다. 섬에서 십여 년 살다 보니 넥타이나 정장과 같은 옷은 목을 조르는 듯 답답했다. 시간이 흐르면서 우리도 모르는 사이에 우리는 열대 섬의 원주민들처럼 옷을 입기 시작했다. 그래서 전 대통령이 우리를 이상하게 볼 것이라는 건 충분히 예상했다. 그런데도 그의 정장과 목주름 밑을 꽉 죄어 맨 넥타이가 우리의 목을 조이는 것처럼 느껴지는 건 어쩔 수 없었다.

선착장에 무사히 올라서자 그는 지팡이를 짚었다. 그는 신대륙에 처음 발을 내디딘 뒤 그곳에 있는 반라의 원주민들 앞에 선 정복자의 태도로 우리를 훑어보았다. 그리고 굵은 목소리로 "안녕하십니까, 여러분!"이라고 큰 소리로 외쳤다. 그 목소리는 옛날, 군 복무 시절에 들었던 귀에 익은 소리였다. 대부분 주민은 반사적으로, 그리고 우리가 얼마나 우스운 모양새가 될지 생각도 하지 못한 채, 점호를 받는 군인처럼 큰 소리로 "감사합니다!"라고 소리쳤다.

소설가는 그곳에 없었지만, 워낙 호기심이 많은 친구라 숲의 어느 한구석에서 우리를 지켜보고 있을 게 분명했다. 생각이 거기에 미치자, 큰 소리로 대답한 "감사합니다!"가 영 꺼림칙했다. 하지만 한편으로는 섬의 한결같던 일상에 지루함을 느꼈던 우리에게 선착장에서 일어나고 있는 어색한 상황들은 재미나게 느껴졌다.

전 대통령은 일일이 우리와 악수하기 시작했다. 우리는 한 줄로 늘어섰다. 부인도 그의 뒤를 이어 우리와 악수를 했다. 그들과 함께 온 아이들은 악수가 빨리 끝나기를 간절히 기다리고 있었다. 맞다, 이 섬에 관해 이야기하면서 빠트린(어디 한두 개뿐일까만) 것 중의 하나가, 이 섬에는 아이들이 없다는 것이다. 학교 다닐 나이에 있는 아이가 있는 가족이라면 이 섬에 사는 게 불가능했다. 몇몇 집은 여름 방학에 자식들이나 손자들이 왔다 가곤 했다. 전 대통령의 옆에서 있던 아이들은 손자임이 분명했다. 아마도 방학이라서 함께 온 것 같았다.

섬이 우리에게 베풀어 주었던 그 많은 은혜를 우리가 이렇게 되먹지 못하게 보답하다니. 예의를 다해 원수를 맞이하고, 그것도 모자라 머리를 조아리고 악수까지 하다니. 섬이 이 모든 것을 용서해주길!

소설가 친구, 자네도 마찬가지로 우리를 용서해줬으면 좋겠어. 첫날부터 자네가 경고했음에도 우리는 듣지 않았고, 근거 없는 염세주의자라며 자네를 비난했던 걸 이해해줬으면 해!

자넨 지금 어디에 있는 거야? 자유로운 몸이야, 아니면 독방에서 고생하고 있는 거야? 살았는지 죽었는지 몰라도 언젠가 이 글을 보게 된다면 내가 자네에게 진심으로 미안해하고 있고, 가슴이 저리도록 자네를 그리워하고 있다는 것을 알아줬으면 좋겠어.

다시 처음으로 되돌아가 이런 일을 겪지 않을 수만 있다면. 전 대통령이 섬에 오지 않았더라면. 우리가 선착장에서 그와 부인을 맞이하고 예를 갖춰 24호까지 동행하지 않았었더라면. 하지만 우리는 그렇게 했다. 거기서 그친 게 아니라, 그날 저녁 큰 그늘막 밑에서 갓 잡은 생선과 우리가 담근 백포도주로 전 대통령을 위한 환영파티까지 열었다.

그때를 떠올리면, 나는 얼굴이 빨개지고 가슴이 답답하다. 그래도 환영파티에서 우리가 섬 주민 대표로 환영사를 억지로 시켰던, 온화하고 정직한 성격에 됨됨이를 갖춘 1호가 새로 온 주민을 위해 건배를 제의한 것은 언급해야 할 것 같다. 우리 모두 일어나 "환영합니다!"라고 외쳤던 것까지도.

우리의 이런 환대에 답하기 위해 전 대통령도 자리에서 일어나 답사를 했다.

그는 "친애하는 주민 여러분"이라고 점잖은 목소리로 연설을 시작했다. "아내와 본인은 섬에 처음 도착한 날, 여러분께서 보여주신 전례 없는 환영식에 감사와 고마움을 전하고 싶습니다. 우리 조국 방방곡곡이 천국과 다름없다는 걸 알 정도로 본인도 오랜 세월을 살았습니다. 하지만 이 아름다운 조국의 땅 중에서도 이 섬은 정말로 너무나 다른 세계입니다. 사람을 황홀하게 할 정도로 아름답습니다. 오랜 투쟁의 세월을 뒤로하고 아내와 함께 조용하고 평범하게 살기 위해서는 이 섬보다 더 나은 곳은 없습니다. 우리가 제대로 찾았다는 생각이 듭니다. 본인에게 오래전 이 섬에 관해 이야기해준 사람이 있습니다. 섬에 첫 집을 지을 때부터 저를 이곳으로 초청했던, 지금은 고인이 된 친구. 그러니까 최초 이 섬의 주인이었던 그의 명복을 기리고자 합니다."

이 부분에서 우리 모두는 1호를 바라보았다. 그의 아버지가 전 대통령을 초청했었다는 사실을 1호도 알고 있는지 유심히 살폈다. 전 대통령의 연설을 듣고 있는 1호도 우리만큼이나 놀란 것 같았다.

"당시에는 초청을 받고도 이 섬에 와볼 시간이 없었습니다. 하지만 섬에 관해 들었던 이야기는 제 머릿속 한구석에 항상 남아있었습니다. 섬에 와보지 못한 것이 때때로 후회가 되었다는 것을 솔직히 밝혀야만 할 것 같습니다. 은퇴한 무렵(사임이라는 말 대신, 은퇴라고 말한 점을 여러분께 강조하고 싶다) 한 신문 광고에서 이 섬에 매물로 나온 집이 있다는 소식을 접했고, 본인은 알라신이 보내주신 축복이라고 생각했습니다…."

연설은 이런 식으로 계속되었다. 전 대통령은 섬 주민들을 위한 건배사에서 "이젠 우리도 여러분의 일원입니다. 여러분들과 같은 섬 주민입니다. 우리를 이웃으로 받아주신 걸 영광으로 생각합니다!"라며 우리의 자존심을 치켜세우는 말도 잊지 않았다.

우리가 얼마나 바보처럼 순진무구하고 세상 물정을 모르는 인간들이었던가. 그때까지 그가 했던 수백 번의 정치연설을 들었던 사람들처럼, 어쩌면 우리는 전 대통령의 연설에 흥분했고, 희망과 우호적인 감정들로 찼을지도 모르겠다. 우리는 새로 온 사랑스러운 이 이웃을 순박한 얼굴을 한 귀여운 할아버지로 생각하기까지 했다.

식사 후 커피를 마실 때 섬의 부인들은 영부인의 주변으로 모였다. 영부인도 자신의 남편처럼 부인들 모임에서 회장을 맡은 것 같은 분위기를 자아냈다. 아니면 그들은 아무것도 하지 않았는데, 우리가 그런 분위기를 만들었는지도 모른다. 온화한 날씨 덕에 바다에서 불어와 얼굴을 스치고 지나가는 시원하고 습기를 머금은 부드러운 초저녁 바람은 너무 좋았다.

그런 바람이 불지 말았어야 했다. 그날 밤, 포세이돈이 바다의 암

흑 속에서 바람을 일으켜, 밤의 모든 저주스러운 폭풍을 섬으로 몰아치게 해 불운의 시작이었던 환영식을 산산조각 냈었더라면. 바다 밑의 모든 괴물이 우리를 덮쳐버렸더라면. (이것도 과하게 화려한 문장일까? 아니면 너무 문학적인가? 만약 손으로 쓴 이 글이 어느 날 인쇄된다면, 편집자가 불필요한 문장은 삭제하겠지)

소설가가 이 모임에도 참석하지 않았다는 건 말할 필요도 없을 것 같다. 소설가는 이날 전 대통령과 인사를 나누지 않은 유일한 섬 주민이었다.

소설가가 분노에 가득 차, 자기 집에서 우리를 욕하고 있는 소리가 내 귀에 들리는 것 같았다. 나는 마음속 한구석에 죄책감이 들었다. 하지만 어쩌겠는가, 내가 어떻게 할 수 있는 것도 아니었는데. 근데 내가 어떻게 처음부터 우호적인 태도를 보이게 되었지? 사실 나는 모든 섬 주민들이 하는 대로 따랐을 뿐이었다. 그래, 별로 생각하지 않았고, 분위기에 순응했을 뿐이었다. 크게 자랑할 일은 아니지만, 내가 뭘 할 수 있었단 말인가!

3장

일이 이렇게 흘러가는 이틀 동안, 나는 소설가를 보지 못했다. 한두 번 집에 들러봤지만, 문을 열어주는 사람은 없었다. 정말로 집에 없었던 것인지, 아니면 나를 벌하기 위해서였던지 간에 문은 닫혀있었다. 그가 내게 화가 나 있는 건 확실했다. 그가 왜 그러는지 나는 이해할 수 없었다. 내게 전혀 연락하지도 않았고, 나타나지도 않았다. 그는 매일 가졌던 우리의 만남도 멀리했다.

이틀 뒤 아침, 우리가 '보라색 바다'라고 부르던 곳에서 그를 발견했다. 섬에는 자갈 해변이 몇 개 있었다. 하나는 '보라색 바다', 다른 하나는 '라라'라는 이름의 작은 협만, 또 하나는 '깊은 바다'였다. 우리는 그날 바람의 세기와 파도가 약한 곳을 골라 그중 한 곳에 모이곤 했었다. 이 세 곳의 해변을 제외하고 우리는 다른 해변 전부를 갈매기들에게 양보했다. 우리는 갈매기 서식지에 절대 들어가지 않았다. 갈매기들은 알을 낳아서 품고, 새끼들을 보호하면서 인간들과는 거리를 두고 야생의 종으로 살아가고 있었다.

그날은 서풍이 불었다. 그래서 서쪽을 향하고 있는 '보라색 바다'를 피해 다른 곳으로 가야 했지만, 이상하게도 나는 '보라색 바다'로 갔다. 아마도 아무도 만나고 싶어 하지 않을 소설가가 이렇게 정반대의 행동을 하리라는 걸 내가 짐작했었던 모양이다. 내 짐작은 맞았다. 우리가 이름 붙였듯이 보라색 파도가 이는 것을 보면서 바람에 흩날린 머리카락을 모으고 있는 그를 '보라색 바다'에서 발견했다. 내 발소리를 듣고서도 그는 돌아보지 않았다. 누가 왔는지 그는 관심도 보이지 않았다. 내가 왔다는 것을 분명히 알았을 텐데도 말이다.

나는 아무 소리도 내지 않고 그의 곁에 앉았다. 우리는 일렁이다가 해변을 향해 밀려오는 물결, 해변에서 계속해서 밀려 들어왔다가 쓸려나가는 걸 반복하는 파도, 바닷속으로 잠수했다 나오는 갈매기를 한동안 바라봤다. 그리고 나는 "여기서 변호사 양반과 만났던 것을 기억해?"라고 소설가에게 물었다.

"그래!"

"웃기지 않았어?"

"웃겼지!"

나는 "영광입니다. 선생님!"이라고 하면서 입에서 오이 껍질을 떼어내는 시늉을 했다. 그는 전혀 웃지 않았다. 그리고 침묵이 다시 시작됐다. 그는 나뭇가지로 자갈밭에 뭔가를 그리려 하고 있었지만, 그 자신도 뭘 그리는 건지 모르는 것 같았다.

나는 그의 침착한 겉모습 뒤에 감춰진 극도의 분노와 긴장을 느낄 수 있었다. 그가 얼마나 몸에 힘을 주고 있었던지 깡마른 몸에서 근육이 떨리는 게 보였다. 잠시의 침묵이 지나간 뒤, 나는 그에게 이렇게 말했다.

"자신이 당한 만큼 돌려주는 것이 인간의 바른 행동이라고 생각해?"

그는 대답할까 말까 망설이는 것처럼 잠시 머뭇거리다가, "누구냐에 달린 거지!"라고 했다.

다시 우리는 침묵했다. 그러다 우리는 이런 이상한 이야기를 나누기 시작했다.

"자네에게 못된 짓을 한 사람들에게 똑같은 방법으로 갚아주는 것이 옳은 일이라고 말하는 거야?"

"무슨 소리 하는 거야?"

"이러는 거, 그들이 우리한테 했던 짓을 우리가 똑같이 반복한다는 생각은 안 들어?"

"정말로 이 정도로 순진한 거야, 아니면 순진한 척하는 거야?"라며 소설가가 처음으로 내 얼굴을 쳐다봤다.

"어쩌면 순진할지도, 정치에 대해서 자네처럼 잘 알지 못하지만, 그들이 무슨 짓을 했건…."

"정말 지금 무슨 말을 하고 있는지 모르는 모양이네."

"... 그도 사람이야!"

"착각하고 있어!"

"그럴지도, 하지만 이 상황에서 뭘 어쩌겠어. 노년의 부부를 잡아다 바다에 던져버릴까? 그 손자들까지?"

나는 그가 입을 다문 채 "그것도 모자라!"라고 중얼거리는 것을 들었다. 그의 마음속에 자리하고 있는 증오심의 농도를 알고 나니, 나는 무서워졌다. 우리 사이에 대화로 해결할 수 없을 정도로 큰 장애물이 생겼다는 걸 느낄 수 있었다. 나는 소설가를 너무 좋아했기에 그와 억지로 이 문제에서 합의점을 찾아내는 것보다는 우리의 우정이 더 중요하다고 생각했다. 그에게 내가 직접 그런 이야기를 한 적은 없었다. 그는 이런 식의 사탕발림 말을 좋아하지 않았다. 하지만 여러분께는 솔직히 말할 수 있다. 그는 내 인생에서 가장 소중한 친구였다.

우리는 '깊은 바다'로 가면 애들 같아졌다. 각자 다른 위치에서 잠수해서 바닷속 깊은 곳에서 만나서 손을 맞잡고 승리를 쟁취한 것처럼 물 위로 솟구치곤 했다. 먼저 네 개의 손이 올라왔고, 그다음에 우리가 물 위로 솟구쳐 올랐다. 저녁에는 그의 집 정원이나, 우리 집 정원에서 잔을 부딪쳐가며 문학과 인생, 사람에 관해 이야기를 나눴다. 하지만 소설가는 자신의 과거에 관해서는 입을 열지 않았다. 자신이 누구며, 왜 혼자 사는지, 섬에 오기 전에 무슨 일을 했었는지, 이 모든 것은 우리 대화에서 금기어였다. 자신의 과거에 관해서는 절대 말하지 않았다. 말이 돌고 돌다 자신에 관한 이야기로 가면, 그는 신경질적으로 이야기의 주제를 바꿔버리곤 했다.

오랜 세월 나와 함께 지낸 내 사랑, 내 여자친구도 그를 매우 좋아했다. 그녀는 혼자 있는 소설가를 위해 뭔가 방법을 찾고 싶어 했다. 하지만 섬에서는 가능성이 없었다. 사실 소설가도 자신의 처지에 불만은 없어 보였다. 그의 성격 어딘가에는 마치 갑옷을 입은 중세의 기사가 있는 것 같았다. 그걸 뚫고 들어가는 건 불가능했다.

그는 말이 없는 친구였다. 가녀린 얼굴에 웃을 때조차 사라지지 않는 근심에 찬 표정이 있었다. 문학에 관해서 이야기할 때만 그의 표정이 살아나는 게 보였다.

한 가지 덧붙이자면, 그는 늘 냉철한 비평가였다. 내 습작을 그에게 가져가 어떠냐고 물어보면, 그는 나에게 이렇게 말했다. "자네 이름이 마르셀이야?" 나는 "아니!"라고 답했다. 그는 "근데 마르셀 프루스트처럼 썼네. 프루스트식의 글을 쓰려고 했지만, 이걸 잊어서는 안 돼. 프루스트가 되는 것과 프루스트식이 되는 것 사이에는 엄청난 차이가 있어. 이 형식은 마르셀이라는 파리의 소설가가 자기가 처한 상황에서 찾아낸 자기 자신만의 형식이고, 자기 목소리야. 자네도 표현에 있어서 자네의 목소리를 찾아야만 해. 그렇지 않으면 자네가 쓴 글이 프루스트보다 낫다고 해도 프루스트 모조 작품으로 남을 뿐이야."라고 했다.

나는 이런 식으로 모멸당했지만 기분이 나쁘지는 않았다. 내 습작은 그에게 한 번 다녀온 뒤로는 방구석에 처박혔다. 그리고 나는 새 글을 쓰기 시작했다. 그는 새 습작도 맘에 들어 하지 않았다. 위협적인 말과 함께 손가락을 흔들어대며 "자네, 자네!"라고 했다. "이번에도 잡았어. 자네 이름이 조지 루이스야? 최근에 보르헤스의 책을 읽었지?"라고 물었다.

부끄럽지만 솔직히 말하면 그렇다. 보르헤스의 책을 읽었었고 감명을 많이 받았었다. 그 사람처럼 글을 쓰고 싶었다. "잊지 마, 자네의 목소리를 내야 한다는 걸! 제일 중요한 게 그거야. 자네, 자네의 목소리! 세상의 어떤 형식이나 유행에 어울리지 않을 정도로 자네의 것이 되어버린 방식 말일세. 자네 손, 자네 눈, 자네 시각, 자네 미소처럼 자네의 일부분인 것처럼 말이야."

사랑하는 나의 친구이자 혹독한 스승인 그가 지금 이 글을 읽는다면 어떻게 평가했을까? 어쩌면 처음으로 그가 원했던 것처럼 나는 형식에 대한 고민 없이 이 글을 쓰고 있고, 누구의 글도 모방하지 않고 있다. 문장이 거칠고 어색해 보이고, 중간중간 헛소리를 해도, 전혀 가치가 없다손 치더라도, 나 자신의 이야기를 써 가는 중이다. 왜냐하면, 이번엔 그럴만한 일이 있었고, 그걸 써야만 하니까. 자네가 그랬었지, 모든 이야기는 스스로 형식을 갖는다고. 아마도 그 말이 옳을지 몰라. 쓰면 쓸수록 소설(세상에 이 얼마나 위대한 단어인가!)은 자신의 형식을 갖춰가잖아. 보라색 바다에서의 그 팽팽한 긴장 속의 대화 끝에 그가 나를 측은하게 생각했던 게 분명했다. 그는 "이봐, 자네가 정치에 관심이 없는 건 알지만, 자네가 사는 세상을 이렇게까지 모른척할 권리는 없어. 오랫동안 이 나라에서는 피를 흘렸고, 국민은 서로를 적대시하는 양극의 진영으로 나눠진 채로 얼마나 많은 선동에 속아왔는지 자네도 알잖아. 그렇지?"라고 내게 물었다.

"알지 당연히!"

"서로에 대한 증오의 씨앗이 뿌리내린 민족적, 종교적 성향의 모든 집단이 서로를 죽였고, 피의 복수는 갈수록 미쳐 날뛰었던 것도 알잖아, 그렇지?"

"당연히 알지!"

이 부분에서 그는 자리에서 일어나 목소리를 높이며 내게 이렇게 말했다.

"모든 것을 알고 있군, 친구. 하지만 단 한 가지, 국민을 누가 분열시켰고 이 피의 복수극이 누구의 계획에 의해서 시작됐는지를 모르고 있어!"

그리고는 그는 나를 보라색 바다에 혼자 남겨두고 가버렸다. 나는 그의 뒷모습만 바라볼 뿐이었다.

그날은 '깊은 바다' 속에서 서로의 손을 찾으며 헤엄칠 상황은 아니었다.

4장

전 대통령과 그의 가족이 섬에 온 이후 며칠간 기억은 없다. 그들은 집에만 있었고 우리는 그들을 볼 수가 없었다. 섬은 이전의 조용하고 느린 삶으로 다시 돌아간 듯했다. 바뀐 게 있다면, 군인처럼 보이는 민간인 복장의 세 사람이 섬에 남아있었다는 것이었다. 그들은 전 대통령 가족이 섬에 정착하는 걸 돕기 위해 해변에 닻을 내린 관용 선박에서 생활했다.

그들은 검은 선글라스를 끼고 있었다. 절도 있고 신중하게 행동했으며 누구와도 대화하지 않았다. 섬 주민들과도 친분을 맺지 않았다. 독극물을 의심해서인지 구멍가게에서는 절대 물건을 사지 않고, 식사는 배에서 해결했다. 그들은 섬의 구석구석을 헤집고 다니면서 메모를 했다. 전 대통령에게 위협이 될 만한 것들과 섬 전체 치안

상태를 점검하는 게 분명했다.

우리는 그들이 조만간 섬을 떠날 것이라고 생각했다. 잠시 온 사람들이라 생각했기에, 솔직히 그들에게 관심을 두지는 않았다. 새로운 이웃이 어떤 식으로든 섬을 바꾸려 들지 않을 것이라는 믿음이 우리에게 생기기 시작하면서 우리는 만족했다. 육지에서 아주 멀리 떨어져 있는 섬이라 기자들이 몰려들 위험도 없었다. 전 대통령으로선 올바른 선택이었다.

'보라색 바다'에서의 대화 이후, 소설가가 내게 한 말에 관해 나는 오랫동안 생각했다. 그래, 그의 말이 옳았다. 이 나라는 보랏빛을 띠는 산들과 깊은 골짜기, 푸른 바다 그리고 평화를 사랑하는 사람들의 터전이었다. 하지만 불행하게도 오랫동안 계속된 내전에서 헤어나오지 못하고 있었다. 폭력을 막을 방법은 없었다. 매주 신문을 읽을 때마다 나는 마음이 아팠다. 이런 광기 어린 폭력 상황이 어떻게 온 나라를 뒤덮어버렸는지 이해할 수 없었다. 우리가 어렸을 때만 해도 나라는 조용했다. 평화롭고 아름다웠다. 지금은 여러 민족 집단, 종교세력, 무장단체, 지방 토착세력들이 국가를 상대로 분쟁을 일으켰다. 이들 집단과 세력들 간에도 충돌이 벌어졌다.

이들 중 한 세력이 정부와 친밀해져 군과 함께 자신들의 적을 공격하기도 했다. 나중에 상황이 바뀌면서 이번엔 다른 세력이 정부와 손을 잡았다.

수천 명이 감옥에 수감되었다. 감옥에서는 종종 고문으로 인한 사망 소식이 들려왔다. 외국 언론들은 우리나라의 인권침해 상황을 연일 보도하면서 집권 중인 군사쿠데타 정부를 비난했다. 예전에는 평화롭게 어울려 살았던 사람들에게 무슨 일이 있었기에 이렇게 서로 원수로 변했는지 나는 도무지 이해할 수 없었다. 우리는 분열된 세력들이 다시 예전의 관계를 회복하거나 공존할 수 없다는 것을 인정해야 했다.

이런 소식들을 접할 때면 입맛이 쓸쓸했다. 섬에 사는 우리는 서로에게는 물론, 자기 자신들에게조차 설명할 수 없는 이기적인 마음으로 "여기로 잘 왔지. 여기 안 왔으면 이 난리에서 어떻게 벗어났겠어!"라는 말을 내뱉곤 했다. 솔직히 우리는 신의 구원을 받은 운이 좋은 사람들이었다.

언론은 매번 대통령을 '국민의 아버지'라 칭했고, 나라를 구한 구원자라 치켜세웠다. 대통령은 공식 연설마다, 국론분열과 벼랑 끝까지 내몰린 국내 상황을 외부세력과 적성 국가의 공작 탓으로 돌렸다. 자신이 일으킨 쿠데타는 국민의 단합과 단결을 다시 회복하고, 국가를 통합하기 위한 행동이었다고 주장하곤 했다.

우리는 국경일에 오픈카를 타고 군중을 향해 손을 흔들거나, 어린이들의 머리를 쓰다듬는 대통령의 모습을 봐왔다. 그가 보육원이나 양로원에 방문한 것이 언론에 보도되기도 했다. 이런 뉴스는 꼭 대통령이 어린이나 노인들에게 선물을 주는 사진들로 장식되곤 했다.

사진이라고 하니 생각났는데, 그 당시를 회상하면 떠오르는 사건 하나가 있다. 바로 단체 사진 촬영이다.

계획 없고 두서없이 연상기법으로 글을 쓰다 보니, 또 이런 일이 생겼다. 이 사진 촬영에 관해 여러분도 차차 알게 될 텐데, 이건 아주 중요한 사건이었다.

전 대통령은 이웃들과 함께 단체 사진 촬영으로 섬으로 이주한 것을 '영원히 기념'하고 싶다고 섬 주민 모두에게 알렸다. 우리는 다음 날 아침에 선착장에서 모이기로 했다. 구멍가게가 모든 집을 일일이 돌아다니며 이 소식을 전달했다. 나는 그러면 안 되는 줄 알면서도 소설가의 집을 찾았다.

나는 소설가에게 "결국은 만나게 될 거잖아. 계속 숨어 있을 수는 없잖아. 제일 좋은 건 사진 촬영을 핑계로 선착장으로 와서 짧게 인사하고 그 뒤로 안 보는 거야."라고 했다. 그렇게라도 하지 않으면, 모든 관심이 소설가에게 쏠릴 테고, 전 대통령은 소설가를 편히 두지는 않을 것이라는 내 말이 통했는지, 다음 날 아침 소설가도 선착장에 나왔다. 사실, 소설가는 사람들 사이에 섞여 누구의 시선도 끌지 않았다. 나 말고는 주민 중 그 누구도 소설가가 잘 보이지 않았다는 사실조차 몰랐다. 전 대통령 역시 섬 주민들 한 명 한 명과 인사를 나눌 시간은 없었다.

한가운데 전 대통령과 부인이 자리했고, 주민들은 그들 주위에 모여 섰다. 전 대통령 경호원들은 아침의 부드러운 햇살이 모든 주민의 얼굴을 비추도록 대형을 정렬시켰다. 결혼식 사진을 찍는 직업 사진사처럼 그들은 우리 모두의 자세를 조정했다. 우리 모두가 사진 한 장에 들어갈 수 있도록 대형을 만들었다. 그리고는 그들이 들고 있던 최신 대형 사진기로 여러 각도에서 사진을 찍었다.

아, 이 순진한 생각하고는. 아, 이 빌어먹을 단순함! 나는 사진 촬영이 전 대통령의 괜찮은 제안이고, 우호의 표시 정도로 여겼다. 사진 촬영을 하면서 이상한 점이 한 가지 있었다. 경호원들이 전문가용 사진기로 너무 꼼꼼하게 주민 모두를 촬영했다는 점이었다. 하지만 나는 그냥 가볍게 넘겨버렸다. 단지 노인네가 새로운 삶의 시작에서 만나게 된 이웃들과 기념사진 정도 찍는 것으로 생각했다.

게다가, 소설가도 함께 사진을 찍도록 해서 그에게 닥쳐올 수 있는 수많은 불화를 미연에 방지했다고 생각하니 나 자신이 대견하기까지 했다.

자네가 날 용서할 수 있을까? 내가 그렇게까지 졸라대지 않았다면, 자네는 이 단체 사진에 없었을 것이고, 자네에게 재앙도 닥치지 않았을 텐데. 어쩌면 우리에게 일어난 재앙은 어쨌거나 일어날 것이었고, 우리는 이를 막을 수 없었겠지. 그렇다고 해도 그 사진 촬영이 함정이라는 것은 알아차렸어야 했는데. 나는 똑똑한 적보다 더 무서운 멍청한 아군이었어. 이젠 너무 늦었어. 내가 얼마나 후회하고, 얼마나 마음 아파하는지를 자네에게 전달할 방법이 없군. 이런 후회가 이젠 우리 모두에게 아무런 도움이 되지 못한다는 것도 잘 안다네.

단체 사진 촬영 이틀 후, 처음으로 발생한 작은 충격적인 일을 이야기해야만 할 것 같다. 전에 여러분께 이야기했던 숲길을 기억하나요? 길 양쪽으로 큰 나무들이 줄지어 있고, 그 나무의 높은 가지들이 서로 얽히면서 자연적으로 만들어지는 나무 그늘, 녹색의 터널과 같은 시원한 길을…. 정오의 햇볕 아래 구멍가게나 선착장에서 땀에 흠뻑 젖은 채로 집으로 돌아오는 길에 이 숲길로 들어서면 짙푸른 숲의 그늘이 주는 시원함 때문에 상쾌했다. 머리 위로 얽혀있는 나뭇가지가 얼마나 빽빽했는지 정오의 태양마저도 가려버렸다. 이 자연의 선물은 섬의 가장 큰 보물 중의 하나였다.

그러나 어느 날, 그 숲길의 나뭇가지가 잘려 나가는 광경을 우리는 보고 있을 수밖에 없었다. 전 대통령의 경호원들이 능숙한 솜씨로 나뭇가지들을 자르고 있었다. 나무 한 그루 한 그루를 마치 녹색의 담장처럼 만들고 있었다. 건장한 경호원들의 체력과 기술은 대단했다. 나무에 올라가는 것 정도는 일도 아니었다. 그들은 나무 꼭대기에 서로 얽혀있는 가지들을 빠른 속도로 잘라나갔다. 우리가 이 소식을 듣고 모여들었을 때는 숲길 나무의 절반 정도가 잘려 나간 뒤였다. 모여든 불쌍한 섬 주민들의 놀란 시선 속에서 길 양쪽에 거대한 벽이 만들어지기 시작했다. 자연의 원래 모습으로 멋대로 자란 나무들이 베르사유 정원의 정원사들이 조경해놓은 녹색의 동상처럼 변해있었다. 여러분들도 예상했겠지만, 우리는 첫 충격에서 깨어나자마자 경호원들을 저지하려고 했다. 그러나 그들은 우리에게 눈길도 주지 않고 하던 일을 계속했다. "각하의 명령입니다! 각하와 이야기하세요!"

보아하니 그들에게 우리들의 말이 먹혀들 것 같지 않았다. 우리는 곧바로 전 대통령의 집으로 달려가 문을 두드렸다. 우리는 그를 보자마자 '제발 저 사람들이 하는 일을 멈추게 해주세요! 대놓고 우리 나무들을 망쳐놓고 있어요!'라고 말할 참이었다. 하지만 현관문을 연 건 손녀였다. 우리는 손녀에게 당장 전 대통령을 만나고 싶다고 했다. 우리 중 성질 급한 몇몇은 집 안으로 들어가려고까지 했던 것 같다. 손녀는 놀란 표정으로 우리 얼굴을 쳐다봤다. 마치 당신들이 누군데 이렇게 달려와서는 대통령이신 우리 할아버지를 만나려하느냐는 듯한 태도였다. 손녀는 "할아버지께서는 일하고 계세요. 방해받는 것을 매우 싫어하세요!"라고 했다.

우리는 애어른 같은 손녀를 좋은 말로 설득하려 했다. 정말 급한 상황이라고 말했지만, 손녀는 들으려 하지 않았다. "일하실 때 할아버지 방에 가거나 노크를 하는 것은 절대 금지에요! 저도 들어갈 수 없어요. 12시에 오세요."

손녀는 그렇게 말하고 우리 면전에서 문을 닫아버렸다. 우리는 서로의 얼굴만 바라볼 뿐이었다. 우리는 다시 숲길로 향했다. 이젠 전 대통령을 만난다고 해도 소용이 없었다. 모든 것이 끝난 뒤였다. 나뭇가지 대부분은 잘려 나간 뒤였다. 녹색의 벽은 정확히 열을 맞춰 서 있었다. 나는 울고 싶었다. 1호가 "이건 뭔가 잘못된 게 분명해!"라고 했다. "각하가 이런 명령을 내렸을 리가 없어. 아마도 이 사람들이 잘못 알아들었을 거야. 그렇지 않고서야 전 대통령이 뭣 하러 우리 섬에서 제일 큰길가에 있는 나무들을 없애겠어."라고 했다.

몇 명이 1호의 말에 동의했다. 아마 엄청난 오해가 있는 것 같다고 했다. 전 대통령이 자기 집 앞에 있는 나뭇가지를 치라고 했는데, 이 사람들이 그걸 길가의 나무를 치라는 걸로 잘못 알아들었을 거라고 했다. 대부분의 섬 주민들은 "그래, 맞아!"라며 그 말에 동의했다. "이건 뭔가 크게 잘못된 거야. 우리 각하가 이런 명령을 내렸을 리 없어. 안 된 일이지만 어쩌겠어, 나무는 곧 자라겠지!"

오직 내 마음속에서만은 그렇지 않을 것 같다는 불길한 예감이 자리 잡았다. 소설가의 말과 순진해 빠졌다는 그의 비난이 내 머릿속에서 지워지지 않았다. 정오 무렵 전 대통령을 다시 찾아갔을 때, 내 예감이 틀리지 않았다는 것이 증명되었다.

"자 친애하는 주민 여러분, 여러분들은 오랜 세월 동안 여기서 살아왔기 때문에 눈앞에서 벌어지고 있는 무질서와 혼돈, 혼란에 익숙해져 있을 겁니다. 섬 전체를 제멋대로, 있는 그대로 놔두셨더군요. 하지만 인간 사회는 이런 식으로는 유지될 수 없습니다. 여러분 스스로도 그렇지만, 사는 곳도 정돈된 모습을 갖춰야 하는 것이 문명생활인 것입니다. 여기 오자마자 흙길의 그 흉측한 풍경이 제 눈에 밟히더군요. 나무들은 제멋대로 자라있고, 가지는 서로 뒤엉켜있었습니다. 사람이 살고 있는 곳이라 할 수 있는 문명의 모습과는 거리가 멀었습니다. 제 부하들이 돌아가기 전에 이 나무들을 정리해버린 것에 대해 여러분들은 고마워해야 할 것입니다. 정원사의 손을 거쳐 정렬된 공원이나 정원의 조경수처럼 깔끔한 나무들을 앞으로 그 길에서 보게 될 겁니다. 그리고 여러분은 여러분의 섬에 또 한 번 자긍심을 갖게 될 겁니다."

우리는 선 채로 24호의 정원에서 그의 말을 듣고 있었다. 전 대통령은 베란다에 있었기 때문에 우리보다 조금 높은 곳에 서 있었다. 그는 흰색 바지에 하늘거리는 새하얀 와이셔츠를 입고 선글라스에 흰색의 모카신 가죽신발을 신고 있었다. 손은 바지 주머니에 찔러 넣고 시선은 약간 위로 두고 있었다. 그는 청중을 사로잡는 특유의 톤으로 우리를 향해 연설하고 있었다. 우리는 그 집에 항의하기 위해 모였지만, 나무들이 멋대로 자라게 방치해 둔 것에 대해 용서를 빌어야 하는 꼴이 되고 말았다. 우리 중 1호만이 긴바지를 입고 있었다. 사실 그도 밤이건 낮이건 늘 반바지 차림이었다. 오늘처럼 긴바지를 입었던 적은 없었다.

우리 중 한두 명이 "하지만 나무들은, 그늘은…."이라고 속삭이는 듯한 소리로 반대 의견을 중얼거렸다. 전 대통령은 이 작은 소리를 듣고는 귀에 손을 대고 "예?, 잘 못들었습니다. 한 번 더 말해보시겠어요?"라고 했다.

그러자 반대 의견을 말했던 사람들은 머뭇거리면서 좀 더 큰소리로 한 번 더 말했다. "그 나무들의 가지는 서로 얽히고설켜 너무나도 멋진 그늘을 만들었습니다. 이젠 그 그늘이 사라졌습니다. 우리는 땡볕 아래 놓인 호박 신세가 돼버렸습니다."

"으음!"이라며 전 대통령은 생각에 잠긴 것 같은 표정으로 우리 모두를 훑어보았다. "그러니까 우리 중에 다른 생각을 가진 사람이 있군요. 어떤 문제에 관해 좀 다르게 생각할 수는 있습니다. 이건 자연스러운 것입니다. 이 사실을 알게 되어서 다행이군요. 사람은 모든 것을 대화로 해결합니다. 친애하는 이웃 여러분, 그럼 제가 이 문제에 대해서 생각할 시간을 좀 갖겠습니다. 조만간 여러분께 제안을 하나 내놓도록 하겠습니다."

그는 연설을 이렇게 마쳤다. 우리는 각자의 집으로 향하면서 어떤 제안을 내놓을 것인가에 대해 골똘히 생각했다. 섬의 중요한 대소사를 전 대통령이 결정하게 되었다! 소설가는 며칠 동안 우리와 섞이지 않았다. 그는 야생의 갈매기처럼 정처 없이 온종일 쏘다니거나 바닷가에 앉아 바다에 돌이나 던지며 소일하며 보냈다. 내가 저녁에 소설가를 찾아가 그날 있었는지를 이야기하자, 그가 이 말 한마디를 했다.

"이건 시작에 불과해, 순진한 친구!"

5장

우리는 벌거벗겨진 흙길에 좀처럼 적응하지 못했다. 매번 그 길을 오갈 때마다 -그러니까 하루에 적어도 세 번은 지나다녔다- 우리는 면도날로 밀어버린 대머리에 적응하지 못하는 사람 같은 그런 느낌이 들었다. 이글거리는 태양은 우리 머리 꼭대기에서 내리쬐고 있었다. 갈매기들도 우리와 마찬가지로 적응이 안 되는지 흙길 위에서 떼를 지어 날아다녔다. 갈매기들은 자신들의 시야를 가리고 있었던 얽히고설킨 나뭇가지들이 정말로 없어진 것인지 확인하기라도 하는 것처럼 하늘에서 내리꽂듯 날아왔다. 한번은 내 머리 위를 번개처럼 지나간 적도 있었다.

갈매기는 무척 빨랐다. 가까이서 날아가면 사람들이 놀라지 않을 수 없었다. 공중에서 멋지게 날아다니고 비명을 지르듯 우는 하얀색의 갈매기를 우리는 멀리서나 봐왔지 근접해서 본 적이 없었다. 그런 갈매기를 바로 눈앞에서 보면 놀랄 수밖에 없었다. 갈매기는 사람과 절대 친해지지 않았다. 갈매기는 야생의 모습을 간직한 사나운 육식 동물이었다. 게다가 섬에서의 우리 경험에 비춰보면, 갈매기는 매우 똑똑하다. 본능과 학습능력이 매우 발달한 동물이다.

갈매기의 능력에 관한 실험을 정리한 글이 생각났다. 다른 두 종의 갈매기알을 바꿔치기한 실험에 관한 글이었다. 매년 월동을 위해 이동하는 카스피해 갈매기의 알과 이동을 하지 않은 검은등갈매기의 알에서 부화한 900마리의 새끼 갈매기들을 각각 다른 어미들 품에서 자라게 한 다음, 이 새끼 갈매기들의 이주 형태를 관찰한 실험이었다.

월동을 위해 이동을 하지 않는 검은등갈매기의 새끼들은 가짜 어미를 따라 프랑스와 스페인으로 이동했고, 이동하는 종류지만 가짜 어미 품에서 자란 카스피해 갈매기도 본능에 따라 이동을 했다고 한다. 이 실험을 통해, 갈매기는 본능과 학습능력 모두 뛰어나다는 걸 증명했다. 우리 섬에 사는 갈매기는 월동을 위해 이동하는 종류가 아니었고, 가짜 어미들 품에서 자라지 않은 덕분에 이 섬에서 계속 살았다.

우리는 이 신기한 연구를 접하고 갈매기에 관해 많은 이야기를 나눴지만, 갈매기와 가까워지려는 시도는 하지 않았다. 섬 주민들은 섬을 갈매기와 공유했다. 갈매기와 우리는 각자의 구역에서 상대의 영역을 침범하지 않으며 살았다. 갈매기와 우리 사이의 가장 큰 교류라면, 고기를 잡으러 나가서 갈매기에게 주는, 표현이 맞는다면 일종의 '뇌물' 제공이었다. 만선의 고깃배가 돌아올 때 주위를 둘러싸고 날아다니는 갈매기에게 한두 마리의 전갱이나 새끼 참돔, 새끼 지중해 돔을 던져주는 걸 섬사람들은 관례처럼 해왔다. 갈매기들도 이런 호의에 젖어 있어서 생선을 던져주지 않으면 위협이라도 하듯이 하늘에서 고깃배를 향해 급강하하며 내려오곤 했다. 물고기를 던져주는 건 갈매기와 우리 사이의 이상한 놀이가 되어버렸다. 가끔 밤중에 갈매기가 테라스를 걸어 다니는 소리가 들리기도 했다.

나뭇가지들이 잘려 나가자, 갈매기들도 궁금했던지 우리가 겁을 먹을 정도로 급강하해서 아래로 내려왔다. 우리는 갈매기들의 그런 습성에 적응이 되어 있어서 아무렇지도 않았다. 그건 지금까지 누구도 피해를 본 적이 없었기 때문이기도 했다. 하지만 갈매기의 이런 습성에 적응이 되지 않은 사람들에게는 공포감을 줄 수도 있는 행동이었다. 나뭇가지가 잘려 나간 뒤, 전 대통령의 손녀에게 일이 벌어졌다. 할아버지의 죗값을 손녀가 치른 것이었다.

전 대통령의 손녀가 구멍가게에서 산 과자를 먹으며 집으로 돌아오는데 갈매기들이 손녀를 향해 내리꽂듯이 급강하를 했고, 손녀는 패닉에 빠져 손으로 머리를 감싼 채 도망쳤던 모양이었다.

그러다 손녀는 나뭇가지에 다리가 걸려 넘어졌고, 왼팔을 심하게 다쳤다. 손녀를 발견했을 땐 무서워 비명을 지르고 있었다. 여전히 갈매기들이 자기 머리 위를 날아다닌다고 생각한 모양이었다. 크게 겁을 먹은 것도 모자라, 넘어져 삔 팔은 다음날 가지처럼 진한 보라색으로 변해있었다. 의사가 손녀의 팔을 붕대로 단단히 감고 목에 걸 수 있도록 해줬지만, 쉽게 낫지 않았다.

섬 주민 모두 이런 불행한 사고에 대해 함께 슬퍼했다. 모두를 대신해서 쾌유를 비는 병문안까지 생각했지만, 우리는 용기를 내지 못했다. 이틀 뒤, 전 대통령이 우리를 집합시킬 때까지도 우리는 손녀에게 일어난 불운에 대해 우리의 마음을 전달할 기회를 찾지 못하고 있었다.

구멍가게가 섬 역사상 처음으로, 공지사항이라고 쓰인 종이를 모든 집에 전달했다. 공지사항에는 다음 날 오후 6시, 그늘막으로 모여달라는 내용이 적혀있었고, 맨 아래에는 전 대통령의 서명이 있었다.

이 초대장은 내게 묘한 과거의 향수를 불러일으켰다. 도시에서 살았던 시절에는 이런 수많은 초대나 초청장 그리고 세금 고지서 같은 것들을 받았었다. 너무 오래전 일이었다. 섬 주민 중에는 어쩌다 여객선을 타고 고향에 가서 몇 달 지내다 오는 사람들도 있었다. 하지만 나는 오랫동안 섬 밖으로 나가지 않았다. 자동차로 꽉 차서 소음 가득한 도로와 술집, 극장, 그리고 손님들로 넘쳐나는 식당이 하나도 그립지 않았다. 어쩌면 그리워하지 않는다고 생각했을지도. 구멍가게 주인이 가지고 온 회의 공지사항은 도시의 모든 혼돈을 다시금 떠올리게 했다. 그날 밤, 나는 편히 잠을 이룰 수 없었다.

우리는 다음 날 오후 6시에 -소설가도 함께- 그늘막 아래에 모였다. 전 대통령은 이번에도 흰색 옷에 막 면도를 끝낸 듯 연분홍색에 모세혈관까지 보이는 아주 말끔한 피부를 하고 우리 앞에 나타났다. 테이블은 전부 붙여서 정사각형 형태로 놓여 있었다. 전 대통령은 정사각형의 한쪽 면 정중앙에 앉아있었다. 긴 바지를 입은 주민의 수가 늘어난 게 내 눈에 띄었다. 몇 명의 이웃들이 1호의 복장에 동참한 것이었다.

우리는 그늘막 아래에 도착해서 전 대통령과 영부인에게 위로의 말을 전했다. 솔직히 많이 걱정되기도 했다. 우리 섬에 오자마자 이런 불운이 닥쳐서 우리에게 아무런 죄가 없다고 해도 미안하다는 말을 전하고 싶었다. 우리는 귀여운 손녀의 빠른 쾌유를 빈다고 위로의 말을 전했다. 사실 조숙하고 약삭빠른 손녀가 미웠지만, 그렇게 말할 수밖에. 전 대통령과 영부인은 거만하지만, 사려 있는 듯한 태도로 이런 우리의 마음을 받아주었다.

우리가 모두 자리에 앉은 뒤, 전 대통령은 유창한 연설로 중요한 이야기를 꺼냈다. 먼저 문명이 무엇인지, 인간 집단들이 어떻게 살아야 하는지, 규칙과 질서 같은 일반적인 주제에 대한 자기 생각을 이야기했다. 그리고는 "며칠 전 나뭇가지를 자르는 문제에 관해서 대화를 나누던 중, 몇몇 분들이 나무를 자르는 것은 옳지 못하다는 의사를 밝힌 바가 있습니다."라고 했다. 그는 우리를 훑어보며 물었다.

"맞습니까?"

"예!"

"좋아요. 그러니까 그 말은 이 섬에서 어떻게 살아야 하는지, 섬을 어떻게 관리해야 하는지에 있어 서로 간 생각의 차이가 있다는 말이군요. 맞습니까, 여러분?"

그는 다시 우리의 얼굴을 훑어봤다. 모두 한목소리로 "맞습니다." 라고 대답했다.

"감사합니다!"라고 그가 말했다. 왜 감사하다고 했는지 우리는 이해가 되지 않았다.

"모든 사람이 자기 생각을 주장하고, 다양한 사고들을 무질서하게 내버려 두는 시스템을 뭐라고 합니까, 여러분?"

우리는 이 질문에 대해서 이전 질문만큼 편하게 대답하지 못했다. 우리 중 한두 사람이 "야당"이라는 말도 안 되는 소리를 했다. 누구는 "다수당 연립정부"라고 했고, 제대로 얼빠진 누군가는 "테러"라는 말을 내뱉었다. 우리는 모두 심문을 받고 있는 것처럼 느꼈고, 뭔가 대답해야만 할 것 같았다. 전 대통령이 우리를 뚫어지게 바라보고 있는 바람에 대답을 하지 않으면 죄를 짓는 것 같은 느낌이 들었다.

"아닙니다, 이웃 여러분. 말씀드리죠. 무정부, 무정부 상태입니다! 모두가 자기 목소리를 높이는 시스템을 무정부 상태라고 하죠! 맞습니까?"

이번에는 모두 한목소리로 "맞습니다!"라고 소리쳤다. 모두 한목소리라고 내가 말한 건 말이 그렇다는 것이다. 전 대통령과 가장 먼 구석에 앉아있었고, 가끔 내 눈에 들어온 소설가는 계속 앞만 보고 있었다. 테이블 위에 있는 벌레 한 마리를 관찰이라도 하듯이 시선을 한 곳에서 떼지 않았다.

연설이 이어지는 동안, 구멍가게는 몇몇 주민의 요청으로 홍차와 물을 쟁반에 담아 테이블로 다가왔다. 전 대통령은 강한 어조로 "아니!"라며 그를 그 자리에 멈춰 세웠다. "그건 나중에 하세요! 지금은 일해야 하니. 중요한 회의를 하고 있습니다. 30분 정도 홍차나 커피 안 마셨다고 사람이 죽진 않아요. 그렇지 않습니까, 여러분? 맞습니까?"

"맞습니다!"

"자 봅시다. 더는 시간 끌지 말도록 하죠. 모든 인간 사회와 마찬가지로 섬 주민 여러분도 무정부 상태에서 살기를 원치 않을 겁니다. 그렇지 않나요?"

"예, 그렇습니다!"

"좋습니다! 상황이 이렇게 되니 생각을 하게 되는군요. 우리 섬의 기본적인 문제를 두고 주민들 간에 생각 차이가 존재합니다. 그렇다면 이런 문제를 해결하기 위해서 본인은 섬에 관리조직을 둬야 한다는 생각을 했습니다. 이웃한테서 들은 바에 따르면 -그 와중에 고개로 1호를 지목하며- 이 섬에는 지금까지 운영위원회가 없었다고 하더군요. 모든 것을 흘러가는 대로 내버려 둔 거죠. 맞습니까?"

"맞습니다!"

이 "맞습니다."라는 대답들이 이젠 우리 마음을 편안하게 해주기 시작했다.

전 대통령은 "이 섬에는 운영위원회가 필요합니다, 여러분!"이라며 연설을 이어갔다. "필요하면 섬과 관련된 문제에 결정을 내리고, 우리 생활이 더 평화롭고 누구에게도 불편을 끼치지 않으며 살 수 있도록 만들어주는, 생각의 차이를 극복할 수 있게 도와주는 운영위원회 말입니다. 이런 위원회를 구성하는 데도 방식이 있습니다. 이 방식은 물론 민주적이어야 합니다. 민주주의야말로 가장 위대한 가치입니다. 그렇지 않습니까? 여러분."

"그렇습니다!"

나는 소설가가 앉아있던 자리로 눈을 돌렸다. 그는 아무도 눈치채지 못하게 조용히 자리를 뜨고 없었다. 참 이상한 친구라는 생각이 들었다. 왜 전 대통령의 의견에 반대할 수 있는 이 자리를 피해 도망간 것인지 나는 이해할 수 없었다.

"여기 이 자리는 총회가 되겠지요. 총회는 자체적으로 권한을 위임한 운영위원회를 구성해야 합니다. 내 생각에는 운영위원회를 5명으로 구성하는 게 좋겠군요."

"그게 좋겠습니다."

"여기 모이신 분 중에 운영위원으로 자원하실 분 있으신가요? 명단을 작성하고, 우리 모두 투표합시다."

계속 주위를 서성거리던 전 대통령의 경호원들은 종이와 펜을 준비해서 명단을 작성할 준비를 했지만, 아무도 나서지 않았다. 전 대통령은 다시 자원할 사람이 있는지 물었다. 역시나 아무도 나서지 않았다. 그러다 1호가 손을 들고 발언권을 요청했다.

"그래요! 뭔가 할 말이 있으신가요?"

"예 각하, 제 생각에는 위원회의 대표는 각하께서 맡으셔야 합니다."

한두 명이 손뼉을 쳤지만, 전 대통령은 손을 들고 그들에게 "잠시만!"이라고 하며 모두를 침묵시켰다. "아직 운영위원회도 구성되지 않았습니다. 모든 건 절차에 따라 해야겠지요." 그는 이렇게 말하고는 누구도 반대 의견을 내지 않는 것을 보더니, "본인은 수년간 국가관리 경험과 국가 업무에 종사한 오랜 경험이 있습니다. 국가를 위한 열정과 본인의 경험을 이 섬 주민들을 위해 십분 활용할 준비가 되어있다고 말씀드리게 되어 영광스럽게 생각합니다. 임무에 크고 작음이 있을 수 없습니다. 모든 일은 이 섬을 위해서 하겠습니다!"라고 했다.

그가 마지막 문장을 어찌나 우렁찬 소리로 내뱉었던지, 우리 모두는 손뼉을 치기 시작했다. 전 대통령은 마지막으로 우리 중에 위원회를 위해 자원할 사람이 있는지를 물었다. 아무도 나서지 않았다. 우리 모두 오랫동안 이런 관료적인 문제에서 멀리 떨어져 있었고, 이런 새로운 상황에 적응하는 게 쉽지 않았다.

우리에게서 아무런 반응이 없는 것을 본 전 대통령은 "내가 제안을 하나 하지요. 1호 친구를 섬 주인의 자격으로 위원회의 영구 위원으로 추천할까 합니다만."이라고 했다.

"오오!"라며 사람들은 큰 소리로 환영의 뜻을 나타냈다.

전 대통령의 제안은 받아들여졌다. 1호는 자리에서 일어나 "여러분, 제게 보내주신 신뢰에 대단히 감사하다는 말씀을 드리고 싶습니다. 천국과 같은 우리 섬에 걸맞은 위원이 되도록 최선을 다할 것을 약속드립니다. 모든 일은 섬을 위해서 하겠습니다!"라며 수락 인사를 했다.

그의 눈에 눈물이 맺혔고, 목소리는 떨렸다. 이 모든 것이 그에게 감동을 준 것이었다. 마치 우리는 모두 한꺼번에 '이 섬을 위해 목숨을 바치자!'라고 소리칠 것만 같았고, 그 정도로 흥분해 있었다.

전 대통령은 1호를 향해 돌아서서 "축하합니다."라고 했다. 그리고 "내가 여러분들의 박수 소리로 이해하기로는 현재까지 5명 중 2명의 위원이 선정되었군요."라고 덧붙였다. "이제 남은 세 명을 선출해야겠습니다만, 나는 민주적이고 현대화된 사회에서는 여자들도 남자들과 같은 지위를 차지해야 한다고 생각하는 사람입니다. 존경하는 여성분들, 우리의 어머니들, 우리의 아내들 그리고 우리의 여자

형제들도 사회생활에 반드시 참여해야 하며, 높은 책임감을 느껴야 합니다. 따라서 위원회에 한 명의 여자 위원을 선출하는 것을 강력히 건의하는 바입니다."

1호가 다시 전 대통령으로부터 말을 이어받았다. "존경하는 각하, 이토록 고귀한 견해를 저희와 함께 나누어주셔서 감사드립니다. 저는 존경하는 영부인을 세 번째 위원으로 추천하고자 합니다. 이 섬에 있는 여자분들 중에서 가장 경험이 많으신 데다 이런 일에 적합하신 분이십니다."

우리는 동의의 의미로 손뼉을 쳤다. 살집이 있는 몸매에, 반쯤 감긴 눈을 하고 있던 영부인은 가벼운 고갯짓으로 감사를 표시했지만, 연설은 하지 않았다.

전 대통령은 영부인에게 "축하해요, 여보."라고 했다. 그리고는 "다른 자원자가 없는 관계로 남은 두 명은 제비뽑기로 선출하겠습니다." 그가 손가락으로 지시하자 군기가 바짝 든 채로 서 있던 남자 중 한 명이 검은색 주머니를 들고 뛰어왔다.

소설가의 말을 듣고 의혹이 생기기 시작했던 나는 이 모든 것이 계략이라는 생각이 들었다. 다섯 명의 위원 중 세 명이 정해졌다. 운영위원 선출은 1호와 함께 꾸민 것이라는 의심이 들었다. 그런데도 모두 운영위원 선출을 재미난 연극 공연처럼 구경하고 있었고, 심각하게 받아들이지 않았다. '우리 섬처럼 작은 곳에서 운영위원회가 뭘 할 수 있다고'라는 생각들이었다. 나는 어쩌면 전 대통령이 잃어버린 권력 대신, 아무 일 없이 놀지 않으려고 하는 놀이일 수도 있다는 생각을 했다. 지금 벌어지고 있는 장면들은 다 연극일 뿐, 그 이상도 이

하도 아니라고 우리는 생각하고 있었다. 그래서 좀 과하게 환호하면서 반 장난처럼 보드빌*에 가담했고, 우리는 "브라보!"라고 소리치면서 흥을 돋웠다.

전 대통령은 "이 주머니에는 1부터 40까지 번호가 있습니다! 1과 24를 제외하고 누가 나오든지 그 집 가족 중 한 명이 운영위원의 자리를 맡게 될 겁니다."라고 했다.

그리고 주머니를 들고 온 남자가 주머니 속으로 손을 집어넣더니 종이 하나를 뽑았다. 그 종이를 전 대통령에게 전했고, 전 대통령은 그 종이를 펼친 다음 번호를 불렀다. "37번!"

우리는 손뼉을 쳤다.

그 남자가 종이 하나를 더 뽑아서 전 대통령에게 넘겼다.

"7번!"

전 대통령은 주위를 둘러보며 누가 7호인지 확인하려고 했다. 하지만 아무 소리도 나지 않았고, 우리는 서로의 얼굴을 바라봤다. 내 머리 위로 끓는 물이 쏟아져 내리는 것 같았다. 흥분해서 목소리가 나오지 않았다.

전 대통령은 약간 신경질적인 톤으로 "누군가요? 7번은 자리에서 일어나세요."라고 했다.

"그게 말입니다. 그 친구가 몸이 안 좋아서 회의 중간에 가봐야 했습니다. 허락하신다면 제가 그 친구에게 전하겠습니다."라고 내가 말했다.

---

*   역주-17세기 후반 프랑스에서 시작된 버라이어티 쇼 형식을 띤 연극 공연으로, 1900년대 초 미국에서 유행했던 연예 쇼

다시 박수가 쏟아졌다. 이렇게 해서 나의 사랑하는 소설가 친구가 전 대통령의 운영위원회 위원이 되었다.

그 순간 걱정이 몰려왔다고 솔직하게 말해야만 할 것 같다. 회의가 끝나고 불덩이 같은 해가 바다를 향해 가라앉고 있는 장면을 보면서 나는 한참 동안 생각했다. 어쩌면 그건 자네의 불행한 운명을 내가 먼저 알아차린 것이었는지도 몰라. 앞으로 자네에게 벌어질 일들을 대충 짐작했던 첫 순간이었지. 사람이 사건에 의해 변하는 건지, 아니면 사건이 사람에 의해 변하는 건지, 나 자신에게 다시 질문해봤어. 재앙으로부터 멀리 떨어져 있고 싶어서 자넨 그렇게 조심했는데. 자넨 모습을 드러내지 않으려고 길이 없는 곳으로만 다녔는데도 전 대통령과 함께 운영위원이 되다니. 이 무슨 얄궂은 운명이란 말인가!

6장

    전 대통령은 날이 갈수록 우리 삶에 자신의 존재를 조금씩 더 각인시키려고 했던 반면, 우리는 이런 것들을 보지 않으려 했다. 늘 그래왔던 것처럼 순수한 마음으로 변화를 계속 긍정적으로 평가하고 있었다. 어쩌면 전 대통령이 한 말이 옳을지도 모르겠다. 우리는 도시와 문명으로부터 멀리 떨어져 있었고 섬에 살면서 미개인이 다 되어 있었다. 지금에 와서 그때를 돌이켜보면, 그런 우리의 모습은 분명 극도의 게으름과 나태함에서 비롯된 것이었다. 누구도 항의하지 않았고, 저항하지 않았다. '날 건드리지 않는 뱀이라면 천 년을 살아도 돼!'라는 식이었고, 언젠가 그 뱀이 우리도 물 수 있다는 건 예상하지 못했다.

    이런 무책임한 우리의 태도는 집마다 물건을 배달해주던 불쌍한 아이에게 그 사건이 벌어지고 난 뒤에도 계속되었다. 배우지 못했고,

지능이 떨어지는 언어장애를 갖고 있는 아이였다. 일하지 않을 때는 수평선을 바라보며 공상에 잠기곤 했다. 우리는 그 아이를 좋아했다. 그 아이는 우리 섬 주민들의 손에서 자랐고, 가족이나 다름없었다. 구멍가게가 우유와 빵, 치즈 등 생활필수품들을 여객선에서 보트로 옮겨 실은 다음 섬의 창고에 쌓아두면 그 아이가 모든 집에 배달했다. 아침에 눈을 뜨면 하루 전날 주문했던 물품이 문 앞에 놓여 있었다.

이 배달은 큰길에서 이 아이가 손으로 눈을 비비며 울면서 걸어가는 걸 보게 된 날까지 계속됐었다. 주먹으로 눈두덩을 얻어맞은 것처럼 그 아이의 눈 주위는 붉게 물들어 있었다. 다음날 눈 주위에는 보라색 멍이 들었다. 눈은 부어서 떠지질 않았다. 그 아이는 늘 그랬던 것처럼 한쪽 구석에서 홀로 있고 싶어 했다. 그 사건이 전 대통령 또는 그의 사람들과 관련이 있다는 걸 예상할 정도의 머리는 우리에게도 있었다. 그러나 우리 중 어떤 이는 모른 척했고, 또 어떤 이는 생각하는 것조차도 두려워했다.

이 사건은 다음번 공지사항이 각 집으로 전달된 그날까지 비밀로 남아있었다. 모든 섬 주민에게 -게다가 그 아이의 아버지인 구멍가게 주인이 직접- 돌린 공지사항에는 사건에 관한 내용이 담겨있었다. 구멍가게 아들은 세계적으로 통용되고 있는 치안과 사생활 보호 원칙을 어겼다는 것이었다. 구멍가게 아들은 어제 새벽에 전 대통령의 테라스까지 침입하는 무례를 범했으며, 그에 상응하는 처벌을 받은 것이라는 설명이었다.

공지사항에는 이 사건을 계기로 운영위원회가 다음과 같은 규정을 정했다는 내용도 있었다.

1. 누구도 집주인의 사전 허락 없이 안전거리 및 집 정원으로 인정할 수 있는 6미터 이내로 접근하여서는 안 된다.
2. 필요 물품들의 배달을 담당하는 배달원은 매일 아침 9시에서 11시 사이에 정해진 6미터 경계선을 넘지 않는 범위에서 배달하여야 한다.
3. 섬 운영위원회에서 결정한 이 규칙을 위반하는 자는 집주인이 강력하게 처벌할 수 있다.

목격자인 이웃의 말을 빌려 구멍가게 주인은 눈에 눈물이 고인 채 사건을 다음과 같이 설명했다. 사건이 있던 날 아침, 아들은 전 대통령의 집에 하루 전 주문받았던 우유와 과자를 배달하러 간 모양이었다. 섬의 새로운 계급 구조를 눈치챈 아이는 전 대통령의 집부터 배달을 해야 한다고 생각한 것이었다. 이른 아침에 전 대통령의 집 테라스에 우유를 놓아두려는 순간, 정원에서 뛰쳐나온 한 사람이 아들에게 주먹을 날렸고 아들은 쓰러진 것이었다. 자고 있을 전 대통령의 가족들이 깨지 않게 그는 작고 화난 목소리로 아들에게 누구인지, 거기서 뭘 하고 있었는지 캐물었고, 나중에 그 아이를 풀어줬다는 것이다.

이 모든 정황으로 봐서, 전 대통령은 여전히 엄청난 공포 속에서 살고 있었다. 세상에서 동떨어져 있는 평화로운 우리 섬에서조차 집 마당에 보초를 세워둬야 하는 상황이었다. 우리는 그 사건에 무척 놀랐다. 선착장에 정박해있던 보트는 여전히 그곳에 머물고 있었다. 전 대통령의 사람들이 앞으로도 얼마나 더 머물게 될지는 알 수 없었다.

나는 운영위원인 소설가에게 이 공지사항에 대해 알고 있는지 물었다. 소설가는 손으로 파리를 쫓는 듯 손을 휘저으며, "아니, 무슨! 꼴도 보기 싫어. 회의니 뭐니 아직 가보지도 않았어. 내가 간다고 한들 뭘 하겠어."라고 할 뿐이었다.

누구도 솔직하게 터놓지는 않았지만, 날이 갈수록 섬에서 긴장이 조금씩 고조되고 있었다. 특히, 가지를 쳐버리고 난 뒤, 마치 헐벗은 듯 햇볕 아래 적나라하게 드러난 숲길은 우리 모두에게 엄청난 불안감을 주었다.

이런 우려가 근거 있는 것이었다는 게 결국 어느 늦은 밤 증명되고 말았다. 나는 총성을 듣고 잠에서 깼다. 너무 놀라 속옷 바람으로 집 밖으로 뛰쳐나갔다. 섬은 역사상 한 번도 없었던 대혼란을 맞고 있었다. 밤에는 조용한 갈매기들마저 울부짖으며 날아다녔다.

우리 중 몇몇은 세 발의 총성이 전 대통령의 집에서 들렸다고 했다. 우리는 궁금증과 걱정을 안고 전 대통령의 집으로 뛰어갔다. 그럴 리는 없지만, 혹시라도 전 대통령의 테러에 대한 공포가 근거 있는 것일까? 혹시 우리 섬에 누가 쳐들어오기라도 했단 말인가?

우리가 전 대통령의 집 앞마당에 도착하니, 더 가까운 곳에서 사는 이웃들은 이미 와 있었다. 전 대통령은 "테라스에서 테러리스트가 걸어 다니고 있었습니다."라고 상황을 설명했다. 그가 멀쩡한 것을 보고 마음이 놓였지만, 우리의 궁금증이 완전히 가시지는 않았다. 이렇게 먼 섬까지 테러리스트들이 어떻게 왔다는 것인지, 어디에 숨어 있었다는 건지 알 수가 없었다. 전 대통령의 경호원들은 -이젠 숨길 필요조차 느끼지 않는- 총을 들고 마치 적을 주시하듯 우리를 보고 있었다. 그런 시선 아래에서 당연히 우리는 주눅이 들었다. 마치 죄인이 된 것 같은 느낌이 들었다. 헝클어진 머리에 제대로 옷도 입지 못한 채 모인 이웃들은 놀라서 무슨 일인지 서로에게 묻고 있었다. 소설가도 그곳에 와 있었다.

전 대통령은 큰 위험을 모면하고도 주민들을 안심시키려는 영웅의 자세로 "걱정 마세요, 여러분. 이건 심각한 상황입니다만, 보시다시피 아주 감사하게도 테러리스트들이 제게 해를 끼치지는 못했습니다. 이전에도 여러 번 나를 없애려고 시도했지만, 위대하신 알라신의 도움으로 그들의 시도는 매번 실패로 돌아갔습니다. 본인은 이런 상황에 이제 익숙합니다. 이 모든 건 조국에 봉사한 대가라고 생각합니다. 솔직히 말하자면, 이번 사건은 본인의 가족, 특히나 사랑하는 손자들에게 아주 심각한 영향을 끼쳤습니다. 유감스럽게도 지금 이 말을 하지 않을 수 없습니다. 섬 전체, 그러니까 모든 나무숲과 웅덩이, 동굴들 그리고 주민들의 집을 샅샅이 수색할 것입니다. 경호원들은 이 반역자들을 은닉하고 있는 곳을 찾아내 체포할 겁니다. 그리고 심문할 겁니다. 만약 교전 상황이 발생하면 이들을 사살할 수 있도록 명령을 내렸습니다. 아무 죄 없는 이웃 여러분들에게 불편을 끼쳐 유감입니다. 만약 우리 주민 중에 이 사건과 관련이 있는 자가 있다면, 여러분도 예상하듯이 그자도 엄중한 대가를 치를 겁니다."

너무 놀라 공황 상태에 있던 우리는 전 대통령의 이야기를 듣고만 있었다. 우리는 이런 사건이 벌어졌다는 게 여전히 믿기지 않았다. 상황을 보니 모든 집을 수색한다는 건 현실이었다. 우리는 놀라서 서로의 얼굴만 바라봤다. 뭐라고 말을 해야 할지, 어떤 태도를 보여야 할지, 알 수가 없었다. 전 대통령의 손자들은 할머니를 꼭 안고 있었다. 그들은 우리 모두를 의심의 눈으로 쳐다보고 있었다.

그러고 있던 와중에 누군가의 목소리가 들렸다. "이 사건이 어떻게 일어난 것인지 조금 더 설명해주시겠습니까? 각하께 총을 쐈나요? 누군가를 보신 겁니까?"

우리 모두의 시선은 소설가에게로 향했다. 그가 처음으로 전 대통령에게 말을 건네고 있었다. 어쩌면 소설가가 섬에서 전 대통령에게 질문을 던진 첫 번째이자 유일한 사람이었다.

"설명하지요! 자정을 막 지나고 있었습니다. 본인이 잠자리에 막 누웠을 때입니다. 잠들기 직전이었는데, 테라스에서 꽤 몸집이 큰 사람으로 추측되는 누군가가 걷고 있는 소리가 들리지 않겠습니까. 이 시간에 테라스로 접근했다면 좋은 의도가 아니라는 건 분명하지요. 경계 근무자도 속이고 들어왔다고 생각했습니다. 본인은 총을 들고 테라스를 향해 소리쳤습니다. 누구냐고 말이지요. 하지만 그자는 어떤 대답도 하지 않고 테라스를 계속 돌아다니지 뭡니까. '누구냐, 여기서 뭐 하는 거냐?'라고 여러 차례 물었지만, 아무 대답도 하지 않았습니다. '마지막으로 묻겠다, 답하지 않으면 쏜다.'라고 경고를 했는데도 본인의 말을 무시하고 저벅저벅 소리를 내며 계속 걸어 다니는 게 아니겠습니까. 나는 기둥 뒤로 몸을 숨겼고, 팔만 뻗어 세 발을 발사했습니다. 그러자 조용해졌지요. 그 순간에 도망간 거로 추측됩니다. 경호원들이 테라스를 조사했지만 아무도 발견하지 못했습니다. 섬을 뒤져서라도 그 테러리스트를 찾아내야 합니다."

소설가는 "각하, 놀라셨겠습니다. 하지만 상황을 제대로 파악하기 위해서 한두 가지 질문을 더 드려도 되겠습니까?"라고 물었다.

전 대통령은 자신의 안위에 그렇게 관심을 가지는 이웃이 있다는 것에 만족스러워했다. "우리 신사분은 전에 뵌 적이 없는 것 같군요!"

"예, 각하. 사진 촬영과 그늘막에서 회의 전반부에는 있었습니다만, 각하의 눈에 띄는 영광은 얻지 못했습니다. 해야 할 몇 가지 일 때문에 자리를 뜨고 나서야 제가 운영위원으로 뽑혔다는 걸 알았습니다."

"아, 이제 알겠군요. 앞으로 자주 보도록 합시다."

전 대통령은 소설가의 말속에 숨겨진 조롱을 알아채지 못했다. 섬에서 열렬한 지지자를 한 명 더 찾았다는 것에 만족하고 있는 것 같아 보였다.

소설가는 "각하, 바다를 건너 이 섬에 보트가 접근했다면 바로 발견되었을 겁니다. 게다가 모터 소리도 들렸을 테고요. 섬으로 몰래 숨어든다는 것은 불가능합니다. 그래서 다른 가능성에 집중해야 한다고 생각합니다."

"어떤 가능성을 말씀하시는 건가요?"

"예를 들면, 테라스에서 걸어 다닌 것이 테러리스트가 아닐 수도 있습니다."

"나쁜 의도가 아니라면, 귀하가 보기엔 누가 그 시간에 남의 집 테라스에서 걸어 다닌 걸까요?"

"저는 알 수가 없습니다만 설명하신 내용에 따르면, 이 테러리스트는 꽤나 소음을 일으키는 걸 즐기는 것 같습니다. 각하를 깨울 정도로 소란스럽게 걸어 다녔습니다. 각하께서 경고했음에도 불구하고 계속 같은 행동을 했습니다. 어디 구석으로 숨지도 않고, 쏘겠다고 하셨는데도 계속 저벅저벅 걸어 다녔습니다. 각하가 보시기엔 이게 정상인가요?"

전 대통령은 자기편일 것으로 생각했던 이 잘난 체하는 사람의 질문에 살짝 짜증이 나기 시작한 것 같았다. "좋아요, 탐정 양반. 그 이론도 좋습니다만 상황이 변한 건 없어요. 다시 묻겠습니다. 어떤 사람이 나쁜 의도를 가지지 않고서야 야밤에 테라스를 걸어 다니고 질문에 대답하지 않는 걸까요? 게다가 자신의 신분을 왜 밝히지 않은 거죠?"

"존경하는 각하, 아마도 말을 못 할 겁니다."

그 말에 당황했던 전 대통령은 곧바로 그 당황스러움을 떨쳐버리고 우리에게 "여러분, 이 섬에 말을 못 하는 사람이 있습니까?"라고 물었다.

이전에도 여러 차례 갈매기가 테라스를 돌아다니는 걸 경험했던 우리는 이 대화가 어디로 가고 있는지 천천히 감을 잡기 시작했다. 하지만 우리는 전 대통령의 질문에 반사적으로 대답하고, 그 대답에 우리의 의견을 더하지 않는 것에 익숙해져 있었다. "아니요, 없습니다!"라고 우리는 답했다. 구멍가게 주인의 아들은 말을 못 했지만, 그 녀석이 이런 일을 할 리가 없었다.

전 대통령은 "보셨습니까? 말도 안 되는 질문들과 씨름할 시간이 없습니다. 경호원들이 수색을 개시해야 할 것 같군요."라고 했다.

우리는 전 대통령의 이 말로 상황이 끝났다고 생각했다. 하지만 전혀 예상치 못한 순간에 소설가의 목소리가 다시 들렸다.

"대단히 죄송합니다. 어쩌면 테라스에서 났던 소리는 전혀 위협이 되지 않는 것일지도 모릅니다."

조금 전 극한의 공포를 경험했던 전 대통령은 이 말에 화가 끝까지 치밀었다. "이 봐, 신사 양반! 당신의 목적이 뭐요? 이렇게 심각한 신변 위협에 대한 수사를 어떤 수렁으로 빠트리려는 거죠? 대답해봐요. 어떤 사람이 나쁜 의도도 없이 한밤중에 이 테라스를 돌아다닌답니까? 어떤 사람이 발포하겠다는 경고를 무시합니까?" 전 대통령은 말을 멈추더니 우리를 향해 신경질적인 웃음을 보였다. "봐요, 섬에서 말 못 하는 사람이 없다지 않아요."

"테라스에서 돌아다닌 건 사람이 아닙니다! 그래서 각하의 물음에 답을 못 한 겁니다."라고 소설가가 말했다.

어두운 밤인데도 모든 주민의 얼굴에 웃음이 번지는 게 보였다. 전 대통령은 "이 사람이 뭐라는 거야! 사람이 아니면 뭐였다는 거야. 이 섬에 커다란 곰이라도 사는데 나만 모른다는 소리야? 공룡이라도 있다는 건가, 그래요?"

"아닙니다, 각하. 갈매기입니다!"

"갈매기라니?"

"알고 계시는 그 갈매기 말입니다. 이 섬에서 사는 주민들은 밤에 테라스를 걸어 다니면서 덩치 큰 남자의 발소리 같은 걸 내는 게 갈매기들이라는 걸 잘 알고 있습니다. 이 사실을 모르는 사람은 처음에 많이 놀랍니다. 그런 소리를 이 작은 새가 어떻게 내는지 이해가 안될 수 있습니다. 발의 생김새도 그렇고 조용한 밤이라서 어쩌면 건장한 남자가 걷는 소리로 느껴질 수 있습니다. 그렇지 않습니까?"

소설가가 우리를 쳐다봤다. 우리는 "맞아요! 정말 그렇습니다!"라고 대답했다.

소설가는 "허락하신다면 테라스에서 실험을 해보시죠, 각하. 지금 각하께서 서 계시는 입구에서도 가능합니다."라고 했다.

그리고 전 대통령의 당황해하는 시선 아래 소설가는 테라스에서 저벅저벅 소리를 내며 걸었다.

"발소리가 이 소리와 비슷했습니까, 각하?"

전 대통령은 부대의 전열이 무너지기 시작한 것을 지켜보고 있는 지휘관의 심리상태가 된 게 분명했다. 그러나 섬 주민들의 눈에 갈매기를 무서워한 사람으로 비치지 않으려고 마지막 힘을 다해 "말도 안 돼! 갈매기와 사람도 구분 못 하는 사람으로 보는 거야, 나를?"이라고 소리쳤다.

하지만 그의 목소리에는 힘이 없었고, 자신감도 흔들리고 있었다.

모두가 소설가의 말이 옳다고 고개를 끄덕이며 그의 말에 동의하는 것을 전 대통령이 직접 두 눈으로 확인했다. 섬에서 자신이 가장 믿을만한 1호조차도 "맞습니다, 각하. 갈매기들이 딱 저런 소리를 냅니다!"라고 했다. 전 대통령이 항복해야 할 순간이 다가오고 있었다. 이때 소설가가 마지막 한 방을 날렸다.

매처럼 날카로운 눈을 한 경호원들을 향해, "각하께서 총을 쏘신 뒤에 날아가는 갈매기를 보셨나요?"라고 소설가가 물었다. 당황한 경호원들이 "예!"라고 대답하는 바람에 정원에 모여 있던 우리는 테러의 위협에서 벗어났다는 안도감과 함께 폭소를 터트렸다.

그 상황에서 전 대통령이 할 수 있는 건 아무것도 없었다. 그의 의사와는 관계없이 이 상황을 받아들여야 했다. 그의 얼굴에는 억지 미소가 자리했다. 조금 전까지만 해도, 그는 국가를 위한 봉사 때문에 목숨이 위태로운 영웅의 역할에 취해있던 권력자였다. 그러나 이젠 갈매기가 무서워서 쓸데없이 총질이나 한 사람으로 추락해버린 것이었다.

바로 그때, 경호원 한 명이 "집을 수색할까요, 각하?"라고 질문하는 실수를 저질렀다. 현관문을 향해 발길을 옮기기 시작하던 전 대통령은 분노에 찬 목소리로 고함을 질렀다. "꺼져, 각자 위치로 가!"

그날 밤 이후, 전 대통령에게 두 원수가 생겼다. 일전에 애지중지하는 손녀를 놀라게 해 팔을 다치게 한 것도 모자라, 지금은 자신을 우스꽝스러운 사람으로 만들어 이웃들 앞에서 망신을 준 갈매기! 그리고 몇 가지 질문으로 상황을 정리해버린 그 건방진 놈, 그러니까 소설가!

곧 전쟁이 시작될 참이었다.

7장

그날 밤, 섬에 사는 그 누구도 편히 잠자리에 들지 못했다. 그 흥미진진했던 많은 사건을 뒤로하고, 대부분 집의 불이 아침까지 꺼지지 않았던 것도 잠을 이루지 못해서였다. 놀랄 일은 아니었다. 나는 라라와 함께 집으로 돌아와 목련 나무 아래 두 사람이 탈 수 있는 그네에 앉아서 서로를 꼭 껴안았다. 우리는 오랫동안 그렇게 꼼짝 않고 있었다. 우리 둘 마음속에는 묘한 긴장감이 흘렀다. 우리는 뭔가 나쁜 일이 일어날 것이라는 걸 직감했다. 우리는 숨 쉬는 것조차 두려웠다. 서로의 온기에 기대고 그렇게 있을 수밖에 없었다. 살랑거리는 밤바람에 그녀의 금발이 흩날렸다. 늘 그랬듯이 좋은 비누 향기가 그녀에게서 느껴졌다.

　　오래전, 나는 그녀가 종업원으로 일하고 있던 도시의 어느 카페에서 그녀를 만났다. 어찌나 연약하고 상처 입은 듯한 모습에, 마치 둥지에서 내동댕이쳐진 새끼 새처럼 그녀가 서 있었던지, 내 마음속의 모든 연민이 그녀에게로 향하기 시작했다.

그녀는 쉴 새 없이 주방을 오갔다. 불행해 보였지만 상냥한 미소는 잃지 않은 채 손에 든 접시를 손님들 식탁으로 나르고 있었다. 팁을 주는 손님들에게는 꼬마 여자아이처럼 살짝 무릎을 굽히면서 감사의 인사를 하기도 했다. 내가 사랑에 빠질 수밖에 없는 우아함과 부드러움이 그녀에게 있었다.

나는 내 내면에 그렇게 많은 연민이 자리하고 있었는지 그때까지 알지 못했다. 내 마음속에 자리한 감정이 내 두 눈에 얼마나 드러났던지, 그녀는 카페 어느 구석에 가든 고개를 돌려 나를 쳐다보기 시작했다. 내가 자기를 보고 있는지 확인하려는 것처럼 나를 살피고 있었다. 다음날, 나는 그 카페에 다시 갔고, 그다음 날도, 그리고 그다음 날도, 그리고 또, 연이어 그곳을 찾았다.

이젠 서로에게 "안녕하세요!"라며 웃는 얼굴로 한두 마디 건넬 정도의 사이가 되었다. 나는 날이 갈수록 그녀가 자기 외모에 더 신경을 쓰는 것 같다는 생각을 했다. 금발의 머리카락은 더 신경 써서 빗어 내린 것 같았고, 더 화려한 옷을 입기 시작했다는 착각에 빠졌다. 그리고 그게 나 때문일 거라 생각했다. 나는 이혼한 지 얼마 되지 않았을 때였고, 내 곁에는 아무도 없었다. 아이 없는 이혼남에, 일은 제대로 풀리지 않았다. 근무하던 은행에서도 인정받지 못하고 있다고 생각하던 시기였다. 적은 월급으로 겨우겨우 생활하면서 국내의 정치 상황에 관해서는 관심을 두지 않았다. 그렇다고 사는 재미가 특별히 있는 것도 아니었다. 나는 겁쟁이 소시민과 별다를 것 없이 살고 있었다.

그렇게 개성 없고 평범하기만 했던 수동적인 내 삶에 생긴 가장 큰 변화라고 한다면, 그녀에게 쉬는 날 저녁 식사를 같이하자고 제안한 것이었다. 그녀가 전혀 싫어하는 내색 없이 내 제안을 받아들인 건 기대하지 못했던 일이었다. 어쩌면 내성적인 성격 탓에 내가 너무 오래 주저했기에, 그녀는 저녁 제의를 다시 받지 못할 수도 있다고 생각했던 것 같다. 그래서 그녀가 바로 "예"라고 대답했을지도 모른다.

처음으로 식당 밖에서 그녀를 만난 날 저녁, 그녀는 너무나 잘 어울리는 주황색 옷을 입고 있었다. 그녀의 볼은 홍조를 띠고 있었다. "너무 늦으면 안 돼요."라는 그녀의 말속에 담긴 초조함에서 나는 뭔가를 직감했다. 첫 만남이 있던 저녁, 그녀에 관해서 알게 된 몇 가지 사실만으로도, 그녀가 매우 불행한 결혼 생활을 하고 있다는 것을 알아차리기엔 충분했다. 그녀는 두려움 속에 살고 있었다. 시간이 더 흐른 뒤 어느 날, 카페에서 그녀가 머리카락으로 볼을 가리며 일하고 있는 것을 보았다. 나는 그녀가 남편에게 폭행을 당하고 있다는 걸 알게 되었다. 우리 둘은 만남을 계속 이어갔고, 서로에게 마음을 열었다.

그녀의 남편은 좋지 않은 일을 하면서 교도소도 들락거리는 거친 사람이었다. 술에 취해 집에 들어오는 밤이면 아이들도 때리는 것 같았다. 내가 혼자 살고 있던 집에서 눈물로 이 모든 사실을 내게 다 털어놓았던 밤, 우리는 소파에서 서로를 꼭 껴안았다. 너무나 마음이 아파 나는 그녀에게 입을 맞췄다. 그 입맞춤은 마치 서로의 상처를 치료해주려는 듯, 진하고 연민에 어린 그리고 부드럽고 깊은 육체적 사랑으로 이어졌다.

　나는 그날 밤 이후, 그녀를 불행한 삶과 남편으로부터 구해내야 한다는 생각만 했다. 그녀가 또 폭행당할 수 있다는 생각에 나는 견딜 수가 없었다. 현실을 원망하지 않고, 그걸 숙명으로 받아들이는 그녀의 체념한 태도를 보고 있자니 갈수록 내 가슴은 더더욱 아파왔다.

　우리는 그 문제로 많이 다투기도 했다. 나는 그녀에게 이혼하라고 말했지만, 그녀는 남편이 이혼에 절대 합의하지도 않을 거라고 했다. 자신의 사지를 다 부러트려 놓을 거라고 두려워했다. 도망치는 것 외에는 다른 방법이 없었다. 하지만 어디로 간단 말인가? 그 당시에 나는 수만 가지의 계획을 세우느라 머리가 터질 것 같았다. 내가 근무하던 은행을 털어서 그 돈으로 그녀의 남편을 살해할 청부살인 업자를 고용할 생각까지 했었다. 하지만 이런 계획을 세우며 상상의 나래를 펼치던 그 순간에도, 내가 어떤 것도 하지 못할 것이라는 걸 나 스스로 알고 있었다. 허황된 공상은 단지 자기 위안이었다. 속수무책으로 있던 내게 짧게나마 흥분된 감정을 가라앉히는 진정제 역할을 할 뿐이었다.

　그러다 문득 연로하셨던 삼촌께서 돌아가시기 전에 말씀하신 적이 있던 섬과 그 섬에 아버지께서 사두셨다던 집이 생각났다. 가족 중 누구도 그 집이 가치가 있다고 생각지 않았다. 그래서 아무도 관심을 두지 않았다. 그저 동화처럼 들었던 그 집이 우리에게 도움이 될 거라고는 나도 생각지 못하고 있었다. 그렇지 않은가, 누구도 찾지 않는 데다 문명과는 거리가 먼 외딴섬, 거기에 다 쓰러져가는 집이 쓸모가 있다고 누가 생각했을까.

그렇게 그 쓸모없던 집이 우리의 구세주가 되었다. 라라와 함께 나는 세상에서의 흔적을 지운 채 사라졌다. 우리는 우리의 섬에서 새롭게 다시 태어났다. 그 섬에 발을 내딛던 날, 과거의 삶으로 절대 다시 돌아가지 않을 거라고 결심했다. 모든 걸 육지에 버리고 섬에서 새로 시작하겠다는 의미에서 나는 그녀에게 '라라'라는 새 이름을 지어줬다. 라라는 섬에서 가장 아름다운 협만의 이름이었다. 그곳은 맑고 투명하며 깨끗했다. 터키석 빛깔을 띠는 바닷물이 바다 밑 모래들을 동화 속의 세상처럼 투영하는 작은 협만이었다. 마치 내 사랑 그녀처럼. 우리는 전에 쓰던 이름을 다시는 쓰지 않기로 했다. 새로운 이름은 일종의 행운을 상징했고, 싱그러운 새 시작을 의미했다.

섬은 야광충들과 시원한 달빛 그리고 재스민 향으로 우리를 치료해주었다. 우리를 새로운 삶으로 이어주었고, 우리의 과거를 잊게끔 해주었다.

하지만, 그날 밤 정원의 그네에서 우리 둘은 섬에 온 이후 처음으로 불안에 떨었다.

라라는 "나쁜 세상이 우리에게서 그다지 멀리 떨어져 있던 게 아니었나 봐!"라고 내게 속삭였다. 나는 오랫동안 키스를 하며 그녀를 진정시키려 했다. 힘들었던 순간이 다시 오는 걸 막아보려고, 나는 서로의 육체를 치료하는 제단과 같은 침대로 그녀를 옮겼다.

그러나 소설가를 치료해주거나 소설가의 사랑을 받아줄 사람은 없었다. 다음 날 아침, 나는 소설가를 찾아 나섰지만 찾을 수가 없었다. 전 대통령이 이른 아침부터 운영위원회를 소집했다는 말이 들려왔다. 운영위원으로 선출된 사람들은 정말로 눈에 띄지 않았다. 섬 주민들은 불안한 마음으로 결과를 기다리고 있었다. 우리는 회의가 열리고 있는 전 대통령의 집을 향해 간간이 불안한 눈길을 보내고 있었다. 긴급 소집한 회의에서 어떤 새로운 결정이 나올지 아무도 몰랐다. 이젠 누구도 예전처럼 편한 마음이 아니었다. 해변에서도, 밤의 어둠이 내린 정원에서도, 저녁 무렵 산책 중에도, 섬 주민들은 이 문제에 관해 작은 목소리로 이야기를 나누었다.

짙푸른 나무들과 그늘이 드리워졌던 길을 빼앗긴 후, 타는 듯한 햇볕 아래에서 걸을 수밖에 없게 된 섬 주민 대부분은 전 대통령에게 직접 반대 의사를 표명하지는 않았다. 하지만 그의 조치로 인해 느끼는 불안감은 감추지 못했다. 이젠 완전히 전 대통령의 사람이 된 1호와 그의 몇몇 친구들은 섬에 질서와 규칙이 생긴 것은 잘된 일이라고 떠들었다. 이 두 부류에 속하지 않은 한두 사람은 섬에 약간의 긴장감이 생긴 것에 대해 만족스러워했다. 일이야 어떻게 되었든 모두가 들떠있었다.

그날, 나는 섬의 갈매기들만큼이나 불안했다. 갈매기들도 자기들의 영역인 해안과 바위에서 긴장한 채 기다리고 있었다. 모든 둥지마다 어미들이 자리를 지키고 있었다. 갈매기들은 경계의 시선을 수평선에서 한순간도 떼지 않고 성을 지키고 있는 초병과 같은 모습을 하고 있었다. 갈매기들은 주민들과의 친분이나 교류를 전혀 원치 않았다. 그렇다 보니 우리도 갈매기들이 자기들의 세상에서 편히 살도록 내버려 두는 것 외에 할 수 있는 일은 없었다.

오후에 회의가 끝났고, 운영위원회는 주민 모두를 저녁 무렵 그늘막에서 열리게 될 총회에 참석하라고 공지했다. 나는 곧바로 소설가에게 달려갔다. 그가 화나 있을 거라는 내 예상은 틀리지 않았다. 그는 집에 있는 바구니들과 소파 탁자를 발로 차면서 욕을 내뱉고 있었다. 우리가 맥주 하나씩을 들고 포도나무 넝쿨 아래 의자에 앉을 때까지도, 소설가는 전 대통령에게 욕설을 퍼붓는 걸 멈추지 않았다. 그는 "돌았어, 그 인간!"이라고 했다. "확실히 돌았어. 미친놈이야! 만약 모두가 이 미친놈이 시키는 대로 하게 되면 끝나는 거야. 그놈이 오고 난 뒤부터 우리의 생활공간이 갈수록 줄어들고 있잖아. 결국에는 이 섬에서 우리가 떠나게 되는 걸 자네도 보게 될 거야."

나는 한참 동안 소설가를 진정시킨 뒤에야 무슨 일이 있었는지 들을 수 있었다. 전 대통령은 회의가 시작되자마자 바로 주제를 꺼냈다. 그는 이 섬에서 가장 큰 위협이 갈매기라고 했다. 섬에서 가장 아름다운 해변을 점령해서 사람들이 바다에 들어가는 것을 막고 있는 것도 모자라, 이 야생 조류가 사람을 공격하고 사람이 살 수 없는 지옥의 섬으로 만들고 있다고 주장했다. 그래서 전 대통령은 운영위원회에 이 새들을 없애자고 제안하면서, 한참을 갈매기의 해로움에 관해서 설명했다. 운영위원들의 다수가 전 대통령 사람들이라 갈매기를 처리하는 것으로 결정하려던 순간, 소설가는 참지 못하고 자신의 의견을 밝혔다. 이런 중요한 문제를 운영위원회의 결정만으로 실행에 옮겨서는 안 되며, 운영위원회의 결정이 모든 섬 주민과도 관련이 있으니 총회를 통해 논의가 이루어져야 한다고 주장했다. 섬 주민들이 운영위원회보다 더 올바른 생각을 하고 있다는 희망으로, 소설가는 총회 개최를 끝까지 주장한 것이었다.

소설가를 싫어했던 전 대통령은 신속한 결정을 내리려 했고, 소설가는 끝까지 반대했다. 이 결정은 일종의 전쟁 선포와 같은 것이며, 섬을 하나의 국가라고 한다면 전쟁 선포는 국민투표가 아니라 국회에서 결정할 필요가 있다는 둥, 전 대통령은 자기 자신이 봐도 말이 안 되는 소리를 해댔다. 자신의 손녀가 갈매기 때문에 쓸데없이 공황에 빠져 팔을 다친 일과, 대통령까지 했던 사람이 갈매기가 무서워서 총질해댄 것에 대해서는 전혀 언급하지 않았다. 마침내 소설가가 운영위원회를 설득하는 데 성공했다. 만약 모두의 찬성이 있다면 갈매기와의 전쟁을 더 적극적이고 효과적으로 밀고 나갈 수 있다고 전 대통령이 생각했기에 가능한 일이었다.

소설가는 "이 정신병자가 선포하겠다는 갈매기와의 전쟁 같은 미친 짓거리가 설마 통과되지는 않겠지!"라고 했다. 그는 바로 뒤이어 같은 의미의 말들을 반복했는데, 그런 걸로 봐서는 소설가도 아주 안심하고 있는 건 아닌 것 같아 보였다.

"총회 때 자네도 일어나서 뭐라고 말해야 해! 섬 주민들을 속이지 못하게 막아봐. 지금부터라도 사람들하고 따로 만나서 이 미친 짓을 막도록 노력해 봐."라고 소설가가 내게 말했다.

나는 기어가는 목소리로 "그래야지!"라고 답했다. 섬 주민들에게 이야기하는 건 문제가 아니었지만, 총회 때 일어나서 발언하는 건 내성적인 내 성격에 맞는 행동은 아니었다.

나는 소설가의 집을 나와 조금 걸었다. 나는 아무도 없는 해변 바위 위에 앉아 한참 동안 갈매기를 바라보았다. 갈매기들은 뾰족한 바위 끝에 자리 잡는 것을 좋아했다. 물고기를 잡을 때 외에는 그 바위

꼭대기를 떠나지 않는 고집스러운 갈매기는 여전히 같은 자리에 앉아있었다. 지금 자신들의 운명을 놓고 논쟁이 벌어지고 있다는 것도 모르는 이 짐승이 내 눈에는 사람들보다 더 나아 보였다.

갈매기가 날개를 접으면 펴고 있을 때보다 더 회색빛을 띠었다. 그건 갈매기 등 색깔이 회색이었기 때문이었다. 하지만 하늘을 날아다닐 때는 잘 보이지 않던 몸통의 색깔이 드러나면서 온통 새하얀 색으로 보였다. 도대체 저 미치광이가 갈매기에 맞서 어떤 전쟁을 생각하고 있는 걸까? 이젠 나도 전 대통령을 '미치광이'라고 생각하기 시작했다. 그는 불과 한두 주 만에 우리를 이렇게 만들어 놓는 데 성공했다.

나는 한 시간 가까이 앉아있었다. 그리고 자리에서 털고 일어나섬 주민들을 만나러 돌아다녔다. 섬 주민 중에는 정원을 가꾸는 사람이 있는가 하면, 해먹에서 자는 사람도 있었고, 구멍가게에 다녀오는 사람도 있었다. 나는 그들에게 전 대통령이 말도 안 되는 일을 벌이려 하고 있다고 했다. 갈매기와 전쟁을 벌이려고 하고 있다는 사실을 알렸다. 그리고 이런 짓을 우리가 막아야 한다고 했다.

다들 나와 같은 생각이었다. "그런 미친 짓이 가당키나 해! 갈매기가 피해를 준다고? 자기가 겁을 먹은 것이지, 갈매기가 무슨 죄가있단 말이야?"

게다가 12호 친구는 "전쟁놀이를 하고 싶으면 다른 섬이나 알아보라고 하지!"라고까지 했다.

이런 대화를 주고받은 뒤에 나는 조금이나마 안심하며 집으로 돌아와 라라에게 이 모든 걸 이야기 해줬다. "섬 주민들은 다 제정신이야. 그냥 보고 있지 않을 거야!"

그러나 라라는 근심에 찬 모습으로 나를 바라봤다. 늘 재앙을 기다리는 것 같은 그녀의 부정적인 성격은 전 대통령이 최근 벌인 일로 인해 더더욱 부정적으로 변해있었다.

그녀는 "제발 그렇게 돼야 하는데!"라며 회의적인 목소리로 말했다. 그리고는 "내가 살면서 배운 게 하나 있어. 어디를 가든 악은 너무 강해서 이기기가 힘들다는 거야. 선은 악에 비하면 약해."라고 했다.

나는 "걱정하지 마, 온 힘을 다해서 싸울 거야. 이 섬을 악이 지배하도록 두지는 않을 거야."라고 그녀를 안심시켰다.

나를 바라보고 있던 그녀의 적갈색 눈동자에서 이 말을 믿는다는 어떤 느낌도 찾을 수 없었다. 그래서 나는 좀 더 강하게 말을 해야 할 것 같았다. 그녀가 슬퍼하는 걸 참고 볼 수가 없었다. 나는 그녀의 금발 머리카락을 쓰다듬으며, "어쩌면 당신 말이 맞을 수도, 어쩌면 틀렸을 수도 있어. 하지만 당신 말이 백 퍼센트 옳아. 악은 더 조직적이고, 더 계획적이지. 선의 내면에는 순진함이 있어. 그래서 세상 모든 곳에서 악이 순진함을 이기는 것이기도 하고. 하지만 이 섬에서 우리는 그걸 바꿔놓았잖아. 생각해봐, 그동안 우리 사이에 경쟁도, 다툼도, 반목도 없었어. 이곳은 평화를 선택한 선한 사람들의 세상이야. 당신도 보게 될 거야, 우리 이웃들이 이 위험천만한 제안을 거부하는 것을. 전 대통령도 이 섬이 지겨워질 거고, 자기를 원치 않는다는 걸 알게 되겠지. 얼마 지나지 않아 여기를 뜨게 될 거야."라고 했다.

"반대로 우리가 떠나야만 한다면?"

"그런 일은 없어! 영원히 이 섬에서 당신과 함께 살 거야. 죽은 다음에도 우리는 헤어지지 않을 거야."

나는 이 말에 그녀가 조금 안정이 될 거라고 기대했다. 그러나 갑자기 그녀가 나를 깜짝 놀라게 했다. 그녀는 먼저 내 입술에 가볍게 키스를 하더니 울음을 터트렸다. 뜨거웠던 그녀의 입술만큼이나 한여름의 소나기처럼 쏟아져 내리는 눈물에 나는 놀라지 않을 수 없었다.

8장

저녁 무렵, 우리는 구멍가게 앞마당에 나란히 붙여놓은 테이블 주위에 둘러앉았다. 전 대통령의 오른쪽에는 1호가, 왼쪽에는 영부인이 앉아있었다. 다른 운영위원들도 -인상이 많이 굳어 있던 소설가도- 테이블에 자리 잡고 있었다. 1호의 옷차림이 전 대통령과 너무 닮아있었다. 그동안 제대로 갖춰 입지 않던 사람이 다림질한 흰 바지와 깔끔한 와이셔츠를 입기 시작한 것이었다. 게다가 그렇게 입기 시작한 사람이 1호뿐인 건 아니었다. 그렇게 입고 다니는 사람이 몇 명 더 있었다.

전 대통령의 발언으로 총회를 시작할 줄 알았는데, 먼저 1호가 자리에서 일어났다.

"사랑하는 주민 여러분, 아시다시피 아름다운 우리 섬의 미래와 관련된 아주 중요한 문제를 논의하기 위해 오늘 이 자리에 모였습니다. 존경하는 각하께서는 오랜 세월 동안 국정을 운영해 오신 경험과 철학을 가지고 우리 섬으로 오셨습니다. 지금까지 우리 중 누구도 인지하지 못했던 몇몇 문제와 그 문제의 해결책을 제시하셨습니다. 이에 대해 저는 개인적으로 다시 한번 진심으로 감사를 드리고, 각하에게 박수를 보내드리고자 합니다."

1호가 자리에서 일어나 전 대통령을 향해 손뼉을 치기 시작하자 다른 이웃들도 자리에서 일어나 손뼉을 쳤다. 나도 분위기에 호응하기 위해 자리에서 일어났다. 오직 두 사람만이 자리에 앉아있었다. 나와 가장 가까운 두 명이자, 내 분신과도 같은 두 명. 가장 가까운 두 명의 친구. 한 명은 여러분도 바로 알아차리셨을 소설가고, 나머지 한 명은 누군지 곧장 떠오르지 않았겠지만, 소극적인 성격의 내 여자친구 라라였다.

전 대통령 근처에서 대기하고 있던 경호원들이 이런 세세한 부분까지 놓치지 않고 있는지 궁금했지만, 굳은 표정에 검은색 선글라스 속 감춰진 눈동자 때문에 알 수는 없었다.

1호는 박수가 끝나자 미소를 지으며 전 대통령 쪽으로 향해 있던 고개를 우리에게로 돌렸다. "여러분들도 박수로 각하에게 깊은 감사의 마음을 전달한 것으로 생각하며 총회를 개최하도록 하겠습니다. 오늘은 여러분께 이미 전달해 드린 것처럼 우리 섬의 해변에 관한 문제를 논의할 예정입니다."

이 말을 듣고 우리 모두 놀랐다. 갈매기에 관해서 이야기할 것이라고 예상했는데, 해변에 관해서 논의를 하자니 무슨 장난질이지?

뭘 꾸미는 거야?

1호는 "단, 총회를 규칙에 따라 진행하기 위해 이 문제에 대해 찬성과 반대 의견을 말씀하실 두 명씩의 발언자를 지금 선정해야 합니다. 그렇지 않습니까, 영원히 이곳에 있을 수는 없지 않겠어요? 자 말씀해보세요, 누가 이 문제에 대해 의견을 발표하시겠습니까? 잊지 마세요, 두 명의 찬성 지지자와 두 명의 반대 지지자만 발언할 수 있습니다."라고 말했다.

아침에 나와 이야기를 나눴던 32호가 일어났고, "좋습니다만, 문제에 대한 논의도 없이 어떻게 찬성과 반대 의견을 내란 말입니까!"라고 말했다.

이 발언에 대해, 이젠 완전히 다른 사람처럼 느껴지기 시작한 우리의 오랜 친구 1호는 미소를 지으며, "규칙이 그렇습니다, 여러분. 모든 사람이 발언할 필요는 없어요!"라고 했다.

이 말을 듣고는 소설가가 손을 들었다. "제가 발언하고 싶습니다." 전 대통령과 운영위원들은 무시하는 듯한 시선으로 그를 쳐다봤다. 라라가 내 손을 꽉 쥐며 내가 발언하도록 용기를 주었다. 소설가도 내 얼굴을 바라보고 있었지만, 나는 이렇게 많은 사람 앞에서 일어나 무슨 말을 해야 할지도 몰랐다. 나는 모른 척하고 꼼짝 않고 앉아있었다. 나를 대신해서 32호가 발언자로 나섰다. 찬성 측은 운영위원 중 두 명이었다.

이렇게 발언자가 정해지고 난 뒤, 전 대통령이 자리에서 일어섰다. 그는 우리 모두를 한 번 훑어보더니 "문명!⋯."이라고 했다. 그리고 침묵했다. 그는 우리들의 얼굴을 계속 응시했다. 무거운 침묵이 흘렀다. 누구도 입을 열지 않았다. 이전 총회에서 혼쭐이 난 구멍가게 주인은 보이지 않았다. 그는 주택 소유주가 아니어서 총회 참석 자격이 없었다.

전 대통령은 모두의 신경이 곤두설 만큼 오랜 시간 뜸을 들였고, 뚫어질 듯 바라보는 시선으로 우리를 의자에서 꼼짝 못하게 만들었다. 그는 한 번 더 "문명!⋯"이라고 한 뒤 또다시 침묵했다. 우리는 뭘 해야 하고 어디를 바라봐야 할지 몰랐다. 사실 난 많은 사람 앞에서 그런 행동을 하는 사람을 보면, 오히려 내가 부끄럽고 쪼그라드는 것 같아 당장이라도 도망쳤으면 하는 느낌이 들었다. 어쨌든 전 대통령이 이번에는 우리를 기다리게 하지 않았다.

"이 단어의 의미를 알고 계십니까, 여러분?"

우리는 또다시 그의 마술에 걸려들었고, 우리 스스로가 엄한 선생님 앞에서 시험을 치르는 학생 같다는 느낌을 받았다. 오랜 세월 정치를 하면서 얼마나 많이 써먹은 방법일까. 이런 방법에 있어서 그는 전문가였다.

아무도 대답하지 않았지만, 모두 긍정의 의미로 고개를 끄덕였다.

"잘 생각하세요, 문명이라고 했습니다. 인류의 문명. 인간과 짐승을 구분하고 인류를 고결하게 만든 사고와 체계들 그리고 운영방식들 말입니다." 전 대통령은 자신이 말한 것을 우리 머릿속에 제대로 각인시키려는 듯 이번에도 잠시 말을 멈췄다가 다시 이어갔다.

"헌법과 규정들, 자유 시장경제, 기업의 자유"

우리는 또 긍정의 의미로 고개를 끄덕였다. 그 순간 전 대통령은 조금 전의 생각에 잠긴 듯 침착했던 톤과는 전혀 다르게 갑자기 목소리를 높여, "그렇다면, 왜 이 섬에서 문명과는 동떨어진 야만인들처럼 살고자 하는 겁니까, 여러분?"이라는 질문을 우리에게 던졌다.

이 질문에 무슨 대답을 하겠는가? 헌법을 만들고, 국회를 구성하고, 군경을 창설하자는 소린가?

전 대통령은 분위기가 무르익었다고 생각되자 본격적인 연설을 시작했다.

"자, 사랑하는 이웃 여러분. 인류는 오늘날의 문명 수준에 도달하기 위해 크나큰 노력을 기울여왔습니다. 이를 이룩하기 위해 많은 피를 흘렸고, 목숨을 잃었습니다. 그렇기 때문에 오늘날 자신이 인간이라고 생각하는 그 누구도 문명에 등을 돌려 인류를 퇴보시키는 행동을 해서는 안 됩니다. 이 아름다운 섬에 도착한 날부터 본인은 몇몇 부정적인 것들과 바로 잡아야 하는 잘못된 것들을 마주하게 되었습니다. 여러분들은 그런 것들에 익숙해져 있다 보니 어쩌면 보지 못했을 수도 있겠습니다. 그렇지만 이런 것들을 우리 모두가 협심하여 바로 잡았을 때, 우리 섬에 사는 모두에게 안녕과 평화가 찾아오고, 여러분의 재산도 늘어날 것입니다. 공동의 이익에 관해 이야기하고 있는 겁니다. 누구도 경쟁자가 아닙니다."

그의 연설과 갈매기 사이에 무슨 연관이 있는지 우리는 여전히 이해할 수 없었다.

"자 보십시오, 우리 이웃인 1호의 존경하는 부친께서는 여러분들에게 큰 선행을 베푸셨습니다. 어떠한 보상도 받지 않으시고 섬을 이용하고 집을 한 채씩 지을 수 있도록 허락하셨습니다. 본인은 지금까지 살면서 이보다 더 큰 호의를 들어본 적이 없습니다. 우리가 살고 있는 세상에서는 모든 것이 상호적입니다. 사람은 신 앞에 평등하지만, 지능, 능력, 결단력 그리고 승부욕에 맞게 자기 몫을 받는 겁니다. 그래서 절대 평등은 존재하지 않습니다. 사실 '주다'라는 말은 인간의 구조상 어울리지 않습니다. 누구도 다른 누구에게 뭔가를 줘서는 안 됩니다. 모든 사람은 쟁취해야 합니다. 그렇지 않습니까, 여러분?"

이렇게 새로운 질문이 또 하나 던져졌고 우리는 침묵하고 있었다.

전 대통령은 비웃는 듯한 미소를 보이며, "좋습니다. 어쨌든 이런 본인의 생각이 옳다는 걸 살다 보면 알게 될 테니까요."

1호는 참지 못하고 큰소리로 웃었다. 모두 1호를 바라봤다. 우리는 부끄러웠고 어떤 말도 할 수 없었다. 우리는 1호의 갑작스러운 변화를 이해할 수 없었다. 전 대통령과 붙어 다니기 시작한 후로 1호는 전혀 다른 사람이 된 것 같았다.

우리에게 재앙이 닥치고 난 뒤에야 후회한 1호는 나중에야 무슨 일이 있었는지를 우리에게 털어놓았다. 전 대통령은 섬에 온 첫날부터 불쌍한 1호를 찍은 것이었다. "자네는 자네 아버지를 생각나게 해!"라고 시작해서 전 대통령은 1호와 몇 시간 동안 이야기를 나눴다. "자네의 상태를 보고 난 크게 실망했네. 돌아가신 자네 부친이 이걸 본다면 그도 실망이 이만저만이 아닐 걸세. 재산과 명성을 다 가진 명문가의 아들인 자네의 꼴을 좀 봐. 섬에 있는 무리 속에 어울려서 허송세월하고 있는 거야. 이 사람들이 자네를 나쁜 평등사상과 대마초 그리고 자신의 권리를 주장하지 못하게 물들인 거야. 그런데 사람은 평등하지 않거든. 강자와 약자가 존재하고, 삶은 이들 사이의 투쟁이라네. 자네는 강자에 속해있어야만 해. 관광산업이 이렇게 발전을 이뤘고, 수십억 달러가 해변과 섬에서 소비되는 이 시기에 이 섬의 가치가 얼마나 되는지 가늠이나 할 수 있겠나? 가늠할 수나 있겠냐고? 섬 주민들이 자네를 속였고, 손에 든 보석을 하찮은 구슬로 여기게 만든 거라네. 자네는 재력가야, 자신의 위치에 맞게 행동할 필요가 있어. 평등, 우애, 민주주의… 이 모든 것들은 약자들이 만들어 낸 헛소리일 뿐이야. 왜냐하면, 약자들이 살아가려면 이런 개념들이 필요하니까. 강자는 말일세, 오직 하나만 원하지. 더 강한 힘 말이야!"

이 말이 사랑하는 우리의 친구를 흔들어 놓은 게 분명했다. 더는 우리처럼 입지 않았고, 우리처럼 행동하지 않았다. 그리고 대부분 시간을 전 대통령과 함께 보냈다.

전 대통령의 연설이 길어지고 주제를 벗어난다고 느낀 소설가는 "갈매기 문제에 대해서 말씀하시죠!"라고 했다. 소설가의 이 말이 전 대통령에게는 기회였다. 전 대통령은 비슷한 내용의 말을 늘어놓았다. 아주 길게 갈매기가 섬에 얼마나 해를 끼치고 있는지, 갈매기의 공격으로 사람들이 공포를 느끼는지를 강조했다. 그는 불쌍한 자기의 손녀가 하마터면 장애인이 될 뻔했던 일까지 언급했다. 섬의 가장 아름다운 해변을 이 야생 짐승들에게 넘겨줘서는 안 된다고 했다. 그는 갈매기를 섬에 사는 모든 사람의 적으로 간주했다. 그래서 갈매기를 처리하기 위한 총력전을 펼쳐야 하고, 이 짐승을 섬에서 영원히 쫓아내야만 한다고 했다. 그는 "문명인은 자연을 원하는 대로 통제할 수 있어야 하는 것 아닙니까!"라고 했다.

그는 연설을 할수록 흥이 올랐고, 입에 거품을 물기 시작했다. 갈매기에 대한 증오를 숨길 필요조차 느끼지 못한 채, 아무것도 모르고 우리 머리 위를 날아다니고 있는 갈매기를 맹렬하게 비난했다. 마지막으로 이 문제에 있어 문명인인 이웃들이 자신을 지지할 것이라고 믿고 있다는 말로 연설을 마무리 지었다.

전 대통령 뒤를 이어 소설가의 발언 순서가 되었다. 그는 지친 듯한 목소리로, "우리는 운영위원회를 열었습니다. 여기 계시는 분들이 섬에 사는 갈매기를 없애자고 하더군요. 저는 반대했습니다. 이분들이 자신들의 주장을 굽히지 않았습니다. 저는 매우 중요한 결정을 내려야 하는 문제이기 때문에 다른 이웃들과도 의논해야 한다고 했습니다. 그래서 이렇게 여러분 앞에 서게 되었습니다. 길게 말할 필요도 없습니다. 여기 있는 운영위원들은 우리 섬에 살고 있는 갈매기를 죽이고, 알을 깨서 갈매기를 섬에서 완전히 없애려 하고 있습니다. 이것이 얼마나 미친 짓인지 언급할 필요도 없을 것 같군요. 갈매기들은 우리가 이곳에 오기 수천 년 전부터 이 섬의 주인이었습니다. 수많은 세대가 바뀌는 동안 알을 낳고 새끼를 이 해변에서 길렀습니다. 그리고 새끼들에게 나는 법과 사냥하는 법을 가르쳤습니다. 우리에게도 전혀 해를 끼치지 않았죠. 갈매기에 대해 느끼는 이 잔인한 분노를, 왜 갈매기를 없애려 하는지를 저는 이해할 수가 없습니다. 섬에서의 삶이 어떤 것인지 알고 계시고, 섬의 조화로운 삶을 파괴하는 걸 원치 않는 여러분들은 '갈매기 총력전'이라고 운영위원회가 이름 붙인 이런 행위를 절대 허락하지 않으실 것이라는 걸 저는 잘 알고 있습니다. 그래서 저는 걱정하지 않습니다."

소설가의 연설은 큰 박수를 받았다. 이웃들은 "브라보!"라고 소리쳤다. 전 대통령과 그의 측근들이 패할 것처럼 보였다. 소설가를 뒤이어 32호 친구가 일어나서 거창하게 연설을 했다. 운영위원회의 계획을 실행에 옮길 방법은 없어 보였다.

섬 주민들이 이 미치광이 같은 짓에 반대한다는 건 분명했고, 전 대통령이 할 수 있는 건 아무것도 없었다. 전 대통령을 꺾은 것에 대한 기쁨으로 우리 얼굴에는 미소가 만연했다.

우리가 막 자리에서 일어서려는 순간, 영부인이 자리에서 일어났다. 그녀는 손짓으로 모두를 다시 자리에 앉혔다. 그리고 "뭔가를 잊고 계신 것 같네요, 이웃 여러분. 이 섬은 주인이 있습니다. 섬의 주인은 옆에 앉아 계신 이분이시죠. 여러분들 모두는 섬 주인이 베풀어 준 아량 덕에 섬에 오신 겁니다. 집은 여러분의 소유지만 법적으로 땅은 여전히 섬 주인인 1호의 소유예요. 그러니까 집은 가지고 계시지만 대지는 없다는 거지요. 1호는 아주 신사적인 분이라 그렇게 하시지는 않으시겠지만, 언제라도 여러분들의 집을 철거해서 다른 곳으로 옮기라고 할 수도 있다는 겁니다. 그래서 누구보다도 먼저 이 섬의 주인의 자격으로 가장 큰 발언권을 가지고 있을 뿐만 아니라, 단독으로 결정할 수 있는 권한을 가진 1호의 말씀을 들어보자고 제안 드립니다."라고 했다.

1호는 고개를 숙인 채 쑥스러워하는 표정으로 이 모든 걸 듣고 있었다. 영부인의 말을 부인하지 않은 채 가볍게 고개를 끄덕이는 그의 모습을 우리는 놀란 눈으로 바라보고 있었다. 1호는 자리에서 일어나, "친구 여러분, 여러분은 저와 오랫동안 알고 지낸 사이입니다. 저는 여러분들과 다르지 않았고, 앞으로도 그럴 겁니다. 친구 여러분을 집에서 쫓아낸다든지 하는 건 생각지도 않습니다. 하지만 존경하는 국가 원수이자, 사랑하는 우리의 대통령께서 몇몇 문제에 있어 저의 눈을 뜨게 해주셨습니다. 각하의 본래 의도는 이 섬의 주민 모두의 삶이 더 편안하고 굳건해지는 것입니다. 지금의 저급한 삶은 우리에게 맞지 않습니다. 며칠 전 각하가 상상하고 계시는 섬에 대한 비전을 듣기 전까지만 해도 저 역시 섬의 큰 잠재력에 대해서는 생각지도 않았던 사람 중 하나였습니다. 하지만 각하께서는 당신의 넓은 시야로 장님과 같던 우리의 눈을 뜰 수 있게 해주셨습니다. 우리에게 새로운 가능성을 열어주신 것입니다. 여러분이 허락하신다면, 힘드시더라도 모든 이웃 여러분들과 함께 당신의 생각을 공유할 수 있도록 각하께 부탁드릴까 합니다.”

섬 주민들 사이에는 묘한 침묵이 흘렀다. 갑자기 근심에 빠진 것처럼 보였다. 공손한 단어로 표현했다고 해도, 섬 주민 모두에게 이 땅은 당신들의 소유가 아니니, 언제든 법에 따라 내쫓을 수 있다고 한 것이나 다름없었다. 섬 주민들에게 먼저 지옥을 보여주었고, 그다음으로 이제 천국을 보여줄 차례였다.

전 대통령이 다시 자리에서 일어났다. “사랑하는 이웃 여러분, 여러분들처럼 훌륭한 공동체를 대상으로 연설할 때에는 너무 길게 말할 필요가 없습니다. 내가 한 말을 다 이해할 정도로 여러분들은 현명하고 시대에 앞서 있습니다. 이 점을 알고 나니 본인의 마음도 편안해졌습니다. 세계는 관광산업의 황금시대를 맞이하고 있습니다. 매년 수십억 명의 관광객이 따뜻한 바다와 푸른 해변이 있는 섬으로 몰려들고 있습니다. 우리 섬은, 그러니까 여러분들은 어째서 이 거대한 산업에서 자기 몫을 챙기지 않고 계시는 겁니까? 어떠한 제약도 없는데 말입니다. 당장 내일 국내외의 가장 큰 회사들이 찾아와 이 천국과 같은 해안에 5성급 호텔과 고급 카지노, 나이트클럽 그리고 놀이동산을 건설하려고 할 것입니다. 이 수십억 달러에 달하는 투자에서 여러분 모두 각자의 몫을 받을 수 있을 겁니다. 그런데 여러분들은 이 천국과 같은 해안을 갈매기에게 넘겨줘 버렸습니다. 여러분의 머릿속을 가득 채우고 있는 말도 안 되는 환경주의자적 사고로 말입니다. 갈매기가 알을 낳아야 하고 이 새들이 겁을 먹으면 안 된다며 천국 같은 섬을 쓰레기장으로 만들어버리셨더군요. 여러분들은 잣이나 따서 번 돈으로 생활을 하시고 말입니다. 처음 본인이 말했던 문명이라는 단어를 기억하십니까, 여러분? 어떤 문명인도 이렇게 행동하지는 않습니다. 자신의 이익을 이렇게 못 본 척하지 않아요. 자, 이제 결정을 내립시다. 그리고 우리 섬을 저 쓸모없는 갈매기들 같은 하찮은 것들로부터 해방시킵시다."

주위를 둘러보니 섬 주민들 대부분은 이 말을 듣고 놀란 눈치였다. 처음에 주민들은 갈매기와의 총력전이라는 건 말도 안 되는 짓이라고 생각하고 있었다. 나중에는 집에서 쫓겨날 수 있다는 협박에 겁을 집어먹었다. 그리고 그다음에는 큰 부자가 될 수 있다는 망상으로 희망을 품기 시작했다. 사람들은 뭘 믿어야 할지 몰랐고, 올바른 사리판단도 할 수 없었다. 뭔가에 취해있는 것 같았다. 이 상황에서 투표를 한다면 분명히 전 대통령에게 유리하게 결론이 날 것 같았다. 소설가도 상황을 파악했는지, 자리를 박차고 일어나 다시 발언권을 요구했다. 하지만 발언권을 이미 사용했다는 이유로 그의 요구는 묵

살됐다. 투표로 넘어갈 준비가 진행되었고, 결과는 보지 않아도 뻔했다.

바로 그때 내 옆에서 부드러운 목소리가 들려왔다.

라라가 아주 공손하게 발언권을 요청한 것이었다. "자, 보세요. 각하의 부인께서 발언하셨으니, 우리 중에서도 여성에게 발언권을 줘야 합니다. 문명이라고 하셨는데요, 문명은 이런 것이라고 생각합니다."

운영위원들은 자신들의 결정을 미루는 이 걸림돌 때문에 약간 짜증이 났지만, 서로의 얼굴을 바라보더니 발언을 허락했다.

라라는 "존경하는 각하, 오늘 거의 모든 주민이 각하의 제안을 거부하기 위해 이곳으로 모였습니다만, 지금은 생각이 바뀌기 시작한 것 같습니다. 왜냐하면, 주민들을 자신의 집과 가정에서 내쫓겠다고 위협하셨기 때문입니다. 그리고 부를 약속하시면서 주민들의 가슴에 희망의 씨앗을 뿌리셨습니다. 이 작전이 성공한 것에 대해 축하를 드립니다만, 섬에 사는 평범한 한 사람으로서 질문드립니다. 갈매기들을 어떻게 생포하시겠다는 겁니까?"

전 대통령은 비웃는 듯한 태도로 "생포한다고 누가 그랬나요? 없애버릴 겁니다."라고 했다.

"말도 안 돼!"

"대대적인 사냥이라는 걸 못 본 모양이군요? 총으로 전부 사냥할 겁니다. 알은 다 깨버릴 거고요. 잘 알겠지만, 일종의 사냥 축제지요."

"좋습니다, 이미 그렇게 결정하신 것 같은데요. 이런 야만적인 행동을 할 필요 없이 갈매기들을 쌍둥이 섬으로 보내는 방법을 시도하서도 되지 않을까요?"

전 대통령은 야만이라는 말에 화가 났다.

"좋아요, 젊은 아가씨. 그렇다면 다른 섬으로 어떻게 보낼 건지 말해 봐요, 나도 배워보게. 갈매기들에게 안내장을 보내야 하나요? '앞으로 너희들의 보금자리는 반대편 섬이다. 앞으로 갓!'이라고 해야 하나요?"

이 농담에 다수의 사람이 웃었고, 이건 전 대통령이 이겼다는 걸 의미했다.

라라는 마지막으로, "반대편 섬에 생선을 많이 놓고요, 알을 품을 수 있도록 둥지를 만들면 됩니다. 시간이 지나면 적응할 거예요."라고 했다.

그렇지만 주민들은 더는 이런 '황당한 말'을 듣고 싶어 하지 않았다. "투표합시다, 투표합시다."라는 소리가 커졌다. 투표 결과는 결국 그날 반대하기 위해 모였던 주민들 대부분이 '찬성' 표를 던진 것으로 나왔다.

이젠 대학살을 계획하는 일만 남아있었다. 갈매기들은 이런 대화가 오고 가는 줄도 모르고 수천 년 그래왔던 것처럼 섬 위를 울부짖으며 날아다니고 있었다.

총회가 끝난 뒤, 라라와 나는 곧바로 그 자리를 떠났다. 누구와도 눈을 마주치지 않은 채. 대학살 계획에 관해서는 생각하기도 싫었지만, 우리 사이의 대화는 돌고 돌아 다시 그 문제로 왔다.

그날 밤을 설명하는 한 단어를 고르라면, 아마도 '수치심'일 것이다. 섬에서 처음으로 서로 간에 수치심을 느꼈고, 길에서 마주쳐도

서로 눈을 피했다. 총회가 끝나고 돌아갈 때도 이웃 간의 다정함이나 우정이라고 할 수 있는 분위기는 남아있지 않았다. 모두 한시라도 빨리 집으로 도망가 숨고 싶어 하는 죄인들처럼 곧장 뿔뿔이 흩어졌다. 서로에게 보내던 미소도, 고개를 숙이며 하던 인사도 없이. 멍한 시선과 굳은 표정들로….

우리는 집에서 나오지 않았다.

그 총회 이후로 섬에는 변화가 있었다. 첫 번째 큰 변화는 주민들 마음속 깊은 곳에서 우러난 우호적이고 가족적인 분위기가 사라져 다시는 그 자리를 메울 수 없게 되었다는 것이었다.

불과 얼마 전까지만 해도 섬 주민들이 한 가족처럼 하루 대부분을 함께 지내는 것이 섬의 가장 큰 자랑거리였다.

우리는 서로를 매일 보는 데도, 길이나 해변에서 만나면 이야기를 나누느라 정신이 없었다. 이야기의 주제는 한도 끝도 없었다.

물론 개중에는 인사를 건네다가 건네지 않다가 하는, 우리 표현으로는 '오락가락하는' 성격상 문제가 있는 한두 명이 있었다. 우리는 그들의 행동에 신경 쓰지 않았다. 더 정확하게 말하자면, 그들의 있는 그대로를 받아들였다.

명문화되어있지 않았지만, 우리 사이의 가장 중요한 규칙은 누구도 다른 사람의 일에 간섭해서는 안 된다는 것이었다.

그날 밤, 나는 라라에게 "왜 그렇게 나섰어?"라고 부드럽게 물어봤다.

"왜냐하면, 거기 있던 사람들한테 자신들이 어떤 야만의 공포 속으로 끌려들어 가고 있는지를 한 번 더 상기시켜주고 싶었으니까. 내가 아는 한 그들 중에 폭력을 지지하는 사람은 아무도 없어. 우리가 그 사람들을 오랫동안 봐왔잖아. 다정다감하고 평화를 사랑하는 사람들이야."

"그렇지만 환경이 사람들을 바꿔놓기도 해."

"그래도 그 세월 동안 함께 지냈던 사람들이 야만인으로 변할 거라고는 생각 안 해. 내일 그 광경을 목격하게 된다면 후회할 거고, 자기들의 결정을 번복하려 할 거야."

"나를 못난이라 생각한 건 아니지, 라라, 그렇지?"

"내가 왜 그렇게 생각하겠어?"

"알잖아, 내가 사람들 앞에 나서서 말 못 하는 것 말이야!"

"나도 마찬가지야. 하지만 그 순간 내가 해야만 한다고 느꼈어."

실패로 막을 내린 마지막 민중항쟁에서 목숨을 잃은 모든 열사가 '내가 해야만 한다는 생각이 들어서'라고 했던 말이 떠올랐다. 나는 마음이 아팠다. 하지만, 라라는 그들처럼 당하지는 않을 것이다. 나는 그녀가 이 사건에 절대 휘말리지 않게 할 생각이었다.

밤의 어둠이 내렸고, 이웃집들에서는 아무 소리도 들리지 않았다. 얼마 전까지만 해도 집 앞마당에서 들렸던 음악 소리와 웃음소리는 이제 사라지고 없었다.

그 괴로움에 몸부림치던 밤, 나마저도 잠시 관광지가 된 섬의 모습을 상상했다. 더 솔직히 말하면 관광지가 된 섬을 눈앞에 그리고 있던 나를 발견했다.

5성급 호텔들, 해상에 이착륙하는 수상비행기들, 요트 선착장에 정박한 고급 요트들, 불빛이 휘황찬란한 카지노들과 여기저기 돌아다니거나 비치발리볼을 하며 노는 비키니 입은 멋진 몸매의 아가씨들, 파도타기 하는 젊은 친구들, 여러 식당, 모든 주민에게는 일자리가 생기고 돈도 벌고….

이런 꿈은 다 큰 자녀들과 떨어져 사는 집들에 가장 크게 영향을 줬을 거라는 생각이 들었다. 그도 그럴 것이, 어떤 젊은이도 이런 외딴 곳 지루한 섬에서 살고 싶어 하지 않았다. 그렇다 보니 자녀들은 모두 도시로 나가서 살았다. 섬에 관광산업이 들어오면 그 젊은 자녀들도 불러들이고, 가족들이 함께 살 수도 있었다.

나는 한편으로는 옆에서 자고 있던 라라의 규칙적이고 조용한 숨소리를 들으면서, 다른 한편으로는 끝없이 상상의 나래를 펼치고 있었다.

그러다 내가 왜 이런 생각을 하는지 나의 심리 저변에 자리하고 있는 근본적인 이유를 발견하게 되었다. 솔직히 나 자신이 조금 부끄러웠다. 소설가를 생각하지 않으려고 그러고 있는 것이었다. 그가 내게 말했음에도 불구하고, 나는 총회 자리에서 반대 발언을 하지 않았다. 갈매기를 제거하자는 제의에 대해서도 적극 반대하지 못했기에 나는 소설가와 눈을 마주치지 않으려고 애썼다. 그리고 회의가 끝나자마자 도망치듯 우리는 그 자리를 떠났다. 확신하건대 소설가는 나를 비난하고 있을 거다. 나의 약해빠진 성격을 수치스럽게 생각하면서.

나는 소설가의 얼굴을 볼 낯짝이 없었다. 아니, 어떻게 그의 얼굴을 본단 말인가! 사랑하는 친구이자 문학 스승인 그의 눈을 난 마주할 용기가 없었다.

9장

아마도 수백만 마리의 새가 하늘을 날아다니고 있었던 것 같았다. 날개를 퍼덕이면서 하늘에서 원을 그리고 있었다. 서로 무리를 지었다가 다시 흩어졌다. V 모양의 대형을 이뤘다가 갑자기 원래대로 무질서하게 떼를 지었다. 갈매기는 먼 곳으로 이주하는, 그러니까 바다와 고원 그리고 국경을 넘나드는 새였다. 드넓은 바다 위를 지나면서 한 지점에 모여서는 서로 무리를 짓고 있었다. 사방이 끼룩끼룩 대는 갈매기 소리로 가득했다. 마치 온 세상을 다 뒤덮을 만큼 큰 소리였다. 울고 있었고, 울부짖고 있었다. 누구의 짓인지 묻고 있었고, 이러지도 저러지도 못하는 자신들의 상황을 알리려 하고 있었다.

"섬은 어디에 있어?"라고 묻고 있었다. "우리 섬은 어디 있는 거야? 그 먼 거리를 날아오면서도 이 섬에서 쉴 수 있다고 기대했는데,

우리 조상들도 그렇게 했었잖아. 그런데 지금 우리 섬이 없어졌어. 어디에 내려야 한단 말이야. 어디서 자야 하지?"

"섬이 없어졌어. 이 상황에서 더 날아갈 수는 없어. 육지까지 갈 수 없다고."

나는 그들의 대화를 알아들었다. 내가 갈매기의 대화를 이해한다는 게 전혀 이상하지 않았다. 그뿐만 아니라, 그때까지 왜 갈매기들의 대화를 주의 깊게 들어보지 않았었는지 새삼 나 자신에 놀라고 있었다. 마치 내가 오래전부터 갈매기들의 언어를 알고 있었던 것처럼 느껴졌다.

수천 마리의 갈매기들이 서로 뒤엉켜 끼룩대면서 하늘 위를 선회하고 있었다. 빙빙 맴돌고, 또 맴돌고 있었다. 갈매기들은 지친 날개를 더는 움직일 수 없는 지경이었다. 조그마한 땅덩이라도 찾아서 쉬어야 했고, 바다를 건너야 하는 남은 여정을 위해 힘을 비축해야 했다. 하지만 수천 년 동안 조상들이 머물다 갔었고, 자신들의 유전자에 입력되어 있던 섬이 없어져 버린 것이었다. 어쩌면 지진으로 바다에 가라앉았을지도 모르는 일이었다. 갈매기들은 하늘 위를 돌고, 돌고, 또 돌았다. 갈수록 속도는 느려졌고, 고도는 낮아졌다. 그러다 무리 중 등이 은빛 색깔인 갈매기 한 마리가 바다를 향해 엄청난 속도로 수직강하를 했다. 다른 갈매기들의 놀란 시선 속에 너무나 세게 거울 같은 수면에 몸을 내 던졌다. 그리고 죽었다.

다른 갈매기들은 좀 더 울부짖으며 선회했고, 그다음 한 마리가 더 바다에 몸을 던져 자살했다. 그리고 한 마리 더, 한 마리 더, 또 한 마리 더!….

해가 질 때까지 하늘에서 원을 그리며 날아다니던 수천 마리의 갈매기가 모두 바다로 몸을 던졌다. 파도에 흔들리는 갈매기 사체들로 인해 수면이 보이지 않았다.

그리고 주위는 깊은 침묵에 잠겼다. 세상에 종말이 찾아온 것 같았다.

바로 그 장면에서 나는 가쁜 숨을 몰아쉬다 꿈에서 깼다. 라라는 팔과 다리 한 쪽씩을 내 위에 걸치고 자고 있었다. 내가 잠에서 깬 걸 느꼈는지, 라라가 고개를 들고 "무슨 일이야? 경기를 일으킨 것 같아, 자기야. 진정해. 꿈을 꾼 거야?"라며 물었다

"응!" 나는 꿈에서 본 모든 걸 라라에게 말해줬다. "우리 섬이 사라졌어! 바다 밑으로 가라앉아버리고 없었어. 철새들이 수천 년 동안 바다를 건너갈 때 잠시 쉬어갔던 땅을 못 찾은 거야. 한 마리씩 자살하더라고. 바다가 그 새들을 다 삼켜버렸어."

라라는 내 머리를 쓰다듬으며 나를 진정시키려 했다. "어렴풋이 그런 이야기가 생각나. 옛날에 어부 한 사람이 그런 광경을 봤다지, 아마." 라라가 예전에 내게 꿈에서 본 것과 비슷한 걸 내게 이야기했었다. 그 이야기가 내 무의식 속에 남아있었던 모양이었다. 우리 섬에 대한 예언은 아니겠지. 내가 어디선가 읽은 적이 있던 신기한 현상을 꿈에서 본 것이었을 뿐이야.

우리는 침대에서 일어나 재스민 향기로 넘쳐나는 정원으로 나갔다. 라라와 함께 샐비어 차를 마셨지만, 뭘 해도 진정이 되지 않았다. 아침이면 벌어질 일에 대한 생각으로 우리는 엄청난 불안감에 휩싸여 있었다.

소설가의 말이 맞았다. 그가 "이건 시작에 불과해!"라고 했을 때, 뭘 말하려고 했던 것인지 이젠 그 순간을 떠올리기만 해도 소름이 돋았다.

잣을 수확할 시기였다. 조각상을 만들 듯 가지치기나 하고, 집에 허락 없이 접근해서는 안 된다는 명령과 규칙을 만들어내고, 갈매기에 대한 적개심이랑 씨름할 때가 아니라 잣을 수확해야 할 시기였다.

내가 이 이야기도 했었는지 모르겠다. 잣에 관해서 이야기했던가? 기억이 나지 않는다. 아마도… 이야기하지 않았던 것 같다. 내가 전에도 말했듯이 내 글재주가 이 모양이다. 잣에 대한 것도 빼 먹었고 말이야. 섬에서의 삶을 설명하면서 이 중요한 내용을 빠트렸다는 걸 이제야 알았다. 갈매기를 학살하기 바로 직전, 적당하지 않은 때라는 걸 알면서도 잣에 관한 이야기는 꼭 해야 한다는 생각에 내 마음이 조급해진다. 잣에 관한 이야기는 꼭 해야 할 것 같다.

어쨌든 여러분께 사과를 드리고 짧게 잣에 관한 이야기를 하고 넘어갔으면 한다. 우리 섬에는 매우 흥미로운 잣나무 종이 자생했다. 피누스 피네아^{Pinus pinea}. 이 키가 큰 나무에서는 희귀한 잣이 열리는데, 이 잣은 아주 비쌌다. 수확 시기가 되면 우리는 나무에 올라가 잣송이를 땄고, 잣송이 속에 든 잣을 꺼내 자루에 담았다. 잣을 담은 자루를 구멍가게에 가져다주면 그는 몇 가지 과정을 거친 다음 여객선에 넘겼다. 도시에 있는 상인들은 이 잣에 비싼 값을 쳐줬다. 판매 대금은 다시 구멍가게가 받아서 섬의 모든 집에 공평하게 나눠줬다. 이 돈으로 섬 주민들은 신문, 우유 등 많지 않은 필수품 구매에 썼다. 욕심 없이 사는 섬 생활에서 유일한 수입원이었다.

그날 밤, 잣을 수확할 계절이 되었고, 이번 사건으로 문제가 발생하지 않았더라면 지금쯤 행복한 결실의 시기를 맞았을 거라는 가슴 아픈 대화를 라라와 나눴다. 우리는 근심과 걱정으로 가득 차 있었다.

한 해 전만 해도, 잣 수확 시기가 되면 섬은 활기로 넘쳤다. 아침에 일찍 집을 나선 사람들은 다른 집 앞을 지나면서 그 집에 있는 사람들을 불러냈다. 함께 갈 수 있는 사람들은 바로 잣을 따러 가는 사람들 행렬에 끼어 잣나무 숲으로 향했다. 모두 뭔가를 들고 왔다. 점심 식사를 위해 가져온 음식들과 음료수, 잣을 담을 자루와 광주리를 신이 나서 들고 날랐다. 잣 수확 행렬에 따라붙지 못한 사람들은 나중에 합류했다.

누가 몇 시간 일했고, 잣을 얼마나 수확했는지 우리는 계산하지 않았다. 모두 자발적으로 참여해서 각자 최선을 다했다.

작업을 가장 많이 쉰 사람들은 -아마 그 사람들에 대해서도 말하지 않은 것 같은데- 음악가 친구들이었다. 플루트와 기타 소리가 숲속에 울려 퍼졌다. 잣을 수확하는 동안 종종 우리가 알고 있는 노래를 음악가들이 근처에서 연주하곤 했다. 그럴 때면 우리는 그 노래를 따라 불렀다. 어떤 경우에는 전에 들어본 적이 없는 곡을 연주하기도 했다. 우리는 무슨 곡인지 물어보지도 않았다. 그들이 어떤 곡을 연주하든 우리는 크게 신경 쓰지 않았다. 아마 즉흥연주였을 것이다. 그 친구들의 음악은 우리에게 늘 친근했다.

항상 그 친구들이 그렇게 연주에 의욕적인 것만은 아니었다. 우리가 간혹 원하는 곡을 신청하기도 했지만, 정중하게 "나중에요."라고 거절하는 때도 있었다. 그렇지만 친구들의 생일이나 특별한 날에는 자발적으로 그들이 나타났다. 지난해, 잣 수확 시기에도 그들은 우리의 모든 신청곡을 연주해주었다. 한 번은 그들이 모르는 곡을 신청했었는데, 대충 끼워 맞춰서 연주하는 바람에 우리를 웃게 만들었다.

라라의 목소리가 들렸고, 나는 다시 현실로 돌아왔다. "학살을 막아야만 해! 돌이킬 수 없는 상황에 이르기 전에 이웃들에게 알려야만 할 것 같아." 우리는 이웃들에게 꼭 알려야겠다고 마음먹었다. 이웃집으로 가보니 다들 잠들지 못하고 있었고, 30호와 27호도 그 집으로 와서 조용히 이야기를 나누고 있었다.

전등 불빛에 우리를 보고 기뻐하는 그들의 표정이 드러났다. 그리 놀랄 일도 아닌 것이, 그들도 똑같이 내일 벌어질 일에 관해 이야기를 나누고 있었다. 그들도 당연히 이 일을 멈추게 해야 한다고 생각하고 있었다.

섬의 평화를 깨는 전 대통령의 이런 시도에 우리는 너무 화가 났다. 우리는 갈매기들과 함께 오랫동안 서로에게 적응해가며 아무런 문제없이 잘 살아왔다. 문제없이 잘살고 있었는데 이 죄 없는 갈매기를 죽이고, 알을 깨버린다니. 용납할 수 있는 일이 아니었다. 아무튼, 우리는 이 학살을 막아야만 했다.

매우 균형이 잡힌 시각으로 섬 주민들의 신뢰를 받고 있는 공증인은 "이웃들 대부분은 우리처럼 생각한다고 확신해요. 어떤 생명체에게도 해를 끼치고 싶지는 않겠지만, 오늘 총회에서 주민들이 어떻게 해야 할지 몰랐을 거라고 봅니다. 받아들일 수 없는 일인데도 그런 투표 결과가 나온 거예요."라고 했다.

우리는 머리를 맞대고 그 늦은 시간에 뭘 할 수 있을지를 고민했다. 사실 주민들을 설득할 수 있었지만, 너무 늦은 시간이었고, 대여섯 시간 후면 대학살이 시작될 예정이었다.

우리는 한동안 침묵했고, 다들 생각에 잠겼다.

라라가 자리에서 일어나 집으로 향했다. 집에서 5분 정도 머물더니 손에 종이를 하나 들고 왔다.

"여러분께 뭘 하나 읽어드릴까 해요! 들어보세요."

그리고 이 짧은 시를 낭독했다.

금지명령을 알지 못하지 불어오는 바람은

쇠사슬로 묶을 수는 없지 날아가는 갈매기는

묶을 수 없는 건 사람의 심장도 마찬가지야

나는 깜짝 놀랐다. 이 늦은 시간 모두가 어찌할 바를 몰라 손을 놓고 있을 때 시를 쓰다니, 이해가 되지 않았다. 모두들 나처럼 생각했던 건지 주위에 침묵이 흘렀다.

그래도 내가 뭐라도 말해야 할 것 같아서, "너무 좋은데! 지금 이 시를 쓴 거야?"라고 라라에게 물었다.

"아니, 아니야! 잘못 이해한 것 같은데, 이건 내 시가 아니야. 푸시킨의 시를 조금 바꾼 게 다야! 사실 독수리에 관한 시야."

공증인은 "좋아요, 그럼 그 시로 뭘 하죠?"라고 물었다.

"성명서를 써야죠…."

"어떤 성명서를요?"

"갈매기를 학살하는 것이 얼마나 미친 짓인지를 알려야죠. 그 밑에 이 시를 덧붙여서 이웃들에게 자신들의 결정을 번복하도록 호소해야 해요.”

“그다음에는?”

“그다음에는 이 성명서를 30분 내로 모든 집의 문틈으로 넣어야죠. 깨어 있는 사람들이 있으면 직접 건네주고요.”

‘역시 나의 라라야!’라고 나는 생각했다. 그 연약하고 여윈 몸에 엄청난 에너지와 투쟁 정신이 숨어 있었다. 라라는 투항하지 않았다. 학살을 불과 네댓 시간 남겨두고 있는 상황에서도 평화를 위해 싸울 결의를 잃지 않고 있었다. 그게 바로 내 사랑, 내 영혼, 내 유일한 사람, 내 여자였다! 그녀는 언어로 내 영혼을 그리고 불타오르는 가녀린 몸뚱이로 내 육체의 상처를 감싸는 나의 연인이었다.

나는 “자, 시작합시다! 성명서를 많이 써서 집에 나눠줍시다. 한 시간이면 끝낼 수 있어요.”라고 했다.

공증인과 27호는 잘 이해가 되지 않는다고 했다. 투표할 때 마음의 결정을 내렸을 텐데 성명서로 뭘 어쩔 수 있겠냐고 했다. 게다가 시로, 고쳐서 쓴 푸시킨의 시로…. 이것이 주민들에게 먹힐 것이라고 믿지 않았다.

라라는 “시는 무기보다 강해요!”라며 그들의 말을 듣지 않고 집으로 갔고, 성명서를 작성했다. 나는 그녀 곁으로 갔고, 그녀가 쓴 성명서를 읽어보았다. 정말 마음에 든다며 그녀에게 용기를 줬다. 그녀가 지닌 에너지로 모두를 설득할 수 있을 거라는 믿음이 내게도 생겼다.

하지만 결과는 라라가 기대했던 것과는 달랐다. 공증인과 다른 친구들이 현 상황을 정리해본 결과, 무장을 한 보초들이 있는 섬에서 한밤중에 다른 사람의 집에 들어가는 위험을 감수할 수는 없다고 했다. 예전에는 이런 게 가능했지만, 전 대통령의 집에서 일어났던 갈매기 사건과 구멍가게 아들이 얻어맞았던 일을 무시할 수는 없었다. 이런 긴장된 상황에서 한밤중에 다른 집을 돌아다니겠다는 건 위험한 발상이었다. 보초들이 우리를 쏠 수도 있었다.

이런 방법 대신, 그들은 다른 방법을 제안했다. 아침 이른 시간에 갈매기들의 해변으로 가는 길에서 기다렸다가 성명서를 나눠주는 것이 더 나을 것 같다고 했다. 라라의 조급한 성격에 이런 조심스러운 접근방법은 내키지 않았지만, 다른 방도가 없었다.

그날 밤, 불안 속에서 우리는 한두 시간 정도 눈을 붙였다. 라라와 꼭 껴안고 잤는데도 우리 마음속을 차지하고 있는 불안감을 떨쳐버리지는 못했다.

여명이 밝아오자마자, 우리는 갈매기들의 해변으로 향하는 길로 달려갔다. 주위에는 아무도 보이지 않았다. 태양은 은빛을 띠고 있는 아침 바다 위로 반짝이는 광채를 발하기 시작했다. 일찍 일어난 새들은 나무에서 지저귀고 있었다. 머릿속 근심과 걱정을 떨쳐버리게 하는 약간의 쌀쌀함이 느껴졌다. 아침이슬은 우리의 마음에 전율을 일으켰다. 한동안 그렇게 우리는 기다렸고, 잠시 뒤 들려오는 소리에 라라와 나는 자리에서 일어났다.

전 대통령과 그의 경호원들, 1호 그리고 8호가 나타났다. 그들 모두의 손에는 총이 있었고, 전 대통령도 자신의 경호원들처럼 선글라스를 쓰고 있었다. 그들은 신이 나서 갈매기들이 있는 해변을 향해 걸어가고 있었다.

그들은 우리를 발견하고는 당황해했고, 우리가 뭘 하려고 하는지를 살폈다. 갈매기 학살에 반대했던 라라가 그곳에 있는 것이 무엇을 의미하는지 모르는 것 같아 보였다. '혹시 생각을 바꿨거나 아니면 다른 목적이 있나?'라고 생각하는 것 같았다.

　전 대통령은 다정한 미소를 띠며, "안녕하세요!"라고 우리에게 인사했다. 어떤 일이 벌어졌는지, 그가 어떤 인간인지 모르는 사람이라면, 아침에 다정하게 인사하는 노인을 만났다고 생각했을 거다. 흰색 상·하의 차림에 잘생기고, 깔끔한 데다, 절도 있고, 예의를 갖춘 사람처럼 보였다.

　"우리와 함께하려고 오신 건가요? 여러분께도 총을 드리죠."

　"아니요! 우리는 학살자가 아니에요!"

　이 말에 전 대통령의 얼굴은 새빨갛게 달아올랐고, 화가 나서 몸을 떨기 시작했다.

　"말조심해, 아가씨! 누구랑 이야기하고 있는지 잊지 말아요."

　전 대통령이 화를 내는 모습을 본 경호원들이 라라를 향해 다가섰다. 나는 -나 자신도 전혀 예상하지 못했던 용기로- 그들을 막아섰다. 내가 들고 있던 성명서를 먼저 경호원들에게 줬고, 그다음으로 전 대통령과 다른 일행에게 건넸다.

　그들이 당황해하고 있다는 걸 나는 느낄 수 있었다. 전 대통령은 내가 건넨 종이를 보더니 "이게 뭔가요?"라고 물었다.

　나는 "평화 성명서입니다!"라고 답했다.

　전 대통령은 이번에도 놀란 걸 숨기지 못했고, 성명서를 큰 소리로 읽어나갔다.

사랑하는 이웃 여러분,

오늘 아침에 벌어지게 될 갈매기 학살에 관해 여러분께 경고하고자 이렇게 펜을 들었습니다. 갈매기는 평화를 사랑하는 이 섬의 주인이자 우리의 이웃입니다. 우리보다 훨씬 전에 이 섬에 정착했고, 수천 년 동안 이곳을 보금자리로 삼아왔습니다. 우리에게 어떤 피해도 끼치지 않는 선량한 생명체를 죽이는 것은 비양심과 학살 욕구라고밖에 설명할 방법이 없습니다. 그러니 사랑하는 평화주의자 섬 주민 여러분들은 이 반인륜적 범죄의 공범이 되지 마시고, 평화와 안녕의 깃발을 우리와 함께 들어달라고 호소하는 바입니다.

전 대통령은 잠깐 멈추었다가 다시 읽어나갔다.

금지명령을 알지 못하지 불어오는 바람은
쇠사슬로 묶을 수는 없지 날아가는 갈매기는
묶을 수 없는 건 사람의 심장도 마찬가지야

그는 한동안 자신이 읽어 내려갔던 걸 믿을 수 없다는 듯이 멍하니 바라보고 있었다. 그리고 큰 소리를 내며 웃기 시작했다. 그냥 흉내를 내는 것이 아니라, 정말로 입이 찢어져라, 눈에서 눈물이 날 정도로 웃었다. 그의 웃음은 다른 사람들에게도 번져나갔고, 그들도 같이 웃었다.

전 대통령은 "특히 이 시, 특히나 이 시 말이야!"라고 하면서 웃다가 중간중간 시를 읽으려 했다.

"들어봐요, 잘 들어봐. '금지명령을 알지 못하지 불어오는 바람은' 그리고… 그리고… '쇠사슬로 묶을 수 없지 날아가는 갈매기는' 이렇게 고리타분하고 비위 상하는, 게다가 말도 안 되는 시를 지금까지 본 적이 있나? 있어? 쇠사슬로 묶을 수 없는가 보네, 날아가는 갈매기는 말이야!"

1호가 "갈매기가 아니라 마치 성녀 잔 다르크 같잖아!"라고 했다. 이번에도 다들 폭소를 터트렸다. 전 대통령의 경호원들만은 웃지 않았고, 라라와 나를 계속 주시하고 있었다.

이런 모욕에도 불구하고 나는 아무것도 할 수 없었다. 내 곁에 있는 여자를 보호하지 못한다는 괴로움이 날 감쌌지만, 총을 든 경호원들 앞에서 내가 할 수 있는 건 없었다.

전 대통령은 한참을 웃고 난 뒤 진정했고, 표정이 심각해졌다. "나는 이 평화 성명서 같은 속임수를 많이 봐왔어. 사회의 안녕을 해치려는 모든 패배주의자와 테러리스트, 무정부주의자들이 이런 성명서 뒤에 숨거든. 이런 자들에게 자신들의 주제를 알게 해주는 걸로 내 평생을 보냈어. 이 섬에서도 이런 인간들이 내 앞에 나타났군. 걱정하지 마시게들, 모든 게 이번에도 같은 식으로 결론 나게 될 테니. 게다가 저 자비로운 지식인인 척하는 눈속임에도 이젠 아무도 넘어가지 않을 테니까. 저 서투른 시를 좀 봐. 이런 글은 초등학생도 쓰지 않아. 이런 건 내가 당신한테 하루에 50편, 100편이라도 써줄 수 있어."

라라는 "이 시를 쓴 사람은 알렉산드르 푸시킨이에요!"라고 했다.

"그래, 모든 게 서서히 밝혀지는군. 자기 입으로 공산주의자의 계략이라고 실토하잖아."

전 대통령은 조금씩 자신이 섬에 있다는 사실을 잊고 있었고, 마치 경호원들에게 자기 앞에 있는 패배주의자 여성을 체포하라고 명령할 기세였다.

라라는 "알렉산드르 푸시킨은 공산주의가 나오기 몇 년 전에 죽었어요."라고 했다.

"상관없어, 러시아인들에게는 항상 공산주의 정신이 존재했었어."

그리고는 우리의 얼굴을 쳐다보지도 않은 채 가던 길을 계속 갔다. 일행들도 그의 뒤를 따랐다.

나는 내 앞으로 지나던 1호에게 "부끄러운 줄 알아야지! 정말로 부끄러운 줄 알아!"라고 작은 목소리로 말했다.

1호는 잠시 걸음을 멈추었지만, 뒤를 돌아보지도 않았고 바로 전 대통령 뒤를 따라갔다.

이번 만남에서 우리의 기는 꺾였지만, 묘하게 흘러가는 상황을 보고는 패배에서 승리의 감정으로 바뀌기 시작했다.

우리 주변에는 아무도 보이지 않았다. 우리는 성명서를 손에 쥐고 나무숲 길을 따라 이곳으로 올 사람들을 기다렸지만, 아무도 오지 않았고 조용하기만 했다.

좀 더 기다리면서 우리의 기쁨은 더 커져갔다. 1시간이 더 흘렀는데도 역시나 아무도 나타나지 않았다. 오로지 전 대통령과 경호원들 그리고 섬 주민 둘뿐이었다. 그게 전부였다!

섬 주민들이 이 학살에 동참하지 않자 우리의 마음은 희망으로 가득 찼다. 그러니까 어제 총회에서는 어쩔 수 없이 그랬지만 나중에 생각해보고 제정신을 차린 것이었다. 섬 주민들의 이런 침묵을 우리가 일종의 저항으로 인식하게 된 데에는 주민들에 대한 신뢰의 영향이 컸다. 이웃들이 자랑스러웠다.

설명할 수 없는 유일한 게 있다면, 1호가 그리 쉽게 함정에 빠져 전 대통령 편에 섰다는 사실이었다. 아마도 섬의 유일한 소유주라고 치켜세워준 것이 마음에 들었던 것 같았다. 그리고 자기가 우리보다 위에 있다고 생각하기 시작했을 수도. 그렇지만 사태가 이렇게 발전한다면, 결국에는 1호도 다시 우리 편이 될 수 있을 것 같았다.

이런 환희에 빠져 있을 그 무렵, 첫 번째 총성이 들렸다. 우리 옆에 있는 언덕 꼭대기에서는 갈매기 해변이 내려다보였다. 우리는 곧바로 언덕으로 올라갔다. 총성은 더 늘어났다.

언덕 꼭대기에 도착해서 바라본 광경은 끔찍했다. 전 대통령과 경호원들은 해변에 서서 갈매기를 향해 총을 쏴대고 있었다. 뛰어난 사격술을 가진 전문가들이라 수많은 갈매기를 명중시켰다.

갈매기들은 비명을 지르며 날아올랐고, 품고 있던 알을 버리고 하늘에서 원을 그리며 날고 있었다. 그중 한두 마리는 새빨간 피에 물든 채 바다로 추락했다. 마치 내 꿈에서처럼 사라진 섬을 향해 곤두박질치는 것 같았다. 총은 연달아 화염을 내뿜었다.

우리는 아무것도 할 수 없었고, 어떻게 해볼 엄두도 내지 못하고 그 무서운 학살 광경을 보고만 있었다. 너무나 끔찍했다. 라라의 눈에서 흘러내리는 눈물은 멈출 줄 몰랐다. 그녀는 흐느끼면서 "천박한 학살자들!"이라고 소리쳤다.

섬의 모든 곳에서 총성이 들렸을 텐데 아무도 보이지 않았다. 모두 집에 틀어박혀 있는 것 같았다. 소설가는 뭘 하고 있을지 궁금했다. 어쩌면 그도 섬의 어느 곳에서 학살을 지켜보고 있거나, 그 광경을 볼 자신이 없어서 귀를 틀어막고 집에 있을지도 모르겠다.

학살은 몇 시간 동안 계속되었지만, 갈매기의 수가 어찌나 많던지 총 몇 자루로 갈매기들을 없애는 건 불가능했다. 해안에서 멀리 도망갈 수도 있었지만, 갈매기들은 어느 정도 날아갔다가는 다시 돌아왔다. 알을 보호해야 한다는 본능 때문에 갈매기들은 사정거리 안으로 다시 들어왔다.

그들은 오륙십 마리의 갈매기를 죽인 다음, 총질이 지겨웠는지, 아니면 힘들어서였는지, 전술을 바꾼 것인지 몰라도 다시 돌아가는 게 보였다. 우리가 언덕에서 내려와 무서움에 떨며 집으로 돌아왔을 때도 갈매기들은 여전히 비명을 지르며 날아다니고 있었다. 그렇지만 그 갈매기 중 일부는 자기들의 보금자리인 해변과 새끼들이 태어날 알로 다시 돌아올 수 없었다.

10장

정신이 혼란스러운 상태로 라라와 나는 곧바로 소설가를 찾아 나섰다. 더는 그에게 부끄러워할 이유가 없었다. 비록 작지만 우리는 승리했다. 비록 갈매기 일부가 죽었지만, 전체적으로 봤을 땐, 전 대통령과 그의 일당들에게 실패를 안겨준 셈이었다. 섬 주민들의 태도를 그들도 확인했으니, 아마 앞으로 한참 동안은 그들이 이런 일을 벌이지 않을 거라는 생각이 들었다.

　그렇지만 '보라색 바다'에서 생각에 잠긴 채 앉아있던 소설가는 이런 우리의 생각에 동의하지 않았다. 소설가는 라라가 쓴 성명서를 읽어보고는 고개를 끄덕이며 마음에 든다고 했다. 그러나 상황을 긍정적으로 볼 이유가 없다는 자신의 의견을 주저 없이 말했다.

　소설가는 전 대통령이 그렇게 한두 번 시도로 포기할 사람이 아니라고 말했다. 소설가는 육지에서 무슨 일이 벌어졌든 여기서도 작은 규모겠지만 같은 일이 벌어질 것이라고 했다. 소설가의 말에 따르면, 전 대통령은 현직에서 물러난 뒤 국가의 축소판을 찾아냈고, 마음대로 이 작은 국가를 가지고 놀 생각을 가지고 있었다. 자신의 모든 경험을 동원할 것이고, 모든 더러운 전술을 적용할 작정이었다.

"하지만 주민들이⋯."라고 내가 말을 꺼냈다.

"국민은 변수야. 오늘 이렇게 행동하지만, 내일은 정반대로 행동하지. 어떻게 행동할지는 선동과 위협에 달려 있어⋯."

그 순간 내 머릿속에 떠오른 아이디어에 나는 흥분했다.

"다들 들어봐, 내일 잣 수확을 시작하는 거야. 섬 주민들 모두가 잣 수확하는 일에 집중하게 만드는 거지. 이번에도 매년 하던 것처럼 축제를 열자. 잣으로 자루를 가득 채우고 나면 늘 그랬던 것처럼 모두 함께 저녁 식사를 하자고. 음악가들에게 기타와 플루트로 흥거운 곡을 연주하게 하고 우리는 춤을 추는 거야. 간단히 말해서, 예전의 삶으로 돌아가자는 거지. 그런 신나는 분위기면 전 대통령에 대해서도 잊어버릴 거고, 그 빌어먹을 갈매기와의 전쟁도 잊을 거야. 잣나무 꼭대기에 있는 사람들한테 어서 와서 갈매기를 죽이자고 하지는 못할 테니까!"

내가 한 말이지만 너무 괜찮은 생각이라 나는 큰 소리를 내며 웃었다. 하지만 내 웃음소리만 들릴 뿐이었다. 소설가와 라라는 이런 내 기분에 동참하지 않았다. 두 사람은 걱정하는 것처럼 보였다.

라라는 "모르겠어, 엄청 무서운 예감이 들어. 그래도 한 번 해보자."라고 했다.

소설가도 그녀의 말에 동의했다. "투쟁을 멈출 수는 없지! 당연히 해봐야지. 하지만 잊지 마, 이 일이 절대 쉽지는 않을 거야."

세월이 흐른 뒤, 나는 소설가의 이 말을 많이 떠올렸다. 사람이 자신에게 무슨 일이 벌어질지 알면서도 자신을 희생하는 건 어쩌면 운명에 순응하는 것과도 같은 것일지 모른다. 한 번은 플라톤의 책에서 현자에 관한 글을 읽은 적이 있었다. 현자가 사람들에게 비가 올 것이라고 경고를 해도 사람들이 그 말을 듣지 않는다면, 그런 우둔한 자들과 함께 비를 맞을 것이 아니라, 집에 들어가서 편안하게 있으면 된다고 했던 것 같다.

오후에 우리는 찾아갈 수 있는 모든 집을 찾아갔고, 이웃들에게 다음날 모두 함께 잣을 수확하자고 했다. 잣 수확까지 2주 정도 남았지만, 잣은 여물어있었고 수확하는 데는 문제가 없었다.

온종일 전 대통령과 그 일당들에게서는 아무런 소리도 들리지 않았다. 우리 눈에 보이지도 않았다. 마치 섬이 예전의 조용했던 날로 돌아간 것 같았다. 매년 그랬듯이 우리는 잣 수확 축제를 준비했다.

그날 저녁, 구멍가게 아들이 주민들에게 공지사항을 돌렸다. 그걸 보자마자 뭔가 잘못되고 있다는 걸 알았다. 공지사항에는 섬의 재산권이 누구에게 있는지 다시 한번 강조되어 있었고, 섬의 잣나무도 이 재산에 포함된다고 쓰여 있었다. 따라서 잣나무에서 잣 하나라도 가져간다면 절도에 해당할 것이라고 했다. 공지사항에는 등기부 등본도 첨부되어 있었다.

나는 '성명서에는 성명서로!'라고 생각했던 걸 떠올렸다. '푸시킨에게는 등기부 등본으로!'

그때 우리는 정원에서 저녁을 먹고 있었다. 소설가도 우리와 함께 있었다. 처음의 충격에서 벗어난 뒤, 우리는 어떻게 해야 할지 생각했다. 소설가는 우리의 계획을 그대로 실행해야 한다고 했다. 다음날 아침, 우리가 정한 시간에 잣을 수확하러 가자고 했다.

우리는 그렇게 했다. 다음 날 이른 아침에 우리는 잣나무가 하늘을 가리고 있던 그 아름다운 숲의 한적한 곳으로 갔다. 우리 손에는 밧줄과 자루가 있었고, 모두 스무 명 남짓이었다. 섬 주민들 전부가 잣 수확에 참여하지는 않았다. 스무 명이면 충분했다. 음악 하는 친구들에게는 잣 수확에 참여하지 말고 연주를 해달라고 부탁했다. 침묵의 저항을 보여준 섬 주민들을 응원하고, 다른 주민들의 참여를 독려하기 위해서였다. 우리가 그 친구들 몫까지 일했다. 즐거운 분위기에서 잣을 수확하는 모습은 여러모로 주민들에게 도움이 될 것이라는 생각에서였다. 음악가 친구들은 악기를 가지고 왔다. 그들은 신나는 곡을 연주했다. 플루트 소리를 들은 숲의 새들도 지저귀기 시작했다. 이와는 대조적으로 갈매기들은 주위에 보이지 않았다. 갈매기들이 날아다니는 것조차 볼 수가 없었다. 갈매기들은 깊은 침묵에 빠져 있었다.

우리는 잣나무에서 잣송이를 따 자루에 담았다. 그다음은 이 잣송이를 햇볕에 말리는 것이었다. 어느 정도 말리고 나면 잣송이를 깨서 속에 든 맛있는 잣을 꺼내 포장해야 했다. 매년 우리가 하던 일이었다. 잣을 따는 일은 오후까지 계속되었다. 꽤 많은 잣송이를 땄고, 태양이 머리 꼭대기에 왔을 무렵, 우리는 휴식시간을 가졌다. 우리는 준비해온 샌드위치를 먹었다.

그때 전 대통령의 경호원들이 잣나무 숲으로 다가오고 있는 것이 보였다. 그들은 우리가 있는 곳까지 왔다.

"여러분은 여러분의 소유가 아닌 토지에서 잣을 수확하고 계십니다. 이것은 불법적인 행위입니다. 당장 해산하세요!"라고 명령했다.

선글라스가 매서운 눈초리를 감추고 있었지만, 그들의 목소리는 우리 모두를 위협하는 거친 톤이었다.

"우리는 오래전부터 이 일을 해왔습니다. 여기 이곳은 모두의 것이에요!"

"토지 등기에는 그런 기록이 없습니다. 당장 해산하시기 바랍니다!"

"섬 주인이 직접 말하기 전에는 못 가겠어요."

"우리는 섬 주인의 지시에 따라 이곳에 온 겁니다."

"당신들에게는 그럴 권한이 없소!"

"있습니다. 우리는 국가의 치안을 담당하는 기관에 소속된 사람들입니다. 그리고 이 섬도 국가영토 일부입니다. 이곳에서 법 집행에 대한 책임이 있습니다. 당장 해산하세요, 그렇지 않으면…."

"그렇지 않으면 뭐?"

경호원들은 그 순간 권총을 꺼냈고 "이 명령을 따르지 않는 자들을 체포할 권한이 있어."라고 했다.

소설가는 씁쓸한 웃음을 지으며, "이 섬에는 구치소도 없잖아!"라고 소리쳤다.

"반항하기만 해봐, 전부 다 체포할 테니!"

일이 심각해지고 있었다. 잣 수확을 중단하는 것 말고는 다른 방법이 없었다.

어쩔 수 없는 상황이었다. 우리는 수확했던 잣을 그곳에 두고 자리를 떴다. 돌아오는 길에 우리는 아무 말도 하지 않았다. 다들 바로 집으로 향했다. 이번에는 전 대통령의 승리였다. 이렇게 해서 섬 주민 누구도 유일한 수입원인 잣 수확으로 돈을 벌 수 없게 되었다. 게다가 우리보다 월등한 힘을 가진 자들이 정말로 작심한 상황이었다. 결국에는 우리의 집도 뺏길 것 같았다.

섬 주민들에게는 유일한 수입원이 사라지고 집을 잃게 되리라는 걱정과 관광 천국으로 개발될 섬에서 자신들이 손에 쥐게 될 어마어마한 재산에 대한 꿈이 동시에 존재했다. 섬에는 소리 없는 갈등이 존재하고 있었다. 라라는 입은 굳게 닫고 있었다. 라라는 악은 모든 곳에서 승리를 쟁취하고 선을 짓밟는다는 생각을 갖고 있었다. 결국, 라라는 자기 생각이 틀리지 않았다는 걸 또 한 번 받아들여야만 했다.

공증인과 다른 친구들은 마지막 방법으로 1호를 찾아갔다. 1호와의 오랜 우정을 믿고 전 대통령을 따르지 말아 달라고, 섬의 옛 친구들에게 상처를 주지 말아 달라고 부탁하기 위해서였다. 우리는 나중에야 그 소식을 들었다.

그들의 이야기에 따르면, 1호는 자신들을 반갑게 맞이했고 처음에는 말하지 않으려고 했다고 한다. 친구들이 계속 추궁을 하자, "믿어줘 나도 어쩔 수 없어. 섬의 등기부 등본에 위법적인 것들이 있나 봐. 만약 전 대통령의 말을 듣지 않으면 등기도 날아갈 판이야. 이 섬에 부과된 증여세와 부동산세가 미납인 상태였다는 걸 아무도 몰랐어. 오랫동안 붙은 이자와 원금을 합치니까 내가 해결할 수 없는 정도더군. 간단히 말하면, 내가 전 대통령에게 반기를 드는 순간 나를 포함해서 우리 모두 이 섬에서 쫓겨나야 하는 거야. 섬은 국고로 귀속되고 말이지. 미안해 친구들, 그분이 하는 말을 듣는 것 말고는 방법이 없다네."라고 했다는 것이다.

그런 다음 1호는 전 대통령을 두둔했던 모양이었다. "게다가 그분은 대통령이잖아! 당연히 모든 걸 우리보다 더 잘 알고 말이야. 야생 갈매기 때문에 전 대통령과 싸우는 상황은 만들지 말자고. 그분의 지시를 따르면 우리 모두 피해를 보지 않을 걸세. 평화롭게 잘 지낼 수 있을 거야. 나중에 엄청난 부자도 될 수 있잖아."

친구들은 기대를 모두 접고 풀이 죽은 채 그의 집에서 나온 모양이었다. 공증인과 친구들은 1호와의 대화를 우리에게 전하면서도 아주 걱정스러운 목소리로 "전 대통령과 싸우기에는 우린 힘이 부족해! 그 사람이 시키는 대로 하는 게 좋을 것 같네."라고 했다.

우리 셋은 맞서고 싶었다. 라라의 눈에는 또다시 눈물이 고였고, 소설가는 바닥에 있는 돌에 발길질했지만, 이것이 아픈 현실이었다. 우리가 할 수 있는 건 없었다.

그날 저녁, 공지사항이 하나 더 집으로 전달되었다. 모든 주민은 다음 날 아침 8시까지 갈매기와의 전쟁을 위해 공터에 모이라는 내용이었다. 고요했던 우리 섬에 총동원령이 내려질 거라고는 상상조차 못 했지만, 현실이 되었다.

공지사항에는 주민들에게 총을 나눠줄 것이며, 남녀 모두 바지와 신발을 제대로 갖추고 나오라는 추가 지시도 있었다. 오랜 시간 동안 집 밖에 있어야 하니 물과 적당량의 먹을 것도 챙기라고 했다. 모자와 선글라스 착용도 권장하고 있었다.

그날 밤, 라라는 침대에서 소리 없이 울었다. 그녀의 눈물이 내 볼을 적셨다. 그리고 아무 희망도 없는 목소리로 섬을 떠나자고 내게 말했다. "여기서 떠나자! 여기는 섬이 아니야, 여긴 수용소야!"

"우리가 어디로 갈 수 있겠어! 온 나라가 수용소인데. 여기서 갈매기가 죽어 나간다면 육지에선 사람이 죽어 나가. 더 나은 조건이 우릴 기다리지는 않아!"

라라는 대답하지 않았다. 그녀가 어깨를 들썩이는 게 보였다. 내 가슴은 찢어졌지만 내가 뭘 할 수 있었겠어!

11장

정말 희한한 일이 아닌가! 시작은 갈매기와의 전쟁이었는데, 마치 갈수록 주민들 간의 문제로 변하는 것 같았다. 사람들 간의 싸움으로 바뀌고 있었다. 아무리 고통스럽다고 하더라도 내가 이건 솔직히 고백해야겠다. 그 싸움은 섬에 생기를 불어넣고 있었다. 어쩌면 복잡한 우리의 심리상태가 오래전부터 찾고 있었던 것이 싸움과 같은 자극적 흥분일지도 모른다는 생각이 들었다. 분노로 붉게 달아오른 라라의 얼굴에서, 홍조를 띤 광대뼈에서, 가끔은 소설가의 살기를 품은 격분의 시선에서 그걸 느낄 수 있었다.

사람들 사이에서 그런 일들이 벌어지고 있을 때, 갈매기들은 어떤 상황인지, 뭘 하고 있는지, 상처를 어떻게 보듬고 있는지 알 방법이 없었다. 갈매기들을 살펴볼 시간이 없었던 데다, 심각하고 표정

없는 갈매기의 겉모습만으로는 도무지 그 속을 알 수 없었다.

이 사건이 있기 전, 나는 가끔 생각해본 것이 있었다. 내가 갈매기가 되어 갈매기의 눈으로 섬을 보고 싶다는 것이었다. 하늘에서 본다면, 아래에서 걸어 다니고, 이야기를 나누고, 음식을 먹는 사람들은 어떤 모습일까? 갈매기들은 우리를 어떻게 생각할까?

우리 사람들은 우주에 관해 생각하고 판단하는데, 어째서 우주가 사람들에 관해서 어떻게 생각하고 있을지는 전혀 궁금해하지 않을까?

그런 생각들이 이제는 우리에게 도움이 못 됐다. 아침이 밝아왔고, 태양은 빛으로 섬을 씻어 내리고, 해수면을 거울처럼 반짝반짝 빛나게 했다. 나뭇잎은 지난밤 맺힌 이슬로 더 진한 초록빛을 띠고 있었다. 아침 안개가 서서히 걷히자, 우리는 궁금한 마음에 멀찌감치 떨어져 선착장을 지켜봤다. 먼저 배에서 숙식하던 전 대통령의 경호원들이 나타났고, 그다음에 1호가 왔다. 그리고 몇몇 이웃들이 하나둘씩 나타났다. 전 대통령은 그때까지 보이지 않았다. 아마도 사람들이 다 모이고 나면 그에게 소식을 전할 모양이었다. 어쩌면 의전 상 규정이 그럴지도. 내가 알 게 뭐람!

섬 주민 중에 참석한 사람은 열여덟 명이었고, 그 뒤로는 아무도 나타나지 않았다. 사실 참석한 사람들도 불안해하며 주변을 두리번거리고 있었다. 기회만 되면 도망갔으면 하는 눈치들이었다.

전 대통령이 도착했다. 그가 모여 있는 사람들에게 연설하고 있는 게 보였다. 경호원들은 모인 사람들에게 총을 나눠줬다. 그리고 그들은 이동하기 시작했다. 검은 선글라스를 쓴 사람들이 앞장섰다. 전 대통령은 그들의 바로 뒤에 있었다. 섬 주민들은 겁에 질린 병사들처럼 그들 뒤를 따르고 있었다. 라라와 나도 일정 거리를 두고 섬 주민들 뒤를 따라가고 있었다.

우리가 머리 위를 날아다니고 있던 두 마리의 갈매기를 올려다보던 순간 소설가의 목소리가 들렸다. 가지가 잘려 나간 나무들이 있는 숲길에서 그가 사람들 앞을 가로막고 나섰다. 그는 "멈춰!"라며 고함을 질렀다. "멈춰요! 여기서 한 발짝도 더 못 갑니다."

전 대통령은 그의 믿을 수 없는 대담함 앞에 놀라서 "당신이 뭔데?"라고 소리쳤다.

"섬 주민의 한 사람으로서 이 학살에 반대합니다."

"내 경호원들이 당신을 어떻게 하기 전에 비켜 서!"

"못 비킵니다. 갈매기들을 죽이도록 놔두지 않을 겁니다."

"갈매기랑 당신이 뭔 상관이 있다고? 이봐, 섬 주인이 우리랑 같이 왔잖아."

"이 섬의 진짜 주인은 갈매기입니다. 우리보다 수천 년 전에 이곳에 와 있었다고요!"

"야생동물이잖아. 야생동물이 주인이 될 수 있다는 소리야?"

"갈매기가 야생이면 당신은 문명인이라는 소립니까?"

"당연한 소리. 토지는 문명인이 소유하는 거야. 야생동물이 그곳에서 몇천 년을 살았다고 해도 주인이 될 수는 없지."

"갈매기가 이 섬의 주인입니다!"

"아니. 갈매기는 이 섬의 적이야. 저 바보 같은 놈을 내 앞에서 치워!"

전 대통령의 신경질적인 명령에 자신을 겨우 억누르고 있던 두 명의 경호원이 소설가를 덮쳤다. 그들은 소설가의 머리를 개머리판으로 갈기고는 길가로 끌고 나갔다. 소설가가 기절한 게 분명한 것이 아무런 움직임도 없었다. 나는 어떻게 해야 할지 몰랐다. 한편으로 흥분해서 혀를 깨물고 있으면서, 다른 한편으로는 앞으로 뛰쳐나가려고 하는 라라를 꼭 붙잡았다. 나는 그녀의 광분한 행동을 막아서고 있었다. 만약 그녀를 놔준다면 그녀도 개머리판으로 얻어맞을 게 분명했다.

잠시 후, 전 대통령이 경호원들에게 "이 패배주의 부랑자를 어디든 가둬 놔!"라고 하는 소리가 들렸다. 경호원들은 소설가의 양쪽 팔을 붙잡고 바닥에 질질 끌며 어딘가로 갔다. 전 대통령은 나머지 사람들과 가던 길을 계속 갔다.

라라와 나도 그들 뒤를 따라갔다. 우리는 전날 목격했던 학살보다 더 참혹한 광경을 보고야 말았다. 갈매기들은 또다시 비명을 지르며 날아다녔다. 알을 남겨두고 곧바로 날아올랐지만, 본능적으로 다시 돌아왔고 총에 맞아 붉은 피로 물들었다. 깃털을 뒤로 흩날리며 크고 터져버린 붉은색의 공처럼 바다로 추락했다.

새끼들을 보호하려는 갈매기들의 노력은 갈매기를 죽이고 있는 사람들을 더더욱 괴물처럼 보이게 했다. 우리는 감정이 북받쳤다. 섬 주민들은 좀 더 신중했고, 자신들이 하는 일에 재미를 느끼지 못하는 것처럼 보였다. 그들은 대부분 허공에 총을 쏘아대고 있었다. 하지만 전 대통령과 경호원들은 총에 맞은 갈매기를 가리켜가며 쉬지 않고 총을 쏴대고 있었다.

그런 식으로 그들은 모래사장까지 나아갔다. 그리고 갈매기의 알을 신발 굽으로 짓이기기 시작했다. 우리가 있는 곳에서는 보이지 않았지만, 알껍데기 속에 있는 새끼들이 그들 발꿈치 아래에서 짓이겨지는 광경은 공포 그 자체였다. 이런 모습은 갈매기들을 미치게 했다. 갈매기들이 모래사장에 있는 사람들을 공격하고, 그들의 머리를 향해 곤두박질치기 시작했다. 그러나 총 앞에서는 아무 소용이 없었다. 그들은 갈매기를 계속 죽였고, 갈매기들은 계속 죽어 나갔다.

바다 위를 갈매기들이 뒤덮었다. 내가 꿈에서 본 것처럼 푸른 바다 위를 뒤덮고 있는 새하얀 갈매기는 아니었다. 갈매기들은 붉게 물든 바다의 잔잔한 파도 위에서 부러진 목과 떨어져 나간 날개와 함께 출렁이고 있었다.

사방에서 갈매기의 비명이 들렸다. 우리가 늘 듣던 울음소리와는 달랐다. 섬에서 오래 살면서 우리가 익숙하게 듣고 지냈던 그 갈매기의 울음소리가 아니었다. 그런 비명과 가슴을 조여 오는 공포의 울부짖음은 처음이었다. 라라는 내 옆에서 어깨를 들썩이며 울고 있었고, 그들에게 저주를 퍼붓고 있었다.

파도가 치는 날이면 나는 바닷가에 앉아서 그녀와 함께 바다 위에 둥둥 떠 있는 새끼 갈매기의 모습을 한없이 지켜보곤 했었다. 우리는 그 새끼 갈매기들이 마치 흔들리는 요람에 자신을 내맡긴 것처럼 일렁이는 파도를 타는 모습을 너무나 좋아했었다. 모든 동물의 새끼들처럼 언제 넘어질지 모르는 갈매기 새끼들의 안짱다리 서투른 걸음걸이를 우리는 사랑스럽게 바라보곤 했었다.

그런 와중에 구멍가게 아들이 내 눈에 들어왔다. 다른 일행들과는 꽤 떨어진 곳에서 혼자 땅에 무릎을 꿇었다가 일어나기를 반복하고 있었다. 뭘 하고 있는지 자세히 볼 수는 없었지만, 나는 그 녀석도 알을 깨고 있으리라 짐작했다. 지적 장애가 있는 일부 장애인들에게서 보이는 폭력적 성향인 건가? 어쩌면 뭘 하는지도 모르고 다른 사람들을 따라서 새끼들을 짓밟고 있는 것일 수도 있겠지.

한참 뒤, 갈매기들이 섬에서 멀어지는 걸 보고 나는 놀랐다. 마치 무리가 그렇게 결정을 했거나, 명령을 받은 것처럼 순간 방향을 바꿔 날아갔다. 알을 보호하는 걸 포기하고 섬의 서쪽을 향해 날아갔다. 그쪽은 바다를 향해 뻗어있는 절벽이 시야를 막고 있어서 갈매기들은 순식간에 내 눈앞에서 사라졌다. 주위에 어떤 갈매기도 보이지 않았고, 갈매기 울음소리도 들리지 않았다. 섬에 침묵이 내려앉았다.

전 대통령과 그 일당들은 예상치 않은 그 침묵에 총을 내려놓을 수밖에 없었다. 야만적이게도 그들은 흥에 겨워 갈매기알을 밟으며 돌아다녔다. 발을 들어 올려서는 힘차게 알을 짓밟았다. 철벅 철벅 알을 깨고 다녔고, 그 소리는 우리가 있는 곳까지 들렸다. 섬 주민들은 알을 깨는 일에 의욕을 보이지 않았다. 그들은 단 한 개의 알도 밟지 않았다.

더는 그곳에서 우리가 할 수 있는 일은 없었다. 소설가를 어디에 가뒀는지 알아보기 위해 우리는 그 자리를 떠났다. 돌아오는 길에 라라에게 뭔가 좋은 생각이 떠오른 것 같았다. 울어서 쉰 목소리로, "가서 저자의 마누라를 만나자! 지금 자신의 남편이 벌이고 있는 짓을 말해주자. 그래도 여자잖아. 자식도 있고 손자들도 있잖아. 그녀의 양심에 호소할 수 있다면, 그녀가 남편을 설득하려고 나설지도 몰라."라고 했다.

라라는 그랬다. 절대 항복하지 않았다. 모든 희망이 사라진 순간에도 새로운 희망의 불씨를 찾기 위해 노력했다. 라라의 말이 옳았다. 그렇게 죽였는데도 전 대통령과 그 일당들은 갈매기 중 극소수에게만 피해를 줬을 뿐이었다. 섬의 해안을 뒤덮고 있는 수천 마리의 갈매기 중 극소수에게만 말이다. 학살을 지금이라도 멈추게 할 수 있다면 우리는 큰일을 해내는 것이었다.

이번에도 그 얄미운 손녀가 문을 열었다. 사춘기에 접어든 큰 키의 소녀는 무시하는 듯한 시선으로 우리 섬 주민들을 대했다. 우리와 얼굴을 마주하는 순간에도 그런 표정을 숨길 필요조차 느끼지 못하는 것 같았다. 그날 문을 열었을 때도 그랬다. 양 눈썹을 하늘을 향해 추켜올리고 가식적인 목소리 톤으로 "뭘 원하시는데요?"라고 물었다. 백성들에게 자기 얼굴을 드러내는 아량을 보인 못난이 공주 같았다. 나는 속으로 '빌어먹을 계집애!'라고 중얼거렸다. 손녀에게 영부인을 만나러 왔다고 했다.

그 아이가 사전 허락 없이 이렇게 집에 찾아오면 안 된다는 말을 시작하자마자, 라라가 화난 호랑이 같은 소리로 고함을 질렀다. "당장 소식을 전해, 당장! 너한테 빨리 가서 전하라고 하잖아!"

이런 라라의 야단에 아이는 몹시 당황해했다. 한순간 어떻게 해야 할지 몰라 우두커니 서 있었다. 아이의 얼굴은 일그러졌고, 금방이라도 울 것 같았다. 그리고 집 안으로 들어갔다. 우리 면전에 문을 닫아버리지 않은 것만 해도 다행이었다.

얼마 뒤 뚱뚱한 영부인이 미소를 띠며 나왔다. "어서 오세요. 안으로 들어오지 그래요, 젊은이들! 커피 한 잔 드릴까요?"

이런 환대에 우리는 어리둥절해서 서로의 얼굴을 바라봤다. 우리는 집 안으로 들어갔다. 그리고 영부인이 가리키는 거실의 소파에 앉았다. 이 집은 섬의 다른 집들처럼 간단한 가구 몇 점만 있는 그런 집이 아니었다. 거의 도시의 집처럼 꾸며져 있었다. 꽃문양이 들어간 팔걸이의자들과 왁스 칠이 된 작은 탁자, 탁상 전등과 벽에 걸린 그림들까지 전혀 다른 분위기였다.

라라는 영부인의 커피 제의를 사양하면서, "여사님, 여사님께서는 펠리컨이 새끼를 어떻게 키우는지 아십니까?"라고 질문했다.

당황한 영부인은 "아니요."라고 답했다.

"엄마 펠리컨이 배고파하는 새끼를 보면 자신의 살점을 뜯어서 먹입니다."

"그래요? 신기하네요, 처음 들어요. 솔직히 감동적이네요."

"여사님, 펠리컨이 자신의 살점을 뜯어 먹이며 새끼를 키우는데 죽임을 당한다면 어떨 것 같으세요?"

"안됐다고 생각하겠지요. 그런데 무슨 말을 하고 싶으신 건지 알 수가 없네요. 내게 무슨 용무가 있어서 이렇게 오신 건가요, 아가씨?"

"펠리컨과 똑같이 새끼를 보호하려는 갈매기들이 지금 학살당하고 있습니다. 어미 새들은 총으로, 알 속에 든 새끼들은 발에 짓이김을 당해 죽어가고 있어요. 제발 여사님, 남편께 말씀 좀 해주세요. 이런 야만적인 행위를 그만두라고 말씀해주세요."

라라의 이 말에 영부인은 냉정한 표정을 지었다. 그리고 시선을 피하면서 우리와 거리를 두려고 했다. 영부인은 창밖의 어느 한 곳에 시선을 두고 있었고, 얇은 입술은 굳게 다물어져 있었다.

"여사님도 어머니시잖아요, 할머니시고요. 이 야만적인 광경을 보신다면 견디실 수 없을 겁니다. 불쌍한 갈매기들이 어떻게 비명을 지르며 새끼들을 보호하려고 하는지…."

영부인은 단호한 목소리로 "그만!"이라고 말하고 자리에서 일어났다. 우리도 자리에서 일어날 수밖에 없었다.

"내가 살면서 이런 부탁을 몇 번이나 들었는지 당신들은 알기나 해요? 새들이 아니라, 사람들 때문에요!"

그 말을 하고 영부인은 침묵했다. 우리는 당연히 그 질문에 대답할 수 없었다. 잠시 뒤 영부인은 자신의 말을 이어갔다.

"구속된 사람들의 부인들, 어머니들. 사형수의 가족들, 실종 아동을 찾는 여성들. 내게 수없이 많은 부탁을 했었어요."

"그들에게 어떤 답을 주셨나요, 여사님?"

"항상 같은 대답을 했어요. 내 남편은 나랏일을 하는 사람입니다. 저는 그 사람의 일에 절대 관여하지 않아요. 나라를 위해 필요한 것이 무엇인지 그 사람이 알아서 합니다. 집안일은 제가 알아서 하고요."

"하지만 지금 남편께서 나라를 통치하는 건 아니잖습니까…."라고 내가 말했다.

이 말에 그녀는 화가 치민 것 같았다. "통치하는 데 크고 작음이 있을 수 없어요! 내 남편은 이 섬의 운영위원장이고…."

라라는 "하지만 여사님도 부위원장이시잖아요! 여사님도 권한이 있으세요. 어떤 경우에는 여자가 남자들보다 더 올바른 판단을 합니다."라고 했다.

아마도 이 말이 그녀의 자존심을 살렸던 모양이었다. 영부인의 표정이 조금 온화해졌다.

"아가씨, 내가 할 수 있는 건 한계가 있답니다. 오랫동안 그래왔어요. 두 분을 실망하게 하고 싶지 않지만, 난 이 일에 개입할 수 없어요."

우리는 이 여자에게서 해결책을 찾을 수 없다는 걸 알았다. 할 수 없이 우리는 현관문으로 향했다. 얼굴에 증오의 표정을 지은 채 현관문을 열고 기다리고 있는 손녀 옆을 지나 우리는 밖으로 나왔다. 그때 라라가 "정 그러시다면, 오늘 아침 붙잡혀간 소설가 친구가 풀려날 수 있도록 도와주세요. 그 정도의 호의는 이웃들에게 베풀어 주실 거로 생각합니다."라고 했다.

내 생각에는 이웃이라는 말이 영부인의 마음을 움직인 것 같았다. 라라는 영부인에게 섬 주민들과는 앞으로도 얼굴을 맞대고 살아야 하지 않느냐고 했다. 여생을 함께 보내야 할 사람들에게 좀 더 잘 대해주었으면 좋겠다는 말도 덧붙였다.

가식적인 미소와 함께 그녀는, "좋아요, 어떤 것도 당신들한테 약속할 수는 없지만, 남편에게 한 번 이야기해 보죠."라고 했다.

그 집을 나온 뒤, 나는 라라에게 "펠리컨은 어떻게 생각해낸 거야?"라고 물었다.

"몰라, 그 여자 마음을 움직이려면 어떻게 말을 시작하는 게 좋을까 생각하다 갑자기 펠리컨이 떠올랐어."

"정말로 자기 살점으로 새끼를 키우는 거야?"

"모르겠어. 많은 사람이 그렇다고 믿고 있대, 고대부터⋯. 많이 알려진 이야기야. 게다가 그런 이유로 펠리컨을 자신의 살과 피로 인간의 원죄를 씻게 만든 예수와 비교하기도 해."

"하지만 그 여자에겐 이런 것도 안 통하니!"

"안 통해, 저 인간들은 어쩜 저렇게나 냉정할 수가 있지?"

"내가 보기엔 전 대통령은 누구를 죽이지 않고는 못 견디는 사람 같아. 오랜 세월 동안 몸에 밴 거야. 누군가를 죽이지 않으면 자신이 쓸모없는 인간이라고 느끼는 게 분명해."

"잘은 몰라도, 인간의 마음이라는 건 너무나 어둡고 복잡한 것 같아."

이런 이야기를 나누며 선착장을 향해 걸어가고 있을 때, 희미하게 음악 소리가 우리에게 들렸다. 우리는 그 순간 입을 닫았다. 산들바람을 타고 물결처럼 우리에게 들려오는 소리는 귀가 아니라 심장을 지나 뇌에 전달됐다. 소리는 희미했지만, 가슴속에서는 강하게 메아리쳤다. 갈매기가 학살당하는 동안 처참하게 무너져 내린 심리상태로 우리는 다시 돌아갔다. 마치 사방에서 갈매기의 울음소리가 들리는 것 같았다.

좀 더 가까이 가니, 어느 집 앞에 모여 있는 사람들이 보였다. 기타와 플루트 연주를 듣고 있었다.

음악가 친구들은 자신의 악기로 주로 평온과 행복 그리고 가끔 기쁨을 형상화했다. 우리는 그런 음악에 익숙해져 있었다. 섬의 분위기가 가라앉아 있던 때에는 우울한 곡을 연주하기도 했다. 이별, 슬픔, 고통의 순간들은 우리에겐 생소한 것들이 아니었다. 지나간 시절, 늘어나는 흰 머리카락, 표현하지 못한 감정…. 그들이 장송곡을 연주할 때도 있었다. 그날 저녁, 그들이 연주한 곡에 담긴 비명과 가슴을 조이는 공포는 우리도 처음 듣는 것들이었다.

사람들이 모여 있는 집 앞을 지나칠 무렵, 뒤에서 들려오던 선율들 사이로 라라의 소리가 들렸다. 라라는 어깨를 들썩이며 울고 있었다. 그리고 전 대통령과 그 일당들에게 저주를 퍼붓고 있었다.

섬의 아름다움은 이젠 내 가슴을 짓누르는 두려움의 근원이 되어 버렸다. 나 스스로 무력감을 느꼈다.

사랑하는 소설가 친구가 그 모든 일이 벌어지기 전에 이미 이야기했었다. 우리 모두에게 경고까지 했었다는 게 생각났다. 가슴속에서 뭔가 산산조각이 난 것 같았다. 그것도 다시는 되돌릴 수 없을 정도로.

우리 인간들은 자신의 한계도 모르면서 스스로의 지능에 만족한다. 배우려 들지도 않으며, 현명해지지도 못한다. 대부분의 경우, 모든 걸 깨달았을 때는 너무 늦다. 그날 밤 자네를 어디에 가뒀는지 우리는 물어물어 찾아다니고 있었어. 그때 내 마음속에 자리 잡은 걱정과 불길한 예감은 이 상황이 더 나쁜 결론으로 치닫고 있다고 말하고 있었어.

내가 자네에게 무슨 말을 할 수 있겠어! 날 용서해줘!

자네가 살아 있는 건지, 해초로 뒤덮인 바다 밑이나 2미터 땅속 아래에 있는 건지, 나는 모른다네.

살아 있다고 해도 내 글을 자네가 읽어볼 가능성은 없겠지만, 그래도 진심으로 말하고 싶어. 자넨 나의 사랑하는 친구이자 스승이라고.

나를 용서해줘!

나를 용서해!
용서해!

12장

그 우울했던 날이 저물고 있었다. 우리는 밤의 향기가 내려앉은 정원에서 슬픔에 잠긴 채 와인을 마시고 있었다. 나는 계속해서 '어째서 그 사람은 그렇게까지 못돼 먹은 걸까?'라고 생각하고 있었다. '왜 그렇게까지 악한 거지?'

　구멍가게 뒤에 있는 장작 창고에 갇혔다가 영부인의 노력으로 오후에 풀려난 소설가도 우리와 함께 있었다. 소설가는 이 섬에서 최초로 체포된 사람이라는 영광을 안았다. 그는 자신의 과거에 관해서 이야기하지 않았다. 그럼에도 이전에 비슷한 경험이 있었을 거라고 라라와 나는 추측하고 있었다.

　"여기에서도 나는 잡혀가는 데 성공했구먼."이라며 소설가는 쓴웃음을 지었다. 개머리판으로 맞은 머리가 꽤 아팠던 모양이었다. 소설가는 우리 집에 오자마자 진통제를 찾았다.

라라는 조금 전 내 머리를 스치고 지나갔던 것과 똑같은 질문을 마치 혼잣말하듯이 소설가에게 물었다. 최근 들어 이런 우연이 자주 겹쳤다. 어쩌면 함께 살면서 나와 라라 사이에 묘한 텔레파시가 전달되는 것일지도 모르겠다.

라라는 한동안 말이 없다가 다시 중얼거렸다.

"어째서 그 사람은 그렇게까지 악한 걸까?"

우리 중 누구도 대답하지 않았다. 밤은 고요했다. 갈매기의 울음소리도 들리지 않았다. 섬에서는 아무 소리도 나지 않았다. 전 대통령의 계획이 성공해서 모든 갈매기를 섬에서 쫓아낸 걸까? 그날 오후와 저녁 무렵에 하늘을 날아다니는 갈매기를 어째서 한 마리도 볼 수 없었던 거지? 어디로 간 걸까? 그전에는 갈매기를 보지 않고, 갈매기 소리를 듣지 않고 지내본 적이 단 하루도 없었다. 그래서 우리를 감싸고 있던 고요함이 오히려 공포로 다가왔다. 마치 우리가 늘 살고 있는 섬이 아니라, 낯선 곳에 있는 것 같았다.

소설가는 와인을 한 모금 들이키고는 침묵을 깼다. "그 사람 엄청나게 겁먹고 있어. 어째서 그 사람이 그렇게까지 사악한가에 대한 답이 이거야. 자기 내면에 있는 큰 두려움! 자기가 저지른 살인들이 평생 그를 따라다닐 거고, 결국은 저주로 다가올 거야. 도망치고 싶어서 찾아온 이 외딴섬에서조차 말이야."

시를 좋아하는 라라는 "하지만 토끼가 겁먹어서 도망가는 게 아니라, 도망가니까 겁을 먹는 거야!"라고 했다.

소설가와 라라는 진지하게 토론을 벌이고 있었다. 내가 세상에서 가장 좋아하는 이 둘은 인류의 폭력 성향을 결코 이해하지 못할 거라는 생각이 들었다. 그들에게는 존재하지 않는 것이었다. 내가 보기엔 문제는 간단했다. 이 세상에는 선한 자와 악한 자가 존재한다. 어떤 기준으로 누가 선하고 악한지는 내가 알 수 없지만, 선과 악의 존재는 명확했다. 두 사람의 토론 중에 끼어들어 이런 내 생각을 말하고 싶었다. 하지만 둘 다 내 말에 관심을 두지 않고 자기들 이야기에 집중하는 바람에 내 이야기는 묻혀버렸다.

소설가는 전 대통령에 관해 자신이 알고 있는 사실을 우리에게 들려줬다. 나는 소설가가 이야기하는 동안 한 번은 소설가를, 또 한 번은 라라가 무슨 생각을 하는지 알고 싶어서 그녀의 창백한 얼굴을 바라봤다. 전 대통령은 가난한 집에서 자랐고, 그의 아버지는 종교계 종사자였다. 그의 아버지는 대부분의 가난한 집안 아이들처럼, 그를 학비가 들지 않는 군사고등학교에 보냈다. 소설가의 말에 따르면, 그는 군사고등학교에서 세뇌가 되었다. 조국이 안팎으로 적들에게 포위당해 있고, 조국을 수호하는 임무는 오로지 군인에게만 주어졌다고 배웠다. 그는 그때부터 조국의 반역자들을 찾기 시작했던 모양이었다. 그리고 그는 사관학교를 졸업했다. 결혼도 했고 아이도 가졌다. 적은 월급에 힘든 지역에서 근무도 했다. 그는 진급하면서 높은 계급까지 올라갔고 쿠데타로 행운을 잡았다. 그렇게 그는 대통령까지 되었다.

"나라의 모든 균형이 무너진 것도 그 쿠데타 시기와 딱 맞아 떨어져!"

라라의 이 말에 소설가는 고개를 끄덕이며 맞다고 했다. 나는 라라가 알고 있는 지식과 영민함에 또 한 번 놀랐다.

"맞아, 그는 국가통치를 정치적, 민족적, 종교적 세력들 간의 싸움으로 이해하지. 그걸 고급 정치라고 생각하고 있어."

솔직히 나는 이 모든 사실을 그 정도까지 깊게는 몰랐다. 내가 섬에 오기 전까지 정치에 관심을 가졌었다고 할 수는 없었다. 쿠데타나 시위, 혼란, 체포 그리고 도시의 골목길을 누비던 군용트럭 정도는 알고 있었다. 그러나 어느 정도의 사건들인지, 그 사건들의 근본적인 원인에 대해서는 알지 못했다. 라디오와 텔레비전을 통한 공식 발표는 모두를 공포로 몰아넣었다. 이런 보도를 통해, 마치 우리 모두가 크나큰 위협에 직면해 있는 것처럼 믿게끔 했다. 사실 부끄러운 일이지만, 체포, 고문, 사망에 관한 정부의 발표를 듣고, 나는 '어쩌면 당해도 싼 짓을 했으니까 당했을 거야!'라는 생각을 적게나마 했었다.

나는 소설가에게 오래전부터 궁금했던 걸 물어봤다. "그 사람이 대통령으로 있을 때 자네도 체포된 적이 있었어?"

소설가의 얼굴에 그늘이 졌다. 그의 목은 잠겼다. "그건 다른 문제야!"라고 그는 입속으로 중얼거렸다.

라라는 내게 조용히 하라고 눈짓을 보냈다. 나는 입을 다물었다. 우리는 여러 방법을 동원했지만, 소설가의 과거를 알아내는 데는 실패했었다. 그의 내면 한 지점에는 누구도 넘지 못하는 벽이 쌓여있는 것 같았다. 거기까지 가면 우리는 늘 벽에 부딪히곤 했다.

우리 셋의 대화가 깊어질수록, 내가 소설가나 라라처럼 사고하지 않는다는 걸 더 확실히 알 수 있었다. 나는 사람의 선과 악에 대해 중요하게 생각하고 있었고, 대화를 그쪽으로 유도하려고 하고 있었다.

오래전에 읽었던 책이 계속 머릿속에 맴돌았다.

나는 "우리는 사실 모두 악어야!"라고 했다.

라라와 소설가는 황당한 눈으로 나를 바라봤다. 나는 "칼 세이건"이라고 하면서 그들의 대화에 끼어들었다. "그는 R 복합체라는 걸 믿었지. R은 'reptile' 그러니까 파충류라는 단어에서 온 거야. 인류는 물에서 나와 육지로 올라왔기 때문에, 우리 뇌의 뿌리에는 아직도 파충류들의 폭력성의 흔적이 남아있다는 거지. 칼 세이건은 자기 영역을 지키기 위해 폭력을 사용하려는 경향이 인간에게 있다고 했어. 그러니까 우리는 모두 악어인 셈이야."

어쨌거나 두 사람의 관심을 이 주제로 돌리는 데에는 결국 성공했다. 소설가도 인류의 선과 악에 대한 주제에 말을 보탰다. 그는 장자크 루소의, 에밀과 프로이트의 인간의 파괴본능에 관한 글에 대해서 이야기했다.

소설가는 한참을 '자연 상태 또는 교육'에 관해 말했다. 인류는 태생부터 악한 것인지, 아니면 악은 배우는 것인지에 관한 이야기였다.

소설가는 "이런 모든 것들은 개인적인 이론이야! 내가 볼 때는 전체 상황을 설명하기에는 부족해."라고 했다.

우리는 한동안 섬의 이웃들에 관해서 이야기를 나눴다. 솔직히 나는 복잡한 감정을 느꼈다. 이웃 중 소수라고 해도 일부가 전 대통령의 위협을 견디지 못하고 그의 편에 섰다. 하지만 본의 아니게 갈매기 학살에 가담한 것이 분명했다. 그들은 갈매기를 향해 총을 쏘지도 않았고, 새끼들을 죽이거나 알을 깨트리지도 않았다. 단지 보여주기식으로 그곳에 있었던 것이었다. 그들을 제외한 섬 주민들의 대부분은 위협에도 불구하고 갈매기 학살에 가담하지 않았다.

　나는 그날 저녁 무렵 내가 들었던 이상한 이야기를 라라와 소설가에게 해줬다. 전 대통령이 음악 하는 친구들을 불러서는 갈매기와의 전쟁을 지지하는, 주민들을 흥분시킬 수 있는 곡을 연주하라고 했다는 것이다. 그렇지만 아무도 그 얼토당토않은 요구를 받아들이지 않았다. 그 친구들은 마치 자연의 일부인 것처럼 자연스럽고 마음에서 우러나는 음악을 했다. 우리 중 대부분은 그게 음악이라는 것도 몰랐다. 섬에서 나는 자연의 소리라고 여겼다. 이들의 음악은 우리 삶의 일부분이었다. 우리는 섬이 생긴 이래로 밤이면 기타와 플루트 소리가 계속 울려 퍼지고 있었던 것처럼 느끼고 살았다.

　고요한 섬에서의 그날 밤 대화는 계속되었다. 향이 좋은 레몬밤은 진한 수액을 계속 뿜어내고 있었다. 농익은 향기가 어둠 속에서 퍼져 나와 우리가 앉아있던 곳을 마법의 정원으로 바꾸어놓고 있었다.

　이야기를 나누는 동안에도, 내 머릿속은 라라를 가슴 저리도록 사랑하는 마음으로 가득했다. 나는 그녀를 정말 사랑하고 있었고, 그 사랑 때문에 가슴이 저렸다.

　그 순간 정말로 가슴이 아팠다. 너무나 심각하고 중대한 이야기를 하고 있다고 해도 내겐 전혀 중요하지 않았다. 그녀의 얼굴을 바라보고 목소리를 듣기 위해 내가 살고 있다고 느꼈다. 아름다웠냐고? 그래, 무척이나 아름다웠지만, 그건 내게 전혀 중요하지 않았다. 그녀에게 무슨 일이 생겨서 얼굴이 바뀌고 흉측해진다고 하더라도, 그녀를 향한 내 감정은 변할 수 없었다. 내가 그녀에게 빠지게 된 건 외적인 아름다움과는 전혀 상관이 없었다. 설명할 수도 없고, 말로는 표현이 안 되는 그런 게 있었다. 분위기, 몸짓, 목소리의 꺾임, 입술 가장자리에 자리 잡은 옅은 주름, 웃을 때 턱 주변에 생기는 보조개…. 이 모든 것, 모든 것이 다 아름다웠다. 더더욱 중요한 것은 우리는 마치 영혼의 단짝 같았다. 우리는 서로에게서 평생 빠져나올 수 없는, 모든 순간 행복으로 넘쳐나는 피난처였다.

그 길었던 우리의 대화는 라라의 동양 신앙에 관한 이야기로 끝을 맺었다.

인간이 겪은 모든 나쁜 경험은 차크라*를 막게 되고, 이는 부정적인 에너지가 퍼지는 원인이 된다는 이야기였다. 라라는 악의 근원도 바로 이것이라고 했다.

소설가는 얼굴을 찌푸렸다. 우리의 이런 극도로 개인적인 의견에 대해 만족스럽지 못하다는 걸 그런 식으로 드러냈다.

"그러니까 그 양반은 차크란지 뭔지가 남지 않았겠네. 다 막혀서 말이야."

그리고 우리에게 가르치듯, "잘 봐, 두 사람이 이해하지 못한 근본적인 문제가 바로 이거야. 그런 류의 사람들이 유일하게 무서워하는 것이 의문 제기야. 질문해대면 간이 떨어지는 거지. 의문을 제기하는 사람들은 반드시 해야 할 의무처럼 목숨을 걸어가며 저항하거든. 예수처럼, 스파르타쿠스처럼, 역사적으로 많은 예를 통해 볼 수 있는 것처럼 말이야. 그래서 이걸 개개인의 선과 악으로 연결하면 안 돼."

———

* 산스크리트어로 바퀴 또는 원이라는 뜻으로 생명의 에너지가 결집하는 곳

"좋아, 그럼 갈매기는 왜 죽이는 거야? 자기들에 대해 추궁하거나 그러는 것도 아닌데!"

소설가는 순간 멈칫하더니 당황했고, 무슨 답을 해야 할지 모르는 것 같았다. 농담 반 진담 반으로 "어쩌면 두 사람의 말이 맞는지도 몰라. 젠장, 나 좀 헷갈리게 하지 마!"라고 했다. 그리고 중얼거리듯이 "사실 어딘가에 악이 존재한다면, 그곳에 있는 모든 사람에게는 조금씩의 책임이 있는 거야."라고 말하면서 자리에서 일어났다. 그는 휘청거리며 자기 집으로 향했다. 머리를 만지는 거로 봐서는 여전히 통증이 있는 것 같았다.

개머리판으로 머리를 맞은 데다, 장작을 쌓아둔 창고에서 몇 시간이고 갇혀있었던 바람에, 소설가는 끔찍한 기억을 떠올렸을 거다. 그래서 분을 참지 못했던 거였다. 목소리 톤에서 우리에게마저도 약간 화가 나 있다는 게 느껴졌다. 예전에는 오로지 문학에 관한 문제에서만 그가 화를 냈었다. 내가 베껴 쓴 글을 찾아낼 때면, "네 이름이 프루스트야? 네 이름이 보르헤스야?"라고 말이다. 하지만 우리는 그때 그가 화난 이유를 언급할 상황이 아니었다.

소설가가 자리를 뜬 다음에도 늘 그랬던 것처럼 라라와 나는 계속 이야기를 나눴다. 5분이나 10분 정도 더 이야기를 나눴고, 남은 와인을 마저 마셨다.

잠들기 전에 나는 라라에게 참새와 포수 이야기를 들려주면서 이 이야기가 조금 전에 왜 생각이 나지 않았는지 아쉬워하고 있었다. 왜냐하면, 소설가도 이런 이야기를 좋아했기 때문이었다. 내가 어린 시절에 들었던 동화였다. 한겨울의 한파에 엄마 참새와 새끼 참새가 한 나뭇가지에 앉아있었다. 잠시 뒤 콧수염은 얼어붙고, 추위로 눈에서 눈물까지 흘리고 있던 사냥꾼이 다가오는 것이 보였다. 새끼 참새가 "저것 봐 엄마, 동정심이 정말 많은 사람인가 봐. 눈물을 흘리고 있잖아."라고 엄마 참새에게 말했다. 엄마 참새는 새끼 참새에게 조용히 하라고 주의를 시키며, "저 사람의 눈에 맺힌 눈물이 아니라, 저 사람 손에 묻은 피를 봐!"라고 했다는 것이다.

라라는 이 이야기를 매우 좋아했다. 우리는 참새도 아니었고, 포수를 어떻게 상대해야 할지도 알고 있었다. 라라와 나는 진한 꽃향기를 맡으며 침대로 향했다. 우리는 서로의 상처를 보살피고 치료해주는 진한 사랑을 나눴다. 그녀는 수줍은 공주처럼 자신의 가녀린 몸속으로 나를 받아들였다. 그건 무더운 사막 한 가운데서 오아시스를 발견하고는 생명수와 구원의 은혜 속으로 피신하는 그런 것이었다. 우리는 길고 조용한, 다정하고 감동적인 그리고 비단결같이 부드러운 사랑을 나눴다. 잠이 들기 전, 그때 내가 느낀 감정이 무엇인지 난 너무나 잘 알고 있었다.

고마움!

내 마음속은 라라에 대한 고마움으로 가득 차 있었다. 가끔은 뜨거운 눈물을 쏟을 만큼 진한 고마움이었다!

13장

그날 밤에서 새벽으로 이어지던 시간, 섬 역사상 처음으로 갈매기의 공격이 시작되었다. 집에서 폭발이라도 일어난 줄 알고 엄청난 패닉에 빠져 침대에서 뛰쳐나왔을 때만 해도, 우리는 갈매기가 공격한 것이라는 걸 몰랐다. 나는 잠이 덜 깬 채로 소리가 났던 거실로 뛰쳐나갔다. 신선한 아침의 서늘한 공기가 얼굴에 와 닿았다. 유리창이 깨져있었다. 전등을 켜니 거실 한 가운데 피범벅이 된 갈매기가 있었다. 갈매기는 온몸에 경련을 일으키고 있었고, 곧 죽을 것처럼 보였다. 실제로도 얼마 지나지 않아 갈매기는 죽었다. 갈매기의 온몸은 뻣뻣하게 굳었고, 고개는 옆으로 늘어져 있었다. 피가 흥건한 채 죽어있는 갈매기의 모습은 공포 그 자체였다. 바다 위에 떠다니던 죽은 갈매기나, 해변에서 죽어있는 갈매기를 본 적이 있었다. 그러나 집

안에서 죽은 갈매기 사체는 전혀 다른 느낌이었다. 갈매기는 소파 바로 앞에 죽어있었다.

라라는 내 곁에서 덜덜 떨고 있었다. 충격에서 조금 벗어나니 밖에서 나는 소음과 비명이 내 귀에 들려왔다. 유리창이 깨지고, 지붕의 기와가 박살이 나는 소리였다. 갈매기 떼가 비명을 지르는 것처럼 울어대고 있었다.

나는 용기를 내 깨진 유리창 밖으로 고개를 내밀었다. 세상의 모든 갈매기가 우리 섬으로 모여든 것 같은 광경이 펼쳐지고 있었다. 하늘을 나는 것이 아니라, 마치 한 무리를 이루어 여기서 저기로 흘러가는 것 같았다. 이른 아침의 여명을 흰색 갈매기가 뒤덮어버렸다. 갈매기의 울음소리로 우리는 귀가 먹을 것 같았다. 집집마다 비명 소리가 높아졌다. 그러던 와중에 우리 집 지붕에서도 소리가 들리기 시작했다. 마치 누군가가 지붕에 올라가서 기와를 깨는 것 같았다.

날이 밝아 아침이 되자, 나는 이 모든 게 갈매기의 공격이라는 걸 알았다. 갈매기들은 해변에서 물고 온 큰 돌을 하늘 높은 곳에서 집을 향해 떨어트렸다. 그 돌은 가속도가 붙어 총알처럼 기와 위로 내리꽂혔다.

갈매기가 아주 영리하고 조직화할 수 있는 종류의 새라는 걸 어디서 본 적이 있었다. 갈매기 중 일부는 기왓장을 깨고, 일부는 사람을 공격하도록 임무를 분담한 것 같았다. 몇몇 갈매기는 가미카제처럼 자살공격 임무를 맡고 있는 것 같았다. 지금 벌어지고 있는 상황을 우리는 도무지 믿을 수 없었다.

갈매기들은 섬 주민과 집을 향해 질서정연하고, 계획적이며, 지능과 희생을 요구하는 공격을 감행하고 있었다. 몇몇 갈매기는 아주 높은 고도에서 집을 향해 급강하했고, 엄청난 속도로 자신을 유리창에 내던졌다. 그 충돌은 폭발과 같은 효과를 냈다. 갈매기가 목숨을 내던져 충돌한 유리창은 박살이 났고, 엄청난 공황과 공포가 그 집을 덮쳤다. 갈매기의 공격이 시작된 뒤 바로 들려오던 총성도 얼마 지나지 않아 멈췄다.

그러는 동안 날이 완전히 밝았다. 나는 집 밖으로 나가는 게 무서웠지만, 계속 그렇게 집안에만 있을 수는 없었다. 라라를 집에 있도록 겨우 설득하고, 나는 밖으로 발을 내디뎠다. 그러나 대문에 닿기도 전에 화가 난 것 같은 갈매기가 머리 위로 나타나더니 부리로 내 머리를 쪼기 시작했다. 나는 두 손으로 머리를 감싸면서 겨우 집 안으로 다시 들어왔다.

그날 우리는 밖으로 나갈 수 없었다. 누구와도 소식을 나눌 수 없었다. 나는 가끔 조용한 구석을 찾아 머리를 내밀고 무슨 일이 벌어지고 있는지 살펴봤다. 갈매기들의 공격은 간격을 두고 계속 이어졌다. 우리는 깨진 창문 위로 커튼을 쳐 갈매기들을 막았다. 멀쩡한 다른 유리창은 천으로 덮고 진열장을 기대서 갈매기의 공격에 대비했다. 그리고 우리는 침실에서 나오지 않았다.

우리는 얼마나 놀랐던지 제대로 생각을 할 경황도 없었다. 오직 하나, 갈매기들에게 화를 낼 생각조차 못 했다는 건 확실했다. 그 대신에 사태를 이 지경으로 만든 전 대통령에 대한 분노가 커졌다. 소설가 소식도 궁금했지만, 그에게 갈 수가 없었다. 갈매기들의 공격 속에서 소설가는 뭘 하고 있으며, 무슨 생각을 하고 있을까?

그날 우리는 그렇게 하루를 보냈다. 갈매기들은 누구도 집 밖으로 나가게 그냥 내버려 두지 않았다. 마치 공습 중인 상황이었고, 섬 상공에 폭격기가 선회하고 있는 것 같았다.

다음 날 아침, 섬에 엄청난 안개가 내려앉았다. 바깥은 우윳빛 흰색으로 뒤덮여 있었다. 흰색 외에는 아무것도 보이지 않았다. 겨우 흐릿한 형체만 조금 구분될 뿐이었다. 그날은 섬을 동화 속의 나라로 바꿔버리는 그런 날 중 하루였다. 안개를 보고 이렇게 기쁜 적은 없었다.

나는 라라와 함께 갈매기들을 경계하면서 집을 나섰고, 조심조심 발걸음을 내디뎠다. 주위에 갈매기는 보이지 않았지만, 그래도 무슨 일이 일어날지 몰랐다. 갑자기 우리 머리 위로 나타나면 우리는 방법이 없었다. 우리는 먼저 공증인의 집으로 갔다. 소설가도 음악가 친구와 다른 몇몇 이웃들과 함께 그 집에 있었다. 다른 이웃들의 집도 전부 유리창이 깨졌고, 집은 전쟁터가 됐다고 했다.

다들 예상했겠지만, 모여 있던 사람들 모두가 그날 온종일 전 대통령을 욕하면서 보냈다. 그가 바보 같은 생각으로 우리 섬을 망쳐놓은 것이었다. 갈매기는 아무런 죄가 없었다. 이젠 그가 무슨 짓을 벌이려고 할까? 가장 올바른 선택은 그가 섬을 떠나는 것이었다. 빨리 짐을 챙겨서 그 밉상에 잘난체하는 손자들과 냉정하기 이를 데 없는 마누라를 데리고 떠나는 게 그가 할 수 있는 가장 옳은 선택이었다. 얼마나 화가 치밀고 분이 차올랐던지 모른다. 나는 전 대통령을 찾아가 바로 면전에 대고 퍼붓고 싶은 욕구가 어느 때보다 강렬하게 치밀어 올랐다. 소설가도 나와 같은 생각이었다. 결국 소설가가 직접 나서서 우리의 생각을 전 대통령에게 말하기로 했다. 소설가가 자발적으로 우리를 대표하기로 했다.

우리는 모두 함께 집에서 나섰고, 전 대통령의 집으로 향했다. 안개가 어찌나 심하던지, 하늘의 모든 구름이 섬에 내려앉아 섬 위에서 흘러 다니는 것 같았다. 손을 저으면 안개가 흩어지는 걸 볼 수 있을 정도였다. 가던 길에 몇몇 이웃들이 더 합류했다. 섬 주민들이 약속이나 한 듯 만나고 모였다. 모두 전 대통령에 대해 분노하고 있었다.

전 대통령의 집 앞에 도착하자, 베란다에서 기다리고 있던 무장한 남자들이 먼저 눈에 들어왔다. 표정 없는 그들은 소총을 휴대하고 근무를 서고 있었지만, 우리의 분노가 극에 달해있던 터라 총 따위에 겁먹을 상황은 아니었다.

전 대통령을 만나야겠다고 모두 함께 말했다. "빨리 소식을 전해요, 이리 오시라고!" 경호원들은 우리를 못 본 척하면서 어찌할 바를 몰라 주저하고 있었다. 우리는 단호하게 말했다. "당장!"

잠시 뒤, 전 대통령이 베란다에 나타났다. 얼굴이 창백해진 것인지 아니면 내게 그렇게 보였는지 모르겠지만, 그 자신도 꽤 놀란 게 분명했다.

"자, 갈매기가 얼마나 위험한 짐승인지 밝혀졌습니다. 그렇지 않은가요, 주민 여러분? 본인이 여러분께 이 점을 말하려고 할 때마다 여러분들은 듣지 않았어요. 나의 반대편에 서서 이 야생의 새를 두둔했지요. 말해 봐요, 이 새들이 테러리스트와 다른 점이 뭡니까? 뭐가 달라요!"

소설가는 "부끄럽지도 않으십니까? 그런 말을 할 용기는 도대체 어디서 나오는 겁니까? 당신이 벌여놓은 일이 안 보이시나요? 섬이 어떤 상태인지 안 보이세요? 우리 주민들이 어떻게 됐는지 안 보인다는 말씀입니까? 그래요? 그렇단 말입니까?"

소설가는 정신이 나간 것 같았고, 발작을 일으키는 것처럼 "그래요? 그래요? 그렇단 말이에요?"라고 소리쳤다. 우리도 그에게 힘을 실어줬고, 손을 뻗어 올리며 분노를 전 대통령에게 표현했다. 경호원들은 어떻게 해야 할지 몰라 당황해하는 것처럼 보였다. 섬에 온 이후로 처음으로 경호원들이 당황해서 허둥대는 것 같았다.

그날 자네가 전 대통령에 맞서고, 거의 겁을 집어먹을 정도까지 그자를 몰아붙인 걸 보고 나는 자랑스러웠어. 자넨 겁 없이 그들 앞에 꼿꼿이 서서 그들에게 책임을 묻고 있었지.

"지금 나를 비난하는 건가?"라고 전 대통령이 말했지만, 예전처럼 목소리에 힘이 들어가 있지 않았다. "유리창과 기와를 내가 깼나요? 당신들 집에 내가 자살 공격을 했습니까? 집 밖으로 나오지 못하게 한 게 나입니까? 양심이 있어야지, 양심이! 이런 철면피들이 어디 있어. 문명인이라면 서로 힘을 합쳐 이 난국을 어떻게 헤쳐 나갈 것인지 생각해야지 서로를 비난하다니."

소설가는 "갈매기 새끼들을 죽이는 건 문명이 아닙니다!"라고 소리쳤다. "갑자기 갈매기들을 덮쳐서는 새끼들을 죽이고 알을 깨는 건 야만 중에서도 야만입니다."라고 했다.

우리 모두 "옳소, 맞습니다!"라고 소리를 쳤다. 그러자 우리 머리 위로 갈매기들이 나타났고, 우리를 향해 빠르게 내려와 부리로 머리를 쪼기 시작했다. 우리는 양손으로 머리를 감싼 채 달아나느라 무슨 일이 벌어지고 있는지 볼 수 없었다. 갈매기의 울음소리와 사람들의 비명이 뒤섞였고, 총성이 울렸다. 우리는 하는 수 없이 대피할 수 있는 가장 가까운 집인 전 대통령의 집으로 도망쳤다. 경호원들은 창가에 숨어 계속 총을 쏴댔다. 갈매기 몇 마리가 땅으로 떨어지는 게 보였다.

전 대통령과 언쟁을 벌이는 동안, 안개가 옅어지고 시계가 트이기 시작했던 것을 우리가 알아채지 못하고 있었던 것이었다. 게다가 한곳에 모여 소리를 질러 주의를 집중시키는 바람에 갈매기의 표적이 되어버린 것이었다.

모두 얼마나 놀랐던지 조금 전에 있었던 언쟁은 한순간에 사라져버렸다. 먼저 이 상황에서 벗어나야만 했다. 누가 잘못했는지에 대한 논쟁은 나중으로 미뤄졌다.

전 대통령은 "여러분들 중에 묘책이 있는 사람이 있는가요?"라고 물었다.

이 임시 휴전 상황에서 우리 모두의 대변인이었던 소설가는 "할 수 있는 게 별로 없습니다. 어두워지면 주의를 끌지 않고 각자의 집으로 갑시다. 갈매기들의 화가 가라앉기를 기다려야 할 것 같습니다. 영원히 우리를 공격할 건 아닐 테니까요."라고 했다.

전 대통령은 우리의 생각에 동의하지 않았다. 공격에는 더 강한 반격으로 맞서야 한다고 주장했다. 그는 '테러는 용납되지 않는다.'라는 생각이었다. 적에게 좌절감을 안겨주고 사기를 꺾어 놓는 파괴적인 무력을 사용해야만 한다는 것이었다. 그는 다른 방법은 없다고 주장했다. 그렇게 하지 않으면 상황이 더 악화될 것이라고 했다. 이런 공격에 대응하지 않는다는 건, 그로서는 생각도 할 수 없는 일이었다. 우리가 얼마나 우리의 생각을 말하고, 이해시키려 했는지 말로는 다 설명할 수 없을 정도였다. 그럼에도 전 대통령의 잔인한 생각을 포기하게 만들 수는 없었다.

그는 권위적인 태도로 우리 모두를 바라보며, 이럴 때 강한 의지를 보여줘야 할 필요가 있다고 역설했다. 적 앞에서 약해지면 안 된다고 주장했다. 집에서 안전하게 지내고 싶다면 이런 싸움을 감수해야만 한다고 했다.

"내가 오랫동안 이 나라의 군 최고 통수권자였던 것을 잊으신 건가, 신사 양반들? 내가 이런 일은 여러분들보다 더 잘 아니 나한테 맡겨요."

라라가 "그러게요, 군 최고 통수권자셨으니 모든 게 이 꼴이 됐죠!"라고 했다. 전 대통령은 라라의 말에 개의치 않고 갈매기와의 전쟁 계획에 관해 설명하기 시작했다.

선발대가 -그러니까 자기 경호원들- 야간의 어둠을 이용해 비밀리에 해안을 관측할 수 있는 참호를 만들 것이라고 했다. 단순한 참호가 되겠지만, 사수들의 피해를 막을 수 있어야 했다. 야간에 이 참호에 자리를 잡은 사수들이 날이 밝으면 사격을 개시할 것이고, 갈매기들을 제거한다는 계획이었다. 이를 위해 필요한 탄약도 밤에 이동시킨다는 것이었다.

진심인지 농담인지 몰라 우리는 전 대통령의 얼굴을 바라봤다. 하지만 그의 표정은 아주 심각했다. 얇은 입술은 굳게 다물어져 있었고, 두 눈에는 '결의'에 찬 눈빛이 가득했다. 나는 속으로 몇 번이나

'어째서 이 사람은 이렇게까지 악한 걸까?'라는 생각을 했다. 나는 옛날부터 사람을 동물에 비유하는 버릇이 있었다. 내가 보기엔 모든 사람은 동물을 닮았다. 어떤 사람의 얼굴은 새를 떠올리게 하고, 어떤 사람은 양, 몇몇은 말을 닮았다. 얼굴이 정말 말처럼 길쭉했다. 어떤 사람들은 늑대의 얼굴을 하고 있다. 나는 사람이 자신과 닮은 동물의 성향을 지닌다고 믿는다. 어쩌면 사람들도 그렇게 보고 그렇게 느끼는지도 모르겠다. 그러니 새끼 양을 닮은 사람에게 왜 그렇게 얌전하게 행동하느냐고 하지 않고, 이리를 닮은 사람에게 왜 그렇게 잔인하냐고 물어보지 않는 걸 보면!

그 순간 전 대통령이 어떤 동물과 비슷한지 떠올랐다. 그의 굳게 다문 입술은 얼굴의 아래쪽에 칼집이 난 것처럼 자리 잡고 있었다. 양쪽 입가는 아래로 약간 처져 있었다. 튀어나온 광대뼈와 알 수 없는 눈빛은 바로 상어를 떠올리게 했다. 왜 예전에는 이걸 못 알아차렸는지 스스로 놀랐다. '그러니까 그의 본성이 이것인 거야. 상어의 본성.'이라고 생각했다. 그에게 왜 그렇게 잔인하냐고 묻는 건, 상어에게 왜 그런 맹수의 이빨을 가졌냐고 물어보는 것만큼이나 의미 없는 것이었다. 그는 세상을 맹수처럼 보고 맹수처럼 받아들이는 것뿐이었다. 이런 내 생각을 한시라도 빨리 라라와 소설가에게 말해주고 싶었다. 인류의 선과 악에 대한 논쟁에 새로운 차원을 더하고 싶었지만, 지금은 장소도 때도 적절치 않았다.

날은 어두워졌다. 우리는 상어 혼자 전쟁놀이하도록 남겨두고 집으로 돌아왔다.

거실에는 갈매기가 뻣뻣하게 굳어있었다. 우리는 갈매기를 어떻게 해야 할지 몰랐다. 갈매기를 묻어야 하나, 아니면 쓰레기통에 버려야 하나? 나는 갈매기를 손으로 집어 들었다. 라라는 "세상에, 뭐 하는 거야?"라고 내게 소리쳤다. 나는 "죽은 갈매기를 살펴보려고."라고 답했다.

가까이서 보니 부리가 부러져있었다. 부리 일부가 가느다란 섬유질 끝에 매달려 있었다. 부러진 목과 깨진 부리 때문에 갈매기가 너무 불쌍하다는 생각이 들었다. 자신의 목숨을 내던질 만한 일은 아니었다. 창문 아래쪽 유리가 깨졌는데, 섬에서 유리는 귀했다. 유리는 여객선 편으로 가져와야만 새로 끼울 수 있었다.

이 죽음들로 갈매기들이 얻을 수 있는 것은 사람들에게 겁을 주는 것, 공포에 질리게 하는 것 정도였다. 솔직히, 단지 이걸 얻기 위해 목숨을 던질 필요까지는 없었다. 왜냐하면, 공포의 감정은 일시적이기 때문이다. 하루는 무서워하겠지만, 다음날이면 잊어버리고 일상의 작은 일들에 빠져 큰 소리를 내며 웃기까지도 하니까.

나는 그런 생각에 몰두해있었다. 손에 든 갈매기를 보다가 이런 생각이 들었다. 어쩌면 자살특공대가 된 갈매기들은 새끼를 잃은 갈매기 중에 뽑혔을지도 모른다고 말이다. 게다가 어쩌면 스스로 자원했을지도. 새끼를 잃은 치료 불가능한 고통에서 벗어나기 위한 길이 이것이었을지도 몰랐다.

어쨌든 갈매기의 사체가 동정심을 그렇게 불러일으키는 모습이라고 할 수는 없었다. 그게 아니면, 내가 그렇게 생각하고 갈매기를 새로운 시각으로 보고 있었는지도 모르겠다. 사실 갈매기는 살아 있을 때도 그렇게 친근하게 보이지는 않았다. 냉정하고 거리를 두는 것 같은 모습이었다. 사람들에게 다가오지 않을뿐더러, 사람 손에 있는 모이를 먹지도 않았다. 휘파람새, 카나리아, 두루미, 봉황 같은 상상 속의 새나, 까마귀, 황새조차도 민요에 등장하는데 갈매기가 등장하는 민요는 없다. 정확히 말하자면, 한 마리의 갈매기에 대한 민요는 없다. 갈매기들이 해변에서 떼를 지어 있는 광경을 노래하는 민요가 있긴 했다.

그렇다고 해도 이런 이유로 갈매기를 죽이고, 새끼들을 없앨 수는 없는 일이었다. 게다가 그 차갑고 냉정한 모습을 한 새가 자기의 목숨까지 희생했다. 그 희생에는 사람의 마음을 건드리는 뭔가가 있었다.

다음날도 우리는 집 밖으로 나가지 않았다. 갈매기의 공격은 없었다. 주위는 조용해 보였다. 그래도 무슨 일이 일어날지 몰라 우리는 집에 있었다. 그렇게 하길 잘했던 것이 그날 저녁 무렵 또 사건이 벌어졌다.

4호 기타리스트 친구가 주위가 조용해진 것에 마음을 놓고 언덕으로 산책하러 나갔다. 4호는 거기서 갈매기의 공격을 받고 절벽에서 떨어졌다. 그 친구를 찾았을 때는 한쪽 다리와 팔이 부러져있었고, 턱에 큰 상처가 나 있었다. 그는 며칠 동안 고열 속에서 앓아누워 있어야 했다. 그에게 가장 비극적인 소식은 한동안 기타를 칠 수 없다는 것이었다. 이 작은 비보는 섬 주민들에게 큰 슬픔을 안겨줬다. 우리 사이에서도 갈매기들이 너무한 것 아니냐고 생각하는 사람들이 늘어갔다.

아주 필요한 일이 아니면 누구도 낮에 밖으로 나가지 않았다. 꼭 필요해서 밖으로 나갈 때는 사람들은 머리에 쓸 수 있는 냄비나 프라이팬을 휴대했다. 아주 예민한 친구들은 갑자기 공격받을 수 있는 만약의 사태를 대비해 냄비를 머리에 쓰고 돌아다녔다. 고개를 뒤로 젖혀 실눈을 뜨고 길을 확인해야 하는 불편을 감수하면서.

밤이 되니 탁탁거리는 공사 소리가 들렸다. 하루 이틀 지나자 전 대통령 상어 대가리의 전쟁 계획이 실행에 옮겨졌다. 경호원들은 갈매기가 있는 해안을 관측할 수 있는 견고한 참호를 만들었다. 나무와 큰 서랍장, 널빤지 그리고 문짝들로 초소를 세운 것이었다. 열 명이 한꺼번에 이 초소에 들어갈 수 있었다. 사방이 잘 막힌 구조 덕분에 안전했다. 이 초소는 외벽에 가로로 좁고 긴 총안구를 내 밖으로 사격할 수 있게 되어있었다.

전 대통령의 경호원들은 이 초소가 완성되자 지체 없이 갈매기에게 총을 쏴댔다. 어느 날 아침, 불을 뿜어대는 총에서 총성이 울렸다. 그 소리는 섬에 메아리치기 시작했다. 밤새 경호원들이 그 초소에 숨어있었는지, 날이 밝자마자 갈매기와의 전쟁을 개시했다. 갈매기들은 또다시 피로 물든 채 바다로 추락하기 시작했다. 이번에는 몇몇 섬 주민들도 자진해서 가담했다는 걸 나중에 알게 되었다. 그들은 자신의 사격 솜씨를 뽐냈다. 이날의 학살도 저녁까지 이어졌고, 날이 어두워지자 다들 집으로 돌아갔다.

상황은 걷잡을 수 없게 되었다. 실제 전쟁과 같은 상황으로 전개되어버리는 바람에, 우리가 할 수 있는 일은 거의 없었다. 우리는 속수무책으로 집에 머무를 수밖에 없었다. 우리는 갈매기와의 전쟁을 그만둬야 한다고 이웃들에게 호소했다. 하지만 서서히 섬 주민들도 갈매기들을 증오하기 시작한 것처럼 보였다.

놀랄만한 일은, 다음 날 아침에 아무 일도 일어나지 않았다는 것이다. 아침 무렵 갈매기들의 공격이 다시 있을 거라고 예상했다. 그러나 우리는 창가에서 아무런 공격을 받지 않고 그냥 우두커니 서 있을 수 있었다. 섬에는 침묵만이 흘렀다. 만약 섬을 처음으로 찾은 사람이라면, 멋진 나무들과 푸른 숲 사이에 묻혀있는 집들과 에메랄드빛 바다를 보고 지상의 낙원, 평화로운 섬이라고 생각했을 정도였다.

그다음 날도 아무 일이 없었다. 그다음 날도 그리고 그 뒤로 며칠 그렇게 아무 일이 없이 지나갔다. 어쩌면 전 대통령 상어 대가리의 방식이 성공했고, 갈매기들에게 잔뜩 겁을 준 것일지도 모르는 일이었다. 그가 항상 반복해서 말했던, 무력에는 더 강한 무력으로만 막을 수 있다는 이론을 신봉하는 사람들이 늘어났다. 천천히 사람들이 밖으로 나오기 시작했다. 섬 주민들은 지루하지만 달콤한 일상의 리듬에 자신들을 내맡기고 있었다. 가끔 멀리서 해안을 살펴보면 갈매기들이 조용히 알을 낳으려 하고 있었고, 어떤 갈매기들은 바닷속으로 잠수해 먹이를 찾고 있었다. 전쟁이 끝난 것 같았다.

나는 이런 평온한 시기를 이용해서 여객선을 통해 창문 유리를 주문했다. 우리는 집을 수리했고, 저녁에는 월귤나무와 제라늄, 재스민 향기 속에서 와인을 마셨다. 기타리스트 친구에게도 자주 가서 재미난 이야기를 들려주며 조금이나마 위로를 전했다. 전 대통령과 경호원들은 전혀 눈에 띄지 않았다.

이런 고요한 날들이 계속 이어졌다. 갈매기의 공격으로 섬에서 첫 사망자가 나오기 전까지.

14호 집에는 조용하고, 내성적인 친구가 혼자 살고 있었다. 그는 누구와도 친밀한 관계를 맺지 않았다. 매일 이른 아침에 무동력 목선을 타고 고기잡이를 나가서 전날 밤에 쳐두었던 그물을 걷었다. 그의 입에 늘 물려 있는 담배가 그의 친구였다.

50대였지만 자기 나이보다 더 들어 보였고, 모두로부터 존경받는 사람이었다. 목수 일에 아주 능숙해서 우리 손으로는 할 수 없는 집수리를 흔쾌히 도와주곤 했다. 과거에 목공소를 가지고 있었는데, 화재로 가족을 잃고 난 뒤, 이 섬으로 와서 정착했다는 말이 있었다.

어느 날 아침, 그 친구가 배를 타고 바다에 나갔다가 갈매기의 공격을 받은 모양이었다. 나는 직접 보지 못했다. 공포에 떨며 바닷가에서 지켜본 사람들은 그 광경을 이렇게 설명했다. 수백 마리의 갈매기가 무방비 상태인 14호의 머리 위로 모여들었다. 소름 끼치는 울음소리를 내지르며 부리로 그의 머리를 공격했다. 그의 머리가 피로 물들었는데, 해변에서도 볼 수 있을 정도였다. 주민 중 몇몇은 집으로 달려가 총을 가져와 갈매기를 쐈다. 하지만 배에서 일어나 양손으로 머리를 감싸고 우왕좌왕하던 그는 균형을 잃고 바다에 빠지고 말았다. 갈매기 떼는 물에 빠진 그를 그냥 두지 않았다. 머리를 물 밖으로 내밀면 그 무시무시한 부리로 계속해서 살을 찢어발겼다. 그의 머리 주변으로 피가 번져나가기 시작했다. 그는 도망칠 수도 없는 상황이었다. 물속으로 숨었다 숨을 쉬기 위해 물속에서 밖으로 다시 솟구쳐 나왔다. 그의 양손에서도 피가 흐르고 있었다.

우리는 그렇게 사랑하는 목수 형님을 잃게 되었다. 한두 시간 뒤, 아직 멀리 떠내려가지 않은 그의 시신을 주민들이 수습해서 육지로

190

옮겼다. 우리 모두 엄청난 슬픔에 빠졌다. 갈매기가 얼마나 난폭할 수 있는지 우리는 새롭게 알아가고 있었다. 무고한 사람에게 갈매기가 벌인 짓을 목격하자, 사람들 마음속에 증오심이 차올랐다. 갈매기들이 전 대통령이나 그의 경호원들을 해쳤다면 슬퍼하지 않았을지도 모른다. 전쟁을 일으킨 자들 대신에 아무 죄가 없는 사람의 목숨을 앗아가는 비극으로 인해 상황은 바뀌고 있었다.

다음날, 해가 지고 나서 우리는 목수의 장례식을 치렀다. 자연사했지만 자신의 고향으로 돌아가 묻히기를 원치 않았던 사람들의 묘지 옆에 그를 묻었다. 어떤 이웃들은 그 공격 이후로 얼마나 두려움에 떨고 있었던지, 장례식에도 머리에 냄비를 쓰고 총을 휴대하고 왔다.

우리 모두는 혼자 외롭게 살았던 목수의 비참한 운명에 슬퍼했다. 이웃들은 "빌어먹을 저 갈매기들. 이 불쌍한 사람이 뭘 어쨌기에!"라고 나지막이 중얼거렸다. 전 대통령과 경호원들은 장례식 내내 아무 말도 하지 않았다. 조용히 지켜보고만 있었다. 우리는 입을 굳게 다물고 있었다. 무슨 말을 해야 할지 몰랐다. 무겁게 내려앉은 애도의 분위기와 갈매기에 대한 엄청난 증오를 느낄 수 있었다. 이런 상황에서 누구도 앞에 나서서 '하지만 우리가 먼저 갈매기를 공격했잖아. 갈매기들은 반격한 거고. 잘못한 건 우리야!'라고 말할 수는 없었다.

누가 먼저 시작했고, 누가 정당한지 같은 논리적 사고는 질식할 것 같은 공포와 증오 앞에서 모든 의미를 상실했다. 모두가 복수를 원했다. 공포는 증오를, 증오는 공포를 키우고 있었다. 나도 솔직히 혼란스러웠다. 무슨 말을 해야 할지 몰랐다. 우리는 집으로 돌아왔다. 우리가 무척 좋아했던 목수의 운명에 조용히 눈물을 흘리고 있던 라라는 전 대통령에 대한 반감을 가득 담아, "갈매기들을 저렇게 만든 건 전 대통령이야. 진짜 살인자는 그 사람이야!"라고 했다.

"제발, 이런 말을 아무에게나 하지 마! 이렇게 사람들이 분노하는 상황에서 그런 상식적인 말은 누구에게도 통하지 않을 거야. 제발 조용히 해. 입조심 해야 해. 날 위해서라도 말이야."

나는 갈매기가 이제 섬 주민들의 가장 큰 적이 돼버렸다는 걸 느낄 수 있었다. 공포의 대상이 된 이 짐승을 어떻게 제거해야 할지 모두가 고민하고 있었다. 하지만 방법을 찾는 건 쉽지 않았다. 갈매기들은 겁을 먹지 않았고, 무력 앞에 항복하지 않았다. 갈매기들은 기회가 있을 때마다 복수를 했다. 이런 상황에서 갈매기를 또다시 공격하면 더 자극하는 꼴이 될 테고, 섬에서의 삶은 더더욱 힘들어질 게 뻔했다.

이러지도 저러지도 못하는 상황은 모두를 무력감에 빠지게 했다. 섬에서의 삶이 주는 모든 매력이 사라져버린 것이나 마찬가지였다. 섬 주민들은 머리에 냄비를 쓰고 빠른 걸음으로 걸어 다녔다. 가끔 냄비가 철모인 것처럼, 끄트머리를 잡고 들어 올려 겁에 질린 채로 갈매기가 있는지 없는지를 살폈다. 해변에 모인 사람들은 바닷물 속으로 들어갔다가 나오고, 하늘에서 육지를 향해 내리꽂듯 내려오는 갈매기들을 증오에 찬 눈으로 바라봤다. 사람들은 밤이 되면 갈매기를 제거할 방법을 두고 소곤거렸다. 그 방법 중에는 없는 게 없었다. 갈매기가 사는 해변에 휘발유를 뿌리고 불을 지르자는 의견에서 군부대의 도움을 받자는 의견까지 다양했다.

솔직히 내 머릿속도 혼란스러웠다. 소설가와 라라는 한 번도 갈매기를 비난하지 않았다. 두 사람은 이 사건이 어떻게 시작되었는지 잊지 않고 있었다. 나는 내 의견을 말하지 않았지만, 그들의 생각에 완전히 동의할 수는 없었다. 갈매기들의 잔인함을 보고 나니, 나는 내심 조금 실망스러웠다. 전쟁을 그들이 먼저 시작하진 않았지만, 그렇다고 이런 상황 속에서 살 수도 없었다. 이런 일이 일어나지 않았더라면 좋았을 것을.

어쩌겠나, 사랑하는 친구여. 나는 한 번도 자네처럼 결심이 서 있었던 적도, 자네처럼 일관되게 살았던 적도 없었다네. 다수를 차지하는 집단을 상대로 그렇게 자네처럼 다른 생각을 말하거나, 혼자 남아 맞설 용기를 갖지 못했어. 늘 그랬듯이 자네는 옳았어. 용기 있게 진실을 변호하는 것이 앞으로의 피해를 막는 가장 올바른 방법이지. 지금에 와서 솔직히 고백하면 갈매기들의 잔인함에 나도 놀랐다네.

갈매기들이 기타리스트 친구를 침대 밖으로 나오지 못하게 만들고, 불쌍한 목수를 공격해서 잔인하게 죽였지 않았나. 그 일이 있고 난 뒤로 내 마음속에는 갈매기에 대한 티끌만큼의 동정심도 남지 않았어. 나는 갈매기보다는 무고한 희생자와 복수심에 불타는 전사들 편이었다네. 어쩌면 나의 우유부단하고 물러터진 마음이 낭만주의적인 방식을 선택했는지도 모르지.

섬 주민들이 갈매기를 증오하고, 갈매기로부터 해방될 방법을 찾는 모습을 보이자, 당연히 대통령은 이를 반겼다. 그가 원하는 결과를 얻었고, 자신의 적을 공동의 적으로 만들어 놓는 데 성공한 것이었다.

전 대통령은 그의 집에서 열린 -갈매기의 공격 때문에 더는 야외에서 모일 수가 없었다- 회의에서 자신의 생각을 밝혔다. 갈매기와의 전쟁에서 완전히 새로운 전술을 시도해야 한다고 했다. 전쟁의 첫 번째 법칙은 적에 맞서 다른 적의 힘을 이용하고, 그 적들끼리 싸우게 만드는 것이라고 주장했다.

이런 천재적인 생각에 이웃들은 박수를 보냈고, 전 대통령 상어 대가리는 엄청난 자신의 전술을 공개했다. 섬에 여우를 데려다 놓자는 것이었다. 여우는 갈매기의 알을 훔쳐서 먹을 것이고, 그런 방식으로 갈매기의 개체수를 줄일 수 있다는 설명이었다. 섬에 여우가 한 마리도 없는 바람에 갈매기의 수가 늘어나 '개떼처럼' 되었다고 주장했다. 그는 앞으로 그런 일은 없을 것이라고 했다. 섬 주민들이 위험을 감수할 필요 없이, 지능의 우위를 이용해 이 두 짐승끼리 싸움을 붙여서 적을 없앨 수 있다고 설명했다.

전 대통령의 이 발표는 긴 박수와 환호로 환영을 받았다. 섬 주민들은 오랜만에 마음을 놓았다. 적어도 미래에 대한 희망을 품게 되었다. 모두 여우를 구원자처럼 생각했다. 주민들은 잔인한 갈매기의 희생자가 되었던 불쌍한 목수의 원수를 여우들이 갚아줄 것으로 생각했다.

소설가는 섬 주민들로부터 위선자라는 낙인이 찍혀버렸다. 그가 호소하는 "그래도 생태계의 균형을…."이라는 소리에는 아무도 귀 기울이지 않았다. 몇몇 사람들은 소설가를 적대시하는 눈으로 바라봤다. 소설가의 경고를 '지식인의 헛소리' 정도로 취급했다.

회의 끝 무렵에 전 대통령은 자긍심에 찬 모습으로, "여우를 어떻게 구할 것인가라는 문제는…. 그건 내게 맡기세요, 사랑하는 주민 여러분. 이렇게 결정이 날 것으로 예상하고 위성 전화로 여우 암수 열 마리씩을 요청해뒀습니다."

"옛날에 본인과 함께 사냥하러 다녔던 시골 마을 주민들이 최대한 이른 시일 안에 여우를 여객선에 실어 보낼 겁니다. 우리는 곧 이 재앙으로부터 완전히 벗어날 겁니다. 여러분들의 결심 덕분에 우리의 섬이 이 재앙으로부터 해방될 것이라 믿습니다. 본인은 섬에 대한 여러분 모두의 애정을 자랑스럽게 생각합니다. 우리 섬은 영원하고, 갈매기에게는 천벌이 내려지길!"

모여 있던 사람들은 이 연설을 듣고 손뼉을 치면서, 다른 한편으로는 "갈매기에게 천벌을, 갈매기에게 천벌!"이라고 외쳤다. 나는 조용히 그곳을 빠져나왔다.

우리는 섬에서 소수의 무리가 되었다. 서로에게 솔직히 말하지 않았지만, 이젠 공동체, 그러니까 섬 이웃들 그리고 친구들이 무서워졌다.

그날 나는 새로운 사실을 하나 더 알게 된 셈이었다. 정박해있던 배 위에 있던, 우리가 레이더라고 생각했던 그 장비들 속에는 위성 전화 안테나도 있었던 것이었다.

14장

놀라서 멍해 있던 이웃들에게 "다들 미쳤어?"라고 자네가 소리 지르던 그날을 난 잊지 못하겠어. 듬성듬성 나 있던 자네의 수염마저 마치 분노에 떨고 있는 것 같았어. 자넨 양팔을 펼친 채 모두의 눈을 하나씩 노려보고 있었지. 그리고 그들에게 고함치며 물었어. "다들 미쳤어요? 미친 거 아냐?!"

자네가 화내는 걸 가끔 본 적은 있었지만, 전 대통령과 언쟁을 벌였던 것을 빼고는 이렇게 화가 머리끝까지 난 건 본 적이 없었어. 자네가 얼마나 분노했던지 모두가 놀랄 정도였으니까. 자네가 아주 활달한 성격은 결코 아니었어. 자네 얼굴에는 늘 슬픔의 그늘이 드리워져 있었거든. 어쩌다 긴장하는 모습을 자네가 보이기도 했었지. 나는 우리에게 말하지 않은 자네만의 비밀이 있고, 아주 깊은 상처를 숨기고 있기 때문이라고 생각하곤 했었어. 가끔 라라와 나는 이 문제에 관해 이야기를 나눈 적도 있었다네. 사랑하는 우리 친구가 어째서 이렇게 고뇌에 쌓여있는지 서로에게 묻기도 했었지. 그런데 그날의 분노는 아주 달랐어. 어쩌면 그날 자넨 우리 섬을 영원히 잃게 될 거라는 걸 알고 있었던 것 같아. 우리는 그때까지도 섬을 잃는다는 것이 어떤 의미인지 몰랐었고 말이야.

섬 주민들의 안일함에 보였던 자네의 반응은 산으로 도피한 예수의 이야기를 생각나게 하더군. 그 있잖아, 자네랑 전에 이야기했었던 그 재미난 이야기 말이야. 예수가 산을 향해 뛰어가는 걸 본 사람들이, "예수님, 사자를 피해 가시는 겁니까?"라고 물었다지. 예수는 "아니다!"라고 답했어. "호랑이나 용을 피해 가시는 겁니까?"라고 다시 물었어. 예수는 역시 "아니다. 나는 예언자다. 사자나 호랑이를 무서워하지 않는다." "그럼 왜 도망가시는 겁니까?"라고 묻자, "나는 멍청이들을 피해 피신하는 것이다. 왜냐하면, 멍청이들은 내가 상대할 수가 없는 존재들이니까."라고 대답했다는 거야.

친구들은 자네의 분노에 찬 질문 앞에 침묵했지. 사실 할 말이 없었으니까…. 며칠 사이 자신들에게 일어난 일로 정신이 나가 있었던 거야. 누구는 머리에 냄비를 쓰고 있었고, 누구는 손에 프라이팬을 들고 있었어. 사람들은 간간이 두려워 하늘을 살폈고, 공포와 겁에 질린 상태로 자네 말을 듣고 있었지.

"생각을 좀 해보자고 친구들. 갈매기가 우리 적이었어? 그동안 갈매기와 우리 사이에 아주 작은 사건이라도 일어났던 적이 있었어? 저 인간이 오기 전까지 갈매기와 우리 사이에 아주 사소한 문제라도 있었냐 말이야?"

몇 사람이 '아니'라는 뜻으로 고개를 저었지.

하지만 대부분이 자네 앞에서는 아무 말도 하지 않았지만, 뒤에서는 이야기하고 다닌다는 걸 난 알고 있었어. 여기저기서 자네에 대해 좋지 않은 말을 하는 게 내 귀에도 들렸거든.

"갈매기를 변호하는 변호사가 나왔네!"

"갈매기랑 친구가 될 수 있어?"

"이건 또 우리를 가르치려고 드네."

"침대에 누워서 일어나지도 못하는 사람은 우리 친구가 아닌가봐!"

"불쌍한 목수를 어떻게 죽였는데, 다들 안 봤어?"

"저 가증스럽고 잔인한 짐승을 편들 모양이네!"

"그 큰 피해와 다친 사람은….”

자네를 변호해주려고 내가 나섰지만, 누구도 자기가 한 말을 다시 거두려 들지 않았어. 공포가 그들 머릿속에 얼마나 깊게 자리를 잡았던지 말로는 설명할 수 없을 것 같아. 모두 여우에게 희망을 걸고 있었지. 여우가 갈매기알을 먹어 치울 거고, 그 잔인한 짐승의 씨를 말려버릴 거라고 말이야. 섬 주민들은 죽이고 또 죽여도 없애지 못한 갈매기들이 이젠 종말을 맞이하게 될 거라고 생각했어. 갈매기가 사람처럼 여우도 이길 수 있을까?

그 한 주 동안, 섬 주민들은 기대 속에서 여객선을 기다리고 있었다. 마침내 기다리던 날이 왔고, 하얀색의 큰 여객선이 수평선에 모습을 드러냈다. 갈매기의 공격이 뜸해지자 용기를 얻은 우리도 선착장으로 나왔다. 전 대통령은 경호원들과 함께 선착장 맨 앞에 자리했고, 여객선에서 여러 가지 물건을 옮겨 싣고 있는 작은 보트에서 눈을 떼지 않았다.

얼마 뒤 선착장에 도착한 보트에서 종이 상자들과 나무 상자들 속에 든 유리 그리고 음식물이 든 꾸러미들이 내려졌다. 보트에는 여우 철창처럼 생긴 것은 보이지 않았다. 전 대통령은 인상을 찌푸렸고, 생각에 잠긴 듯 내려진 물건들을 보고 있었다.

경호원들은 보트로 물건을 실어 온 사람들에게 여우는 어디에 있느냐고 물었다. 그들은 큰 종이 상자를 꺼내 전 대통령의 발밑에 놓았다. 무표정한 경호원들은 전 대통령의 눈짓에 상자를 열었다. 상자에서는 여우 모피가 나왔다. 상자 속에는 전 대통령에게 보내는 편지도 있었다. 경호원 중 한 명이 그 편지를 큰 소리로 읽었다.

편지는 "존경하는 대통령 각하"로 시작했다.

> 각하의 명령을 받고 포수들이 곧바로 사냥을 시작해서 스무 마리의 여우를 포획했습니다. 모피가 손상되지 않도록 여우들을 독약으로 처리하고 조심해서 모피를 만들었습니다. 각하의 명령을 완벽하게 이행할 수 있게 되어 영광으로 생각합니다. 세월이 지났음에도 각하께서 저희를 잊지 않으시고 기억해주셔서 모든 주민을 대신하여 감사의 말씀을 올립니다.

전 대통령은 "멍청이들!"이라고 소리 지르며 상자를 걷어찼다. "모피로 만들 건데 암수가 왜 필요하겠어! 이 정도도 못 알아먹는 거야?" 꽤 오랫동안 긴장된 나날을 보냈던 섬 주민들은 전 대통령의 이 말에 오랜만에 크게 웃었다. 이 웃음이 전 대통령을 더욱더 화나게 했다.

"당장 저 주지사로 예정된 놈을 찾아서 연결해!"라고 소리 질렀다. 그리고 선착장에 계속 정박해있던 경호원들의 배에 올랐다.

잠시 뒤, 위성 전화로 호통치는 전 대통령의 목소리가 들렸다. "내가 당신한테 살아 있는 여우를 보내 달라고 했지, 모피를 보내라고 했어!"라고 소리쳤다. "뭐라고, 뭐?… 알겠는데… 그렇다고 해도… 내가 왜 수컷 열 마리, 암컷 열 마리라고 했겠나? 모피에 암컷 수컷이 어디 있어, 이 사람아!"

선착장에 다시 오른 전 대통령의 얼굴은 보랏빛으로 변해있었다. 그는 몹시 화가 나 있었다. 그는 눈을 부라리며 모두를 쳐다봤다. 그는 "계획이 조금 지연될 것 같습니다. 여우는 다음 주에 도착할 겁니다!"라고 말하고는 가버렸다.

그 한 주는 조용히 지나갔다. 갈매기들은 자신들의 해변에서 알을 낳을 시기만 기다리면서 날아다니고 있었다. 사람들에게 피해를 주지는 않았다. 임시 휴전을 선언한 것 같았다. 섬 주민들은 얼마 정도 시간이 흐르고 나서는 머리에 냄비나 프라이팬을 쓰고 다니지 않았다. 의사의 세심한 치료 덕분에 기타리스트 친구는 예상보다 빠른 회복을 보였다. 기타를 잡지는 못했지만, 플루티스트 친구가 그의 집을 자주 찾아서 음악을 들려주곤 했다.

그즈음 나의 관심을 끄는 일이 하나 있었다. 사실 다른 사람의 관심을 끌어서는 절대 안 되는 일이기도 했다. 구멍가게 아들에 대해서 앞에서 언급한 적이 있을 거다. 태어날 때부터 장애가 있던, 곱사등에 이상한 외모의 아들 말이다. 우리는 그 아이가 눈에 너무 익어서 있는지 없는지도 인지하지 못하고 살았다. 하지만 그날 평소와는 다른 행동이 내 주의를 끌었다. 그 아이는 점퍼 안으로 뭔가를 숨기는 것 같았고, 빠른 발걸음에, 가끔 주위를 의심에 찬 눈으로 살피고 있었다.

나는 잣나무 숲에 있었고, 그 아이보다는 조금 높은 곳에 있었다. 그래서 그 아이는 나를 보지 못했다. 나는 호기심을 이기지 못하고 그 아이의 뒤를 쫓았다. 구멍가게 아들은 가게 뒤편으로 사라졌다. 잠시 뒤 나왔을 때, 그 아이는 더는 숨기는 게 없었다. 손발을 편하게 움직였다. 그 아이가 자리를 뜨고 난 뒤, 나는 가게 뒤편으로 향했다.

그곳에는 커다란 닭장이 있었다. 우리는 구멍가게 주인이 이 닭장에서 키우는 닭과 달걀을 사곤 했다. 어떤 날은 가게 앞 그늘막에서 생선 대신 닭을 굽는 일도 있었다. 나는 그 아이가 거기에 뭘 숨겼을까 궁금했다. 한참을 살펴봤지만, 닭장에는 별다른 게 없었다. 닭들이 닭장 안을 돌아다니면서 홰를 치거나 모이를 쪼고 있을 뿐이었다. 하지만 한참을 살펴보고서야 닭이 관심을 두고 있는 것이 모이만이 아니라는 걸 알았다. 몇 개의 알 주변으로 닭들이 모여 있었다. 달걀과는 다르게 생긴 알이 내 눈에 들어왔다. 달걀보다는 더 원형에 가까웠고 더 하얗게 보였다. 나는 망치로 머리를 한 대 얻어맞은 것 같았다. 장애가 있는 그 아이가 뭘 하려는 것인지 알 것 같았다. 갈매기 대학살이 있었던 날, 그 아이가 땅바닥으로 허리를 숙였다 일어났던 장면이 내 눈앞에 그려졌다. 그때는 이런 행동에 아무런 의미를 두지 않았었지만, 이젠 알 것 같았다. 그 아이는 갈매기의 알을 구하고 있던 거였다. 그 알을 아무도 모르게 닭장으로 옮겨서 닭이 품도록 했던 것이었다.

'인간이란 얼마나 묘한 존재인가'라는 생각이 들었다. 전혀 기대하지 않았던 사람에게서 이런 모습을 보게 되다니. 닭들이 갈매기알을 받아줄까? 닭들이 자신들의 체온으로 그 알들을 데우기 위해 품기나 할까? 지푸라기 사이에 놓인 알을 품고 있는 닭은 없었지만, 앉아있는 닭의 품속에 뭐가 있는지는 알 수가 없었다. 닭장을 드나드는 건 그 아이가 유일했다. 달걀도 그 아이가 모아서 가져 나오기 때문에 닭에 대해서는 당연히 나보다 훨씬 더 잘 알 것이다. 어쩌면 비밀리에 갈매기를 구하는 작전이 성공했을지도 모를 일이었다.

"잘했어! 녀석."이라고 나는 혼잣말을 내뱉었다. "멋진 녀석이네!"

내가 발견한 것을 소설가와 라라에게 이야기해주고 싶어 마음이 급했다. 어쩌면 아름다운 단편 소설의 주제가 될 수도 있을 것 같았다.

어쨌든, 이번에도 말이 딴 곳으로 샌 것 같다. 진짜 이야기하려고 했던 걸 미뤄놓고서 말이지.

그래, 기다리고 있던 그다음 주 여객선이 여우 우리를 싣고 섬으로 왔다. 여우는 보트에 실린 다음 육지로 옮겨졌다. 우리 속에서 서로 뒤엉켜 있는 여우를 본 전 대통령과 주민들은 기뻐서 어쩔 줄 몰라 했다. 마치 여우가 섬에 온 것이 아니라, 구세주 천사가 온 것 같았다. 모두 환희의 손뼉을 쳤다.

흰옷을 입은 전 대통령은 다른 날보다 더 상어 대가리를 닮은 모습이었다. 좁은 미간 탓에 가까이 붙어있는 두 눈을 하고는 승리의 연설을 했다. 이제 이 섬에서 잔인한 갈매기 왕국은 막을 내릴 것이고, 적에 맞서 다른 적을 이용하는 전략으로 문제를 근본적으로 해결할 것이라고 했다. 섬 주민들은 이제 편안하게 지낼 수 있으며, 안전한 상황에서 미래를 계획할 수 있다고 했다. 곧 우리 섬은 모든 면에서 안정될 것이고, 섬 주민들은 테러의 위험에서 벗어날 것이라고도 말했다.

전 대통령의 연설은 터져 나오는 박수 때문에 종종 중단됐다. 그리고 행사를 열고 여우 우리를 개방했다. 배를 타고 오느라 제정신을 차리지 못하고 있던 열 마리씩의 암컷과 수컷 여우는 잠시 어리둥절해하더니 천천히 열린 문 쪽으로 향했다. 겁에 질려 머리를 우리 밖으로 내밀었다 다시 집어넣더니 갑자기 한꺼번에 번개 같은 속도로 숲을 향해 뛰쳐나갔다. 그리고 우리 눈앞에서 사라졌다. 이렇게 해서 섬의 생태계에 하나의 종이 더 추가되었다.

여우들이 커다란 꼬리를 흔들면서 뛰어가는 동안, 전 대통령은 아주 많이 흡족해하며 미소를 지었다. 주민들은 섬을 구할 영웅들에게 계속 박수를 보내고 있었다.

행사가 끝나고 우리는 조용히 각자의 집으로 향했다. 전 대통령이 갈매기 학살을 위해 보초를 세우지 않는 걸로 봐서는 섬에서 무력을 사용하던 시기는 끝이 난 것 같았다. 모든 것이 침묵 속으로 사라진 것처럼 보였다. 겉보기에는 변한 게 없었다. 일상은 옛날처럼 계속되었다. 사람들은 다시 서로에게 인사를 건네고 소소한 일에 관해 대화를 나눴지만, 섬의 분위기는 눈에 보일 정도로 달라졌다. 예전의 우정 그리고 대가를 바라지 않는 이웃 간의 친밀한 관계는 남아있지 않았다. 특히나 우리, 그러니까 소설가와 나 그리고 라라와는 극소수만이 친구 관계를 유지했다. 주민 대부분은 우리를 따돌리는 것과 다름없을 정도의 행동을 보였다. 어느 날 밤, 우리 집 근처에 있는 집에서 주민들이 모일 거라는 소식이 들려왔지만, 그 어떤 주민도 우리를 초대하지는 않았다.

소설가는 사실 모든 섬 주민들에게 등을 돌렸다. 그는 누구와도 얼굴을 맞대고 싶어 하지 않았다. 그에게는 고독과 야성, 분노가 한꺼번에 늘어난 것 같았다.

나와 라라는 이런 상황에 그다지 불만이 없었다. 우리는 서로에게 안식처가 되었다. 그렇지만 불행하게도 소설가는 그렇지 못했다.

지루한 삶에 색깔을 더해주는 흥미로운 사건이 있었다. 내가 가끔 들러서 아무도 모르게 무슨 일이 있나 살폈던 닭장에서 두 마리의 갈매기 새끼가 부화한 것이었다. 그 아이가 성공한 것이었다. 두 마리의 새끼를 구해낸 것이었다. 두 마리의 새끼 갈매기는 마치 온 세상을 다 먹어 치울 것처럼 주둥이를 있는 대로 벌리고 있었다. 새끼 갈매기에게 어떻게 먹이를 먹였는지 아직도 미스터리다.

여우가 섬에 도착한 날 이후로 우리는 여우를 다시 보지 못했다. 숲에서 자기들의 보금자리를 찾은 게 분명했다. 갈매기의 알을 먹는지 여부는 우리가 살펴볼 방법은 없었다. 사실 누구도 아픈 기억이 있는 갈매기들의 해변으로 가지 않았고, 갈매기에게 눈길도 주고 싶어 하지 않았다.

15장

이후 8개월 동안은 비어있는 이 페이지처럼 아무 일 없이 평범한 일상을 보냈다.

16장

어느 날 오후, 섬에서 공포에 떨었던 날들을 다시 떠올리게 하는 여자의 비명을 듣고 잠에서 깰 때까지는 그랬다···.

앞에서도 이야기했듯이 우리 섬 주민들은 점심 식사 후에 편히 낮잠 자는 걸 즐겼다. 사실, 크게 일도 없었으니 낮잠 자는 습관을 시간 낭비라고 보는 사람도 없었다. 어떤 이들은 정원에 있는 긴 의자나 해먹에서, 또 어떤 이들은 얇은 이불을 챙겨서 시원한 침실에서 잤다.

오후의 나른함이 몰려드는 그 시간에 들려온 비명에, 우리는 자리를 박차고 일어났다. 소리가 들려온 곳을 향해 뛰어가니, 22호 앞으로 사람들이 모여들고 있었다. 그곳에 도착하니 의사가 작은 수축기로 22호 할머니의 다리에서 피를 뽑고 있었다.

할머니가 낮잠을 자기 위해 침대 이불 속으로 들어가는 순간, 뱀이 할머니를 문 것이었다. 침대 위에 펼쳐둔 두 겹의 얇은 이불 사이에서 뱀이 튀어나온 모양이었다.

이웃 중 몇몇은 뱀을 찾고 있었다. 마침내 그들은 뱀을 옷장 밑으로 몰아붙인 다음에 죽였다. 용감한 이웃 한 명이 막대기 끝에 죽은 뱀을 걸쳐서 모두에게 보여주었다. 뱀은 모두의 가슴을 서늘하게 할 만큼 괴상한 문양에 화려한 색을 띠고 있었다. 그 화려한 색깔 때문인지 몰라도, 나는 맹독을 지닌 뱀이라고 생각했다. 얼마 지나지 않아 내 생각이 옳았다는 게 밝혀졌다. 뱀에 대해서 잘 아는 친구들이 맹독을 지닌 아주 위험한 뱀이라고 했다.

이전에 이런 일을 겪은 적이 없었던 우리에게 독사가 나타났다는 소식은 매우 충격적이었다. 왜냐하면, 섬 주민 모두 출입문과 창문을 열어두고도 마음 편히 자는 데 익숙해져 있었기 때문이었다. 갈매기의 공격 이후 꽤 많은 시간이 흘렀고 고통스러운 기억이 사라지기 시작하고 있었다. 그때까지만 해도 갈매기들의 공격 말고는 섬에서 다른 위험은 없었다.

온화한 기후를 보이는 이 섬에서 위협이 될만한 동물이나, 독이 있는 식물이 눈에 띄지는 않았다. 더 정확히 말해, 그날까지는 모두 그렇게 생각하고 있었다. 그러나 막대기 끝에 늘어져 있는 독사와 고열에 괴로워하며 독을 이겨내려는 할머니의 안타까운 모습에서 이 섬이 안전하다는 믿음은 산산조각이 나고 말았다. 이제부터는 잠자리에 들기 전에 이불을 들춰서 뱀이 있는지 확인해야 하고, 욕실의 천장과 옷장 바닥을 훑어봐야만 했다. 간단히 말하자면, 우리가 안전하도록 여러 예방책을 세워야만 한다는 뜻이었다.

다 좋다고 치자, 그런데 이 화려한 색에 맹독을 지닌 괴상한 뱀은 어디서 온 것일까? 집 안까지 어떻게 들어온 걸까? 그날 밤, 머릿속은 이런 질문들로 가득했다. 우리는 불안과 공포 속에 잠들었다. 불길한 예감이 들었다. 불행하게도 미래에 대한 우리의 우려가 현실로 바뀌는 데는 그리 오랜 시간이 걸리지 않았다.

나는 아침의 서늘한 냉기가 가시지 않은 시간에 라라보다 먼저 일어나 테라스로 나갔다. 뒤척이지 않고 자는 바람에 몸은 굳어있었다. 굳은 몸을 풀기 위해 나는 기지개를 켰다. 고개를 오른쪽으로 돌리다가 나는 그놈을 보고 말았다. 몸통의 절반을 쳐들고 있었다. 나를 향해 소름 끼치는 소리를 내며 갈라진 혀를 위협적으로 날름거리고 있었다. 붉은색과 초록색이 섞인 화려한 색깔의 뱀이었다. 전날 우리가 보았던 것과 똑같이 생긴 뱀이었다. 그 순간 내 몸이 얼어붙어 버렸다. 맹독을 지닌 독사라는 걸 내가 인지해서 그런 것인지, 아니면 내 심장이 쪼그라드는 것 같아서 그랬던 것인지 알 수 없었다. 내가 이렇게까지 옴짝달싹하지 못했던 적은 없었다.

뱀은 대가리를 앞뒤로 흔들고 있었다. 공격을 준비하고 있다는 생각이 들 정도로 뱀은 흥분한 몸짓을 보였다. 마음속으로는 최대한 빨리 도망치고 싶었다. 하지만 마치 무언의 합의 속에 뱀과 이렇게 마주하고 있는 것 같았다. 내가 움직이면 뱀도 따라서 움직일 것 같았다. 나는 내가 원하는 대로 움직일 수가 없었다….

그 순간에 기적이 일어났다. 뱀은 자기 몸통 정중앙을 내려친 뭔가에 얻어맞고 축 늘어졌다. 몸통 일부가 으깨졌다. 그리고 더는 뱀이 날 위협할 수 없다는 걸 알고 마음을 놓았다. 나는 그제야 내 옆에서 하늘거리는 잠옷을 입고, 손에 든 큰 삽으로 뱀을 내리치고 있는 라라를 발견했다. 기쁨, 구원, 경이, 공포, 흥분, 두려움 같은 감정들이 뒤섞여 내 목을 틀어막고 있던 그 순간, '어마어마한'이라는 말이 떠올랐다. '이건 어마어마한 사건이야, 라라가 내 목숨을 구했어, 내 목숨을 구했다고. 너무 대단해!'

삽의 납작한 면으로 연달아 뱀을 내려쳐 짓이기는 것에 그치지 않고, 날카로운 삽날로 찍어서 뱀 대가리를 잘라버린 이 여자가 내 여자란 말이지? 연약하고 가녀린, 삶을 두려워하고, 그저 여리기만 했던 라라란 말인지? 나는 라라가 뱀에게 드러낸 분노의 크기가 마치 나에 대한 사랑의 크기라도 되는 것처럼 받아들였다. 라라가 뱀을 내리칠수록 내가 어떻게 될까 봐 얼마나 무서워하는지 알 수 있었다. 자신의 남자를 죽일 수도 있는 위험에 맞서 라라가 어떻게 싸우는지 똑똑히 볼 수 있었다. 나는 이상한 행복감에 젖었다.

내가 그녀의 손에서 삽을 억지로 빼앗았을 때, 그녀는 악몽에서 막 깨어난 사람처럼 멍한 상태였다. 갑자기 퍼붓는 열대의 소나기처럼, 그녀는 어깨를 들썩이며 눈물을 쏟기 시작했다. 우리는 서로를 꼭 껴안았다. 그리고 집 안으로 들어갔다. 우리 눈에 집은 더는 안전한 곳이 아니었다. 정원도 마찬가지였다. 언제, 어디서든 위험이 도사리고 있는 것 같았다. 침대 밑, 옷장 속, 욕실에 걸려있는 수건, 관목들 밑이나 월계수 나무 사이 그리고 파고라 아래처럼 모든 그늘과 햇볕이 잘 들지 않는 구석진 곳은 독을 품은 뱀이 똬리를 틀고 우리를 기다리는 함정 같아 보였다.

우리는 놀란 마음을 진정시키기 위해 커피를 끓였다. 아무 말 없이 조용히 커피를 한 모금씩 넘겼다. 그런 다음 나는 죽은 뱀을 삽으로 떠서 버렸다. 나는 여전히 이상한 두려움 때문에 짓이겨진 뱀을 쳐다볼 수도 없었다. 그렇다고 또다시 뱀을 라라에게 맡길 수는 없는 일이었다.

라라는 정원에 있는 의자에 무릎을 모아 세우고 앉았다. 그녀는 두 팔로 그 무릎을 감싼 채 한 곳만을 응시하고 있었다. 그녀는 새하얗게 질려있었다. 아침 내내 우리는 대화를 나누지 않은 정도가 아니라, 둘 다 단 한 마디도 입 밖으로 내지 않았다.

마침 그때, 나쁜 일이 일어날 것 같던 내 예감대로 어디선가 비명이 들렸다. 섬 곳곳에서 비명과 소란이 커지고 있었다. 우리는 이게 무엇을 의미하는지 알고 있었다. 또 누가 뱀에 물렸고, 어떤 집에서는 우리와 마찬가지로 뱀을 잡는 의식을 치르고 있었다. 라라는 걱정스러운 얼굴로 나를 보며 "우리 앞으로 어떻게 해?"라고 했다.

나는 "모르겠어!"라고 답했다. 우리 섬에 뱀이 넘쳐났다. 이 난리를 어떻게 극복해야 할지 알 수 없었다.

22호에 살고 있던 할머니는 그날 저녁 무렵까지 고열과 헛소리를 계속했다. 치료 방법이 없어 손을 놓고 있던 의사 곁에서 할머니는 결국 숨을 거뒀다. 다음날, 공포로 얼굴이 새하얗게 질린 섬 주민들의 걱정스러운 눈빛과 자신의 아내에게 일어난 일을 믿기 힘들어하는 남편의 그칠 줄 모르는 눈물 속에서 우리는 그녀를 묻었다. 갈매기 때문에 목숨을 잃은 목수의 묘지 바로 옆자리였다.

집마다 뱀이 넘쳐났고, 의사에게는 충분한 양의 혈청과 약이 없었다. 여객선을 기다리는 것 말고는 다른 방법이 없었다. 어떤 이들은 여객선을 타고 이 빌어먹을 재수 없는 섬에서 떠나야 한다는 말까지 했다. 우리는 분노하고 있었지만, 그 분노의 대상은 없었다.

전 대통령의 경호원들은 집으로 들어가려던 뱀 두 마리를 죽였지만, 마음을 놓을 수가 없어 밤낮으로 보초를 섰다.

이젠 그 집에는 전 대통령과 부인만 남아있었다. 학기가 시작되면서 아쉬운 이별 행사를 치른 뒤, 손자들은 여객선을 타고 섬을 떠났다. 그날 이후로 전 대통령은 조용했다. 경호원들이 그렇게 주의를 기울였음에도 불구하고, 섬에 뱀이 처음 모습을 드러낸 지 딱 일주일이 되던 날 대통령이 뱀에 손을 물렸다.

들리는 이야기로는, 정원을 가꾸던 중 가지치기를 하기 위해 돈나무를 향해 손을 뻗었다가 뱀에 물렸다고 한다. 전 대통령의 비명에 곧바로 경호원들은 정박해있던 배로 뛰어갔다. 급히 가져온 뱀독을 빼내는 수축기와 약품, 혈청으로 전 대통령의 목숨을 구했다. 그는 며칠 동안 고열에 시달리며 누워있었다. 통증은 심했지만, 목숨은 건졌다. 이 일로 정박한 배에 모든 약품이 있는데도, 그 약품을 섬 주민들 치료에 전혀 사용하지 않았다는 게 밝혀졌다. 그런데도 섬 주민 중 일부는 여전히 전 대통령에게는 아무런 잘못이 없다고 했다. 그들은 이 일을 계기로 전 대통령을 비난하기 시작한 우리들의 말을 무시했다.

어떻게 이런 이상한 섬이 되어버렸는지. 전 대통령이 섬에 첫발을 딛던 그날의 모임, 길가에 있던 나무 가지치기, 불쌍하고 착하디 착한 구멍가게 아들이 당한 구타, 우리가 겪은 멸시, 갈매기 학살들은 다 잊혔다. 주민 대부분은 이런 모든 사건이 빌어먹을 갈매기들 공격 때문에 시작된 것이라고 기억하고 있었다. 마치 누군가가 나타나 하룻밤 사이에 섬 주민 모두의 기억을 지워버린 것 같았다. 가끔 이웃들과의 이야기 중에 이런 이야기가 나왔다. 그들은 우리 의견에 동참하지 않는 것은 물론, -라라와 내게는 그렇게까지는 못했지만- 지금까지의 사건들에 대한 책임이 소설가에게 있는 것처럼 이상한 말들을 했다. 그들이 보기에는 '그'가 부정적인 말만 했고, 우리에게 이런 재앙이 닥친 것도 '그' 때문이었다.

　사실 처음부터 소설가는 섬 주민들과 좋은 관계를 맺고 있었거나 친한 친구 사이가 아니었다. 그러니까 '특이한 성격을 가진' 폐쇄적인 사람이었다. 그에게 상처를 남기고, 보통 사람들과는 다른 성격을 갖게 된 계기가 있는 것만은 분명했다. 소설가에게는 알 수 없는 그늘이 드리워져 있었는데, 가끔 그의 얼굴에서도 그게 보였다.

　그래, 사랑하는 친구. 사람들이 자네에 관해 이런저런 이야기들을 하더군. 나는 라라와 함께 온 힘을 다한 자네를 두둔했다네. 살면서 우리가 만난 가장 정직하고, 신뢰할만한 품성의 사람이라고 했지. 하지만 우리의 말은 소용이 없었어.

　이건 빈말이 아니야. 자넨 정말로 내가 알고 있는 사람 중에 가장 정직하고, 가장 신뢰할만한 품성을 지닌 사람이었어. 자네한테서 배운 지식, 그냥 말로만 그치지 않았던 자네의 행동, 용기, 때때로 고집스러운 태도 -이걸 다른 사람들은 오만으로 받아들였지만- 에서 배운 것들을 난 절대 잊지 않을 걸세. 근데 이 시점에서 '매번 이런 것들을 실행에 옮기지는 못했지만….'이라는 말은 해야겠어. 왜냐하면, 바로 앞 장에서 내가 써먹었던 '문학적 속임수'를 자네는 좋게 보지 않을 거라는 걸 알아. 섬에 뱀이 출몰한 것에 관해 흥분하며 서술해나갔던 문장들조차도 자네는 전체적 흐름을 망쳤다고 화를 냈겠지. 그리고 자네의 화난 눈동자 정도는 예상하고 있다네.

이 모든 걸 나도 알고 있어. 알고 있지만, 그래도 이 정도의 형식 파괴는 허락해주기를 바라네. 좀 지겹잖아, 안 그런가? 서술, 서술, 서술…. 매번 같은 문장과 같은 묘사, 상징과 비유, 은유. 수백 년 전부터 똑같은 형식으로 서술된 사건들. 일부 실험적인 글을 쓴다고 해서 누구에게 해가 되는 것도 아니잖나.

소설가가 내게 "섬에서 무료한 일상을 텅 빈 페이지로 표현하려고 하지 말고, 그 앞 장에서 이야기했던 섬에 들어온 여우에 관해서나 서술하지, 이런 게으른 사람 같으니!"라고 하는 말이 귓전에 울리는 듯했다. 사실 그 부분이 부족하긴 했다. 열 마리씩의 암컷과 수컷이 커다란 꼬리를 휘저으며 번개처럼 숲으로 사라진 뒤, 다시 그 여우들을 본 사람은 없었다고 했던 것 같은데, 아닌가?

여우에 대해서 잘 아는 사람들의 이야기와 집에 있는 백과사전에 나와 있는 설명에 따르면, 여우는 갈매기처럼 집단을 이루고 조직적으로 활동하지 않고 혼자 사냥하면서 살아간다. 여우에겐 교활한 면도 있다. 자기에게 주어진 어떤 기회도 놓치지 않는다. 여우는 하루에 1킬로 정도 먹이를 먹는다. 먹이로는 보통 작은 짐승들, 토끼, 새의 알을 먹는데 블랙베리나 딸기도 먹는다. 아, 그리고 번식력이 뛰어나서 여러 마리의 새끼를 낳는다.

섬으로 여우를 데리고 온 건 갈매기알을 처치하기 위해서였다.

우리가 여우를 보지 못해서 어떻게 되고 있는지는 알 수가 없었다. 하지만 여우들이 어미 갈매기들이 모르게 알을 훔쳐 가서 먹는 건 분명해 보였다. 갈매기의 개체 수가 눈에 띄게 줄었다고 말하는 사람들이 있었다.

그즈음, 여우에 관해 많은 이야기가 나돌기 시작했다. 전 대통령이 집마다 전달하게 한 회의 소집 요구에 따라, 우리는 어느 날 저녁 다시 그늘막 아래로 모였다. 그 회의에서 여우에 관해서 이야기한 사람들이 있었다. 마침 회의를 잘 소집했던 것이, 이 여우 이야기로 우리의 궁금증도 해결되었다. 섬 주민들은 이번에도 붙여놓은 탁자들 주위로 자리를 잡았고, 운영위원들도 자리에 앉았다.

하지만 운영위원들을 위해 마련한 의자 중 하나는 비어있었다. 소설가가 회의에 참석하지 않은 것이었다. 그는 이제 사람들이 모이는 곳에 모습을 드러내지 않았다. 그는 라라와 내가 그의 부재를 매우 마음 아파한다는 걸 알 텐데도 그의 안중에는 우리가 없었다.

회의가 열리는 공터 한쪽 구석에 음악가 친구들이 자리하고 있었다. 그들은 자신의 악기로 간간이 곡을 연주하면서 어색한 시선으로 주위를 두리번거리고 있었다.

기타리스트 친구가 이렇게까지 회복된 것을 보니 아주 기뻤다. 전 대통령이 그 친구들에게 회의 시작 전에 연주를 해달라고 요구한 게 틀림없었다. 그러나 전과는 달리 그 친구들의 연주가 내게 어색하게 다가왔다. 자세히 들어보니, 그들이 연주하는 건 행진곡인 것 같았다.

전 대통령은 티끌 하나 없는 새하얀 옷을 입고 언제나처럼 권위적인 태도로 테이블 정중앙에 자리했다. 그가 섬에 처음으로 발을 내

딛던 날의 모습과 유일하게 다른 점이 있었다면, 그건 오른손에 감긴 붕대였다. 잠시 후, 음악가 친구들도 악기를 두고 자신들의 자리에 앉았고, 곧 회의가 시작되었다.

참석자들의 발언이 계속되는 동안, 나는 첫 번째로 열렸던 전체 주민 회의를 떠올렸다. 운영위원들이 선출되던, 섬에 관료주의적인 규정들이 지배하게 된 계기가 되었던 그 회의를. 그다음으로 전 대통령이 갈매기를 학살하자고 섬 주민들을 설득하려 들었던 다른 날의 회의를 떠올렸다. 회의의 겉모습은 그때와 모든 게 똑같아 보였지만, 사실 많은 것이 달라져 있었다. 섬 주민들 사이에 존재했던 지난날의 신뢰는 사라지고 없었고, 활기찬 기운도 남아있지 않았다. 모두의 얼굴에 슬픔의 그늘이 자리하고 있었다. 이웃들은 의심의 눈초리로 서로를 훑어보았다. 사람들 마음속에 우울과 불신이 만연해 있는 분위기였다.

전 대통령은 갈매기에게 목숨을 잃은 목수와 뱀에게 물려 세상을 떠난 할머니를 위해 1분간 묵념을 제안했다. 그러자 이런 분위기는 더더욱 두드러졌다. 그 두 사람이 앉았던 자리는 비어있었고, 탁자에는 사진 한 장씩만 놓여 있었다. 묵념 중에 눈물을 흘리는 사람도 있었다.

마침 그때 바다 위에서 날아다니고 있던 몇 마리의 갈매기를 섬 주민들이 분노에 찬 눈으로 노려봤다. 전 대통령은 언제나처럼 선동적인 연설을 했고, 역시 이번에도 적에 대해 언급했다. 그는 갈매기를 저주했고, 뱀의 출현은 섬에 문명적인 삶이 없었던 결과라고 주장했다.

전 대통령의 평가로는 갈매기와의 전쟁은 성공적이었다. 이제부터는 같은 결의와 결심으로 뱀과의 전쟁에서도 승리를 거둬야 한다고 했다. 누구도 섬 주민들을 위협할 수 없다고 역설했다. 그는 이 싸움에서 주민들의 높아져 있는 사기를 꺾으려 하는 한두 명의 패배주의자가 나타났다고 했다. 하지만 그들이 꿈꿨던 반역은 수포로 돌아갔고, 주민들의 단결과 통일을 무너트리지는 못했다고 했다. 여기서 말한 패배주의자는 소설가와 우리 둘을 두고 한 말이었다. 주민 중 몇몇은 우리를 적개심 가득한 눈으로 쳐다봤다. 전 대통령은 뱀과의 전쟁을 위해 필요한 긴급 조치를 이미 취했다고 말했다. 위성 전화로 모든 가구에 충분할 만큼의 뱀 퇴치 약을 주문했다고 했다. 이 약은 이틀 후에 여객선 편으로 도착하면 모든 집에 나눠줄 예정이라고 했다. 이 약으로 집 안까지 침입하는 뱀을 막을 수 있을 거라고 말했다.

전 대통령의 이 말에 주민들의 박수가 터져 나왔다. 혹시나 해서 매번 탁자 밑을 살펴보고, 뱀이 두려워 장화와 장갑은 물론 작대기를 들고 다니던 사람들의 눈에 처음으로 희망의 불빛이 반짝였다. 사람들은 대통령과 경호원들을 감사하는 마음으로 바라봤다. 섬 주민들은 이틀만 더 이를 악물고 참으면, 전 대통령이 적록색 독사의 재앙에서 모두를 구해낼 거라고 생각했다.

모두가 행복감에 취해있을 때, 그 분위기에 찬물을 끼얹는 일이 벌어졌다. "섬에 왜 뱀이 들끓게 되었는지 설명 안 하실 겁니까? 존경하는 각하."라는 비아냥거리는 목소리가 뒤에서 들렸다.

소설가가 등장했다! 너무 살이 빠져서 바늘 같던 사람이 실이 되어있었다. 눈은 쑥 들어가 수도원에서 도망친 수사 같은 모습으로 뒤에 서 있었다. 소설가는 먼저 전 대통령에게, 그다음은 모든 섬 주민들에게 번개처럼 연달아 질문을 쏘아붙였다.

"섬에 왜 뱀이 들끓게 된 것일까요? 그 오랜 세월 동안 보이지 않던 뱀이 갑자기 어디서 나타났을까요? 모든 집에 뱀이 들어올 정도로 그렇게나 많이 늘어난 것을 어떻게 설명해야 하죠? 어떤 자연현상 때문에 이런 일이 벌어졌을까요? 어째서 이렇게 중요한 문제가 묻혀버렸죠? 아니면 저 자리에서 불편함을 느끼며 몸을 뒤틀고 있는 전 대통령께서 숨기고 싶은 거라도 있으신 건가요?"

총을 난사하듯 소설가가 쏟아내던 질문은 이 마지막 질문으로 끝을 맺었다.

"이 상황에 대해서 각하께서 직접 설명하시는 걸 선택하시겠습니까? 아니면 제가 할까요?"

전 대통령은 할 말이 없다는 식의 말을 중얼거렸다. 경호원들이 소설가의 입을 막으려 하자, 그는 아직 운영위원으로 발언권이 있다고 주장했다. 검정 선글라스를 쓴 남자들은 전 대통령의 손짓에 하던 행동을 멈췄다.

소설가는 테이블 정중앙을 향해 걸어오면서 "자 여러분, 이 사건들이 어떻게 시작되었는지 생각들 해보세요. 지난날들을 떠올려 보세요, 이 섬에서 다른 모든 생명체처럼 갈매기도 우리와 잘 지냈던 그 행복했던 때를 기억해보세요. 모든 것을 잊어버리지는 않으셨겠지요. 갈매기들이 요염한 자태를 뽐내며 하늘을 나는 모습을 구경하던 때를, 평온함 속에서 함께 이야기를 나누었던 때를, 마치 자연의 소리 같던 음악가 친구들의 플루트와 기타 소리에 귀를 기울이던 그때를 말입니다. 그늘을 만들어주던 나무들 아래로 아무 두려움 없이 편안하게 걸어 다녔던 그날들을 말입니다….”

무표정하고 차가운 시선으로 자신의 말을 듣고 있는 섬 주민들을 잠시 훑어보고는 소설가는 다시 말을 이어갔다.

“이런 것들이 생각나지 않으십니까? 그리고 저 사람의 등장, 나무의 가지를 쳐버린 것이며, 새로 만든 규정들과 운영위원회, 집집이 돌린 공지사항 그리고 결국 죄 없는 갈매기를 상대로 벌인 학살.”

소설가의 ‘저 사람’이라는 말에 화가 난 경호원들이 동요했지만, 전 대통령은 손짓 하나로 그들의 행동을 저지했다. 그리고 소설가는 계속 말을 이었다. 전 대통령의 가장 충실한 추종자 중 한 명이 되어버린 1호가 목소리를 높여 소설가에게 항의했다. “자네가 말한 것들과 뱀이 무슨 상관이야?”

소설가는 1호를 동정하는 듯한 눈으로 바라보며, “옛 친구여, 상관이 있다네. 그것도 아주 밀접하게 말이야.”라고 대답했다. 그리고 모두를 향해 자신의 말을 계속 이어갔다. “갈매기 개체 수를 줄이기 위해 섬에 여우를 데려왔죠. ‘내 원수의 적은 내 친구다’라는 논리로 말입니다. 여러분들은 전 대통령의 이론에 따라 적을 상대하기 위해서 적의 적을 앞세우셨지요. 여우가 갈매기의 알을 먹어 치우면서 한편으로는 갈매기의 개체 수가 빠른 속도로 감소했습니다. 다른 한편으로는 여우의 개체 수가 증가했습니다. 여우의 개체 수가 늘어날수록 갈매기의 수는 줄었지요, 그리고 이런 결과가 나온 겁니다.”

몇몇 성질 급하고 신경질적인 이웃들은 소설가를 노려보며, “그래서 어떻게 됐다는 거요?”라고 소리 질렀다.

"여러분, 못 알아들으시겠어요? 우리가 생태계 균형을 깨버리는 바람에 뱀의 개체 수가 이렇게 늘어났다는 말입니다. 예전에는 갈매기들이 뱀을 사냥했습니다. 그래서 섬에 있는 뱀의 개체 수가 일정 수준에 머물렀던 겁니다. 게다가 우리가 저런 독사 종류를 볼 수도 없었지요. 독사들은 사람들이 사는 곳과 멀리 떨어져 자신들의 영역에서만 살았던 것입니다. 여우가 갈매기 수를 줄여버리자 뱀이 늘어난 겁니다. 이렇게 해서 여러분의 집에까지 뱀이 침입하기 시작했던 말입니다. 그러니까 갈매기를 상대하라고 앞세우셨던 여우가 전혀 생각지도 않은 새로운 위협을 만들어 낸 것이라고요."

침묵이 흘렀다. 모두 '맞는 말이야?'라고 생각하는 게 분명했다. 왜냐하면, 소설가가 아주 타당성이 있는 말을 했기 때문이었다. 그뿐만 아니라, 공증인 친구가 자리에서 일어나 "이 친구가 옳은 말을 했어요. 생태계 균형을 무너트리면 늘 재앙이 뒤따랐어요!"라는 말까지 했다. 모두에게 존경받고 있는 사람이 이런 말을 하자, 다들 그제야 깨달은 것 같았다.

전 대통령이 그 말에 반박하지 않고, 고개를 끄덕이며 인정하는 것 같은 모습을 보였다. 그 모습에 내가 놀라지 않았다면 거짓말일 거다. 상어 대가리에게 무슨 일이 있었는지 논리적인 반박에 귀를 다 기울였다. 오히려 나는 그가 벌떡 일어나 소설가에게 욕을 퍼붓고 섬 주민들에게 소설가의 말을 듣지 말라고 할 거라고 생각했다. 경호원들에게 체포 명령을 내릴 걸로 예상했지만, 그는 그렇게 하지 않았다. 오랜 세월 정치인으로 살면서 가끔 물러설 줄도 알아야 한다는 걸, 옛날 말로 착한 사람인 척할 필요가 있다는 걸 배운 모양이었다.

전 대통령은 자리에서 일어나서, "우리들의 친구가 옳은 말을 하고 있다는 걸 인정해야만 합니다. 우리는 누구도 부당하게 대우하지 않습니다. 옳으면 옳다, 그르면 그르다고 해야 합니다. 갈매기를 상대로 우리는 싸워야 했습니다. 누구도 이 사실을 반박하거나, 정당한 우리의 행동을 무시하려 들어서는 안 됩니다. 천국 같은 우리의 섬을 질병이나 퍼트리는 야생동물에게 넘겨줄 수는 없었습니다. 그뿐만 아니라, 우리는 모두 함께 민주적인 방식으로 투표를 통해서 결정했습니다. 그렇지 않은가요? 여러분. 모든 것을 민주주의 원칙에 맞게 처리했고, 다수의 결정에 따라 갈매기를 처리했습니다. 그러나 어쩌겠습니까, 모든 싸움에는 이렇게 예상치 못한 결과가 도출될 수도 있습니다. 상황을 보고 거기에 맞게 조치를 취하면 됩니다. 중요한 것은 굳건한 결심, 단결 그리고 사기를 유지하는 것입니다."

소설가는 더욱더 비꼬는 듯한 투로 "좋습니다, 이젠 뭘 제안하실 겁니까? 존경하는 각하."라고 했다. "이제는 갈매기의 개체 수를 조금 늘리기 위해 여우와의 전쟁을 선포하실 겁니까? 총을 들고 여우 사냥에 나가야 하나요?"

전 대통령은 아주 엄하고 단호한 표정을 지으며, "아니!"라고 소설가의 질문에 답했다. "수천 번 물어도 아니요. 승리가 바로 눈앞인데 갈매기의 개체 수를 다시 늘리는 어떠한 행동도 해서는 안 됩니다. 갈매기는 이 섬과 우리 모두의 적일 뿐입니다." 그는 목소리를 높였다. "불쌍한 목수가 얼마나 잔인하게 죽임을 당했는지, 아무 죄 없는 이웃들의 머리를 갈매기가 어떻게 쪼아댔는지, 저는 아직 잊지 않고 있습니다. 여러분들은 잊으셨습니까? 잊어버리셨어요?"

군중들 속에 몇 명이 "아니요, 잊지 않았습니다!"라고 소리쳤다.

전 대통령은 이번엔 부드러운 목소리로 "그러나 사랑하는 이웃 여러분, 상황이 이렇다고 해서 두 손을 놓고 가만히 있지는 않을 겁니다, 물론. 해야 할 일들이 있어요. 첫 번째로 여객선을 기다려봅시다. 그리고 약을 받아서 우리의 집을 뱀의 위험으로부터 구해냅시다."라고 했다.

이런 이야기들이 오가는 동안, 나는 잠시 수평선에 시선을 집중하고 있었다. 태양은 또다시 바다로 향하는 붉은 공처럼 가라앉고 있었다. 수평선은 붉은색에서 보라색까지 수만 가지의 색을 띠고 있었다. 갈매기들은 조용하고 평온한 휴양지 섬을 연상시키듯 하늘에서 미끄러지듯이 날아가고 있었다. 섬은 옛날의 그 섬 그대로였다. 마치 아무것도 변한 게 없는 것 같았다. 변한 건 우리였다.

라라는 우리 집에 뱀이 나타났던 사건 이후로 계속 지키고 있던 침묵을 그날도 깨지 않았다. 그녀는 입을 일절 열지 않았다. 집에 돌아온 뒤에도 그녀의 이런 침묵을 존중해주는 것 말고는 내가 어떻게 할 수 있는 게 없었다. 그녀는 자는 동안에 심하게 몸부림치고 짧은 비명도 질렀다. 그녀는 불안한 듯 침대 이리저리로 몸을 뒤척였다.

이 모든 행동이 뱀을 죽인 것과 관련 있어 보였다. 세상에서 폭력을 가장 반대하는 사람조차도 어쩔 수 없는 상황에 도달하면, 살상 기계가 되어버리는 걸 내 두 눈으로 목격했다. 그녀가 뱀의 몸통 가운데를 먼저 꺾어 짓이긴 다음, 삽의 날카로운 날로 뱀의 대가리를 끊어버렸던 장면은 내 뇌리에서 사라지지 않았다. 공포는 모든 것을 할 수 있도록 만든다. 내 머릿속에 있던 선과 악의 매듭이 조금 더 꼬였고, 뒤엉켰다. 이 문제는 내가 이전에 생각했던 것처럼 간단히 풀수 있는 것이 아니었다.

다음날 나는 라라를 혼자 집에 남겨두고 산책을 나갔다. 나 혼자만의 시간이 필요하다는 생각이 들어서였다. 나 혼자 있을 시간이 필요했다. 조용한 곳에서 꼭 해야 한다고 생각했던 마음의 정리를 하기 위해서였다.

사실, 나 혼자 생각할 시간이 필요했다. 뱀을 보았던 그 순간에 묶여 있을 수만은 없었다. 그리고 라라가 나를 구해주었던 사건을 계기로 오랫동안 내 마음속에 있었지만, 무슨 이유에선지 진지하게 고민할 용기를 내지 못했던 물음에 답을 찾고 싶었다. 나는 겁쟁이인가? 라라에게 어울리지 않는 무능하고 수동적인 남자인가? 소설가의 그 많은 요청에도 불구하고, 왜 주민 회의에서 아무 말도 하지 못했을까? 전 대통령의 의견에 왜 반대하지 못했지?

이런 생각들로 나는 매우 우울했다. 나는 소설가를 찾을 수 있을 거라는 희망으로 '보라색 바다'로 향했다. 하지만 그는 없었다. 나는 이곳저곳을 배회하다 거대한 잣나무의 안정감과 그늘의 시원함에 내 몸을 맡기기로 했다.

소설가는 잣나무 숲에도 없었다. 하지만 구멍가게의 곱사등 아들이 잣나무 아래에서 편안하게 잠을 자고 있는 게 보였다. 내 발밑에서 잣나무의 가시와 솔방울의 부스럭거리는 소리가 났다. 나는 가능한 소리가 나지 않게 다가가 그 아이의 옆에 앉았다. 아이는 마치 섬에 갈매기의, 뱀의 공포가 언제 있었냐는 듯 편히 자고 있었다. 나는 말도 할 줄 모르고, 의사소통도 불가능한 데다 사람들과 눈도 마주치지 못하는 이 아이에 관해 깊이 생각해본 적이 없었다. 어떤 아이인지 이해해보려는 노력조차도 하지 않았다. 구멍가게의 지능이 낮고, 장애가 있는 아들이라는 것만 알아도 우리에겐 충분했다. 집으로 배달할 때 보았던 좀 이상하고, 마치 물속에 있는 것처럼 느리게 움직이는 묘한 아이일 뿐이었다. 그래서 그 아이가 갈매기 새끼들을 구하려고 했다는 사실에 나는 놀랐고, 그 이후로 관심을 가지고 아이를 보게 되었다.

얼마 뒤, 내가 자기 곁에 있다는 걸 느꼈는지 아이가 잠에서 깨어났다. 아이는 바로 몸을 일으키고는 눈을 비볐다. 그리고 미안해하는 듯한 표정을 지었다.

"어찌나 깊이 자던지. 깨우지를 못하겠더라."

자기에게 말을 걸어오는 것에 익숙하지 않은 아이는 당황해했다. 그리고 그 모습을 보이지 않으려고 눈을 피했다.

나는 "네 것들은 잘 있니?"라고 물었다.

아이는 늘 그랬던 것처럼 아무 대답도 하지 않았다. 겁을 먹은 것 같았다.

"그러니까, 닭장에 있는 갈매기 말이야. 두 마리 말고 또 구해낸 갈매기가 있니?"

아이는 뛰어서 달아났다. 내리막길을 종종걸음으로 뛰어 내려가는 불쌍한 아이를 보면서 나는 애잔함과 동시에 깊은 경외심마저 느꼈다.

17장

글로 감정과 생각 그리고 장면이나 현상을 설명하는 건 얼마든지 가능하다. 하지만 여객선으로 들여온 코를 마비시킬 것 같은 뱀 퇴치 약 냄새를 어떻게 설명할 수 있을까. 집마다 정원과 테라스 아래, 발코니로 나가는 문 앞에 뱀 퇴치 약을 놓아두었다. 이 약에서 풍기는 냄새를 몇 개의 단어로는 충분한 설명이 불가능할 것 같다. 수많은 동물의 사체를 겹겹이 쌓아서 햇볕 아래 며칠 놔두면 아마도 이런 냄새가 날 거라고 말하면 충분할지 모르겠다.

이 약은 몇 개의 드럼통에 담겨 섬으로 들어왔다. 그 약을 여러 곳에 뿌려서 뱀은 쫓았는지는 모르겠지만, 집에 들어가는 게 너무나 고역이었다. 그 향기롭고 진한 펠라르고늄과 재스민마저도 구역질 나는 약 냄새를 누르기에는 역부족이었다. 집안 곳곳에 뿌린 콜로

냐*와 몸에 바른 로션, 여자들이 잘 쓰지 않고 모셔두었던 아주 진한 향수마저도 소용이 없었다. 섬 주민 중 몇몇은 "젠장맞을, 뱀이 들어오려면 오라고 해, 이 냄새 맡다가 죽느니 뱀에 물리는 게 차라리 나아!"라고 했다. 그들은 냄새를 가시게 하려고 물과 비누로 약을 씻어냈다.

불쌍한 섬 주민들!

갈매기의 공격이 무서워 냄비를 머리에 써야 했고, 뱀이 무서워 그 더운 날에도 큰 부츠를 신고 다녀야 했던 불쌍한 사람들. 이제는 냄새에서 벗어나기 위해 코에 빨래집게라도 꽂고 다녀야 한단 말인가?

우리 섬이 재수 없고 저주받은 곳이라고까지 말하는 사람도 있었다. 우리가 무슨 말을 해도 이런 저주를 믿는 사람들의 생각을 바꾸어 놓을 수는 없었다. 전 대통령이 오기 전까지만 하더라도 우리 섬이 세상에서 가장 아름다운 곳이었다는 기억도 되살려주지 못했다. 그들은 저주라고만 생각할 뿐이었다. 이것도 섬의 운명이지 않을까. 몇몇 가족은 여객선을 타고 고향으로 다시 돌아갈 생각을 하고 있었다.

약을 씻어낸 친구들의 집에서 냄새가 옅어지기 시작했다. 우리도 약을 씻어냈다. 어쨌든 뱀을 쫓아내는 약이라면 벌써 뱀이 도망갔을 테니까. 라라와 나도 오랫동안 하지 못했던 그걸 할 수 있었다. 깨끗한 공기를 마실 수가 있게 되었다.

---

*   역주-가벼운 향수이자 소독제의 일종으로, 19세기 독일에서 들여온 콜론의 변형된 형태로 에틸알코올 함유량이 60~80%에 달하며, 터키에서는 의식을 잃은 사람을 깨울 때 사용하기도 함.

내가 뱀이라면 다시는 사람들이 사는 집 근처에도 가지 않을 거라고 생각했다. 하지만 그건 나의 착각이었다. 약 냄새가 옅어지자마자 한두 집에서 다시 뱀이 나타났다. 뱀이 집안까지 들어가지는 않았고, 정원과 테라스에서 잡혔다. 뱀을 약으로 쫓겠다는 계획은 효과가 없었다.

이렇게 되자, 다른 방법이 없던 섬 주민들은 또다시 운영위원회를 찾았다. 더 정확한 표현으로, 이 문제를 전 대통령에게 이야기했다. 운영위원회가 곧 전 대통령이나 마찬가지였다.

전 대통령은 단호한 표정으로 모든 문제에는 해결 방법이 있다고 말했다. 그는 뱀 문제를 해결하기 위해 육지에서 전문가를 초청했으며, 그 전문가가 뱀으로 인한 모든 고민에서 우리를 해방시켜줄 것이라고 했다. 그는 여러 곳에서 문제와 위기를 해결하는 기적을 일으킨 유능한 사람이기에 뱀 문제를 해결 못 할 이유가 없다는 것이었다. 전 대통령은 "운영위원회는 이 섬의 안전과 안녕을 위해 모든 종류의 대책을 염두에 두고 있으며, 그 대책을 실행에 옮길 것입니다. 여러분들은 통일과 단결을 유지하면서 안심하고 계시면 됩니다."라며 말을 마쳤다.

이 말을 들은 주민들은 크게 들떴고, 대단하다는 그 전문가가 오기만을 기다렸다. 물론 전문가는 돈을 받고 일했다. 꽤 많은 돈을 받는다고 할 수 있을 정도였다. 하지만 그가 해결할 엄청난 일에 비하면 받는 돈은 많은 게 아니었다. 전문가가 섬에 도착하자마자, 그에게 선불로 보수를 지불하기 위해 모든 집은 일정 정도의 돈을 내야 했다. 주민 중 몇몇은 "뭘 어떻게 하는지 보고 돈을 내고 싶은데."라고 했지만, 다른 이웃들은 이런 말을 하는 사람들을 이상하게 봤다.

나는 아무 소리도 하지 않았다. 왜냐하면, 최근 몇 개월 동안의 경험으로 결코 잊지 못할 인생의 교훈을 얻었기 때문이었다. 그건 뭘 하든지 간에 섬 주민들의 희망을 뺏으려 해서는 안 된다는 것이었다. 어떤 희망이라도 가져보려는 이웃들에게 그것이 거짓이라고 말해서는 안 된다. 누구에게도 진실을 봐야 한다고 해서도 안 된다. 왜냐하면, 불안한 사람들은 거짓이라고 할지라도 기댈 수 있는 희망이 필요하고, 진실을 이야기하는 사람을 불편해하기 때문이다. 시간이 지나, 내 말이 옳았던 게 증명되어도 그건 중요하지 않았다. 시간이 흘러가면 처음의 상황은 잊히게 마련이었다. 소설가가 이젠 주민들과 어울리지도, 그들과 말을 섞지 않는데도, 이렇게까지 주민들의 증오 대상이 된 것을 다른 무엇으로 설명할 수 있을까?

그래서 나는 '전문가'를 통해 문제를 해결하는 것에 대해 아무 의견도 내지 않았다. 나는 내야 할 돈만 내고 입을 다무는 편이 좋겠다고 생각했다. 섬 주민들은 여기저기서 삼삼오오 모여 전문가가 얼마나 대단한 사람인지, 얼마나 많은 재앙에서 나라를 구했는지, 그 사람이 섬의 문제를 근본적으로 해결할 것이라는 등 떠들어댔다. 나는 그들의 말에 일절 반박하지 않았다. 나는 전문가라는 사람의 뱀 퇴치 작업이 실패할 경우, 어떻게 해야 할지 생각해보자고 라라에게만 이야기했다. 어쩌면 우리도 이 섬을 떠나야 할 것 같았다. 하지만 여기서 떠난다는 생각만으로도 우리는 너무 두려웠다. 그간의 세월 동안 누렸던 조용하고, 편안한 삶은 끝을 맞이하게 되는 것이었다. 우리 두 사람 모두 어디서든 직장을 구하고 일을 해야 하는 상황과 마주해야 했다. 폭력이 난무하는 도시에서 어떻게 적응할 것인지는 제쳐두고라도, 언젠가는 라라의 행적을 찾게 될 남편으로부터 그녀를 어떻게 보호할 것인가라는 문제가 남아있었다.

이런 것들을 고려하다 보니, 뱀 문제에도 불구하고 섬에서 지내는 게 좋겠다는 결론을 내릴 수밖에 없었다. 하지만 다음 날이 되면 여기서도 살 수 없을 것 같다는 생각이 들었다. 우리는 이렇게 며칠을 고민 속에서 보냈다.

어느 날 저녁, 우리는 이런 걱정을 소설가에서 털어놓았고, 그의 생각을 물어보았다. 서서히 분노의 고리 속에 갇혀버린 우리의 친구는 이 재앙의 섬을 떠나 육지로 가고 싶어 할까?

그 순간 자네의 표정을 결코 잊을 수 없어, 사랑하는 친구. 자네의 눈동자에는 근심의 먹구름이 가득했다네. 자넨 한참을 생각하더니, 비밀을 털어놓듯, "난 거기로 돌아갈 수 없어!"라고 했었지.

자네가 어찌나 근심 섞인 목소리로 말하던지, 그 '돌아갈 수 없는' 상황이 정말로 심각한 사건에서 비롯된 것이라는 것을 우리 둘은 바로 직감할 수 있었어. 그리고 바로 뒤이어 자네는 "내가 거기로 돌아가면 날 살려두지 않을 거야."라고 했지.

나는 마치 앞으로 일어날 일을 예감이라도 한 것처럼 소름이 돋았어. 내가 자네의 얼굴을 정말 걱정스럽게 봤던 모양이야. 자네는 농담이라는 식으로, "이봐, 그렇게 과장할 것까지 없어. 우리는 지금 여기에 있잖아. 안전하게 전 대통령의 경호원들과 뱀이랑 뒤섞여 잘 살고 있잖아. 어떤 게 더 위험한지 알 수는 없지만 말이야…."라고 했었지.

자네의 그 말이 아니라, 씁쓸한 웃음이 더 마음에 걸리더군.

최근 들어, 우리 섬을 둘러싸고 있던 바다조차도 위협적으로 보이기 시작했다. 예전에는 바닷가에 앉아 기분 좋게 구경했던 밀물과 썰물도 예사롭지 않았다. 일곱 번째로 치는 파도가 가장 크다는 걸 확인하려고 파도를 세던 놀이마저도 소름 끼쳤다. 바다의 출렁임도 난폭해 보였고 위협으로 느껴졌다. 내 마음속의 근심이 커질수록, 나도 바다의 반짝이고 있는 수면이 아니라, 캄캄한 해저를 생각하기 시작했다. 같은 바다, 같은 환경에서 살지만, 상어는 악하고 돌고래는 선한 것을 어떻게 설명할 수 있을까? 사실 어떤 기준으로 상어는 악하고, 돌고래는 선하다고 하는 걸까? 어쩌면 선과 악이라는 건 사실 존재하지 않는 것일지도 모르겠다.

"아! 자기야, 난 이제 혼란스러워, 어떤 것도 옛날처럼 확신이 서질 않아. 나 자신도 믿을 수 없고, 내가 쓴 글도 마찬가지야. 내 인생에서 가치 있는 것이라고는 자기와 함께 있는 것뿐이야. 다른 건 중요하지도 않고, 가치도 없어."라고 나는 라라에게 말했다.

슬픔과 기쁨 그리고 애정의 보호막처럼 서로를 포용했던 순간이야말로 내 인생에서 가장 -어쩌면 유일할지도 모르는- 소중한 시간이었다.

소설가의 인생에서 가장 큰 결핍이라면 라라 같은 여자와 함께 살고 있지 않다는 것이었다. 나는 그런 그가 안타까웠다. 사랑을 전혀 해본 적이 없는 것일까? 사랑하는 사람이 없었나? 그렇게 가깝게 지냈지만, 나는 이 문제만큼은 언급해서는 안 되고, 그에게 질문해서도 안 된다고 느꼈다. 그래서 그 말은 입에 담지도 않았다.

그가 그날 내뱉었던 한두 마디조차도 엄청나게 솔직한 자기표현으로 봐야 했다.

언제나 삶은 사람들을 놀라게 한다. 그 불안하던 날 중 어느 날, 구멍가게 아들이 내가 예상치도 못했던 행동을 했다. 아이가 우리 집으로 찾아와 문을 두드렸다. 그리고는 내 손을 잡고 밖으로 끌어당기더니 날 어딘가로 데려가기 시작했다. 나는 얼마나 놀랐던지 무슨 말을 해야 할지 몰랐다. 곱사등 아이가 내 손을 잡고 자기 마음대로 날 끌고 가도록 난 그냥 내버려 뒀다. 그러면서도 나는 무서운 호기심에 사로잡혔다. 하지만 아이가 나를 끌고 구멍가게 뒤편에 있는 닭장으로 데려가는 걸 보고는 내게 갈매기를 보여주고 싶은 것이라는 걸 단번에 알았다.

실제로도 갈매기를 보여주려고 한 행동이었지만, 그 이상의 것이 있었다. 아이가 닭장의 문을 열었고, 어느 정도 자란 두 마리의 갈매기 새끼를 집어 들었다. 아이는 닭장의 문을 조심해서 닫았고, 우리는 다시 길로 나섰다. 잣나무 숲이 끝나고 땅끝 벼랑이 시작되는 곳에 도착하자, 아이는 손에 들고 있던 갈매기 새끼 중 한 마리를 내게 건넸다. 나는 마치 아기를 두 손으로 받아드는 것처럼 서투른 동작으로 갈매기 새끼를 받아들었다. 날은 더웠고, 심장이 빠르게 뛰는 소리가 내 귀에까지 들렸다.

나는 아이의 얼굴을 바라봤다. 아이는 손에 든 갈매기 새끼를 천천히 공중에 놓아주었다. 새끼 갈매기는 당황했고, 힘들게 날갯짓을 했다. 서툰 날갯짓을 하며 몇 미터 아래의 바위에 내려앉았다.

우리가 서 있던 벼랑은 꽤 높았다. 아래에서는 파도가 바위에 부딪쳐 물거품을 일으키고 있었다. 나는 젖어 있는 잡초들 때문에 미끄러질 수도 있겠다고 생각했다. 사타구니에서 복부를 향해 찌릿해지는 공포를 느끼고 나는 약간 뒤로 물러섰다. 아이는 너무 신이 나 있었다. 벼랑 끝에 서서 날기를 시도하는 갈매기 새끼를 넋을 잃고 바라보고 있었다. 아이가 이렇게 행복해하는 모습을 예전에는 한 번도 본 적이 없었다.

아이가 나에게 손짓을 했고, 나도 손에 있던 따뜻한 온기가 느껴지는 새끼 갈매기를 공중에서 놓아주었다. 그 순간 첫 번째 새끼 갈매기처럼 똑같이 서투른 날갯짓을 하면서 바위 위에 내려앉았다. 그리고 두 마리 모두 그 바위에서 온 힘을 다해 몇 미터 더 날아올랐다. 잠시 있다가 같은 행동을 여러 차례 반복했다.

놀랄 정도로 밝은 미소가 아이의 얼굴에 번졌다. 게다가 아이는 너무 신나서 내 손을 잡았다. 그 순간, 다른 갈매기들이 이 두 마리의 새끼를 보고 날아왔다. 새끼들에게 도움을 주고 싶은 듯 새끼 갈매기 주위를 맴돌기 시작했다. 그 모습은 마치 갈매기들이 기쁨의 환호를 지르는 것 같았다. 이런 광경에 아이는 더더욱 신이 났고, 손으로 자기 입을 막으며 웃었다. 아이는 몸을 좌우로 흔들었고, 기뻐서 어쩔 줄 몰라 하며 이상한 몸동작을 했다.

새끼 새의 첫 비행 기념식에, 모든 비밀을 알고 있었지만 누구에게도 말을 하지 않은 나 혼자만 초청했다는 사실에 나는 가슴이 뭉클했다. 아이는 새끼들을 살려냈다는 행복감에 젖어 있는 것 같았고, 기쁨을 나와 함께 나누려는 것 같았다. 어쩌면 선이라고 하는 것은…. 아니, 아니다, 선악에 대해서 생각하지 않기로 스스로 다짐했잖아.

작은 기쁨을 맛봤던 그날, 유일하게 실망스러웠던 것이 있었다
면, 텅 빈 갈매기 해변과 개체 수가 엄청나게 줄어든 갈매기들을 두
눈으로 직접 확인한 것이었다. 예전에만 해도 하얀색 갈매기들로 가
득했었던 긴 해변에 지금은 드문드문 무리를 이루고 있는 아주 적은
수의 갈매기들만 남아 아주 스산해 보였다. 갈수록 늘어나는 여우들
이 갈매기의 알을 저렇게 훔쳐 가면 섬에 갈매기가 한 마리도 남지
않을 것 같았다.

18장

장관도 그런 장관이 없었다. 굉장한 환영 행사였다. 우리의 모든 고민을 해결해줄 전문가가 우리를 재앙에서 구해내기 위해 오고 있었다. 장미로 꽃길을 수놓지 않았을 뿐이지 다 준비한 것 같았다. 연륜이 있는 전문가도 많은 환영식을 경험했을 텐데, 이번 환영식을 보면 그도 놀랄 듯했다.

여객선이 만으로 들어와 닻을 내렸을 즈음엔 몇 사람을 제외하고 섬 주민 모두가 선착장에 나와 있었다. 주민들은 눈을 찌푸려가며 전문가라는 사람을 보려고 애썼고, 미리 망원경을 준비해 온 사람들에게서 그걸 빌릴 기회를 엿보고 있었다. 그리고 망원경을 보고 있던 이웃들에게 계속 질문을 해댔다.

"보여?"

"어떤 사람 같아?"

"누구랑 닮았어?"

들떠 있는 주민들의 이런 질문에, 내 옆에서 망원경을 보고 있던 사람이 대답했다. "그래, 보여. 지금 여객선 계단에서 내려왔어. 보트에 옮겨 타고 있어. 주위에 있는 다른 사람들보다 키가 크고, 밀짚모자에 선글라스를 쓰고 있어. 마른 체형이야, 키가 커, 아주 커."

"됐어. 그만 보고, 그 망원경이나 잠깐 줘봐."

이전에 섬에 왔던 그 누구도, 하물며 전 대통령조차도 섬 주민들에게 이렇게 큰 기대를 받지는 못했었다. 일주일 동안 애타게 구세주를 기다렸던 섬 주민들 사이에서 전문가에 관한 온갖 이야기가 나돌았다.

메뚜기 떼의 습격을 받은 농촌 마을에서는 밀밭에 불을 지르지 않고도 그 재난에서 농민들을 구해냈다고 했다. 다른 곳에서는 범람하는 강의 흐름을 바꾸는 기적을 일으켜서 공포에 떨고 있던 마을을 홍수로부터 막아냈다고도 했다. 게다가 더 나가서, 이 전문가가 동물들과 의사소통을 하기 위해 특별한 언어를 개발했다는 말도 있었다. 그가 번개를 손으로 잡았다고 말하는 사람들마저도 있었다.

바깥세상과 제대로 소통이 되지 않는 섬에서 이런 소식들을 어디서 들었고, 어떻게 알았는지 신기한 일이었다. 하지만 너무나도 확신에 차 있는 말이어서 자신들만의 외부 소식통이 있는 것 같았다.

소설가는 이런 모습들을 증오하기도 했고, 사람들 앞에 모습을 드러내기 싫어했기에 당연히 환영식에 나오지 않았다. 신기한 것은 전 대통령도 이 환영식에 모습을 드러내지 않았다. 어쩌면 자신의 권위가 추락하는 게 싫어서 그랬을지도 모르겠다. 아니면 섬 주민들이 전문가에게 보인 관심을 시기하는 것일지도. 어쨌거나 그는 섬의 대표였고, 처음으로 섬을 방문한 사람은 그를 찾아가 인사를 해야 했다.

보트가 다가올수록 망원경을 든 이웃이 했던 말이 맞았다는 게 확인되었다. 키 큰 남자의 실루엣이 드러났다. 마치 로시난테 대신 보트를 탄 돈키호테처럼 우리를 향해 다가오고 있었다. 보트가 선착장에 닿기도 전에 주민들은 손뼉을 치기 시작했다. 그도 이런 환호에 고개를 숙였고, 가벼운 미소로 화답했다. 그리고 보트에서 재빠른 동작으로 선착장으로 건너뛰었다. 그는 모든 주민과 악수를 했다. 주민들은 신이 나서 어쩔 줄 몰랐다. 그는 모든 주민을 다 내려다볼 정도로 키가 컸다. 2미터에 가까운 그의 키가 마치 섬에서 보여줄 기적을 미리 증명이라도 하는 듯, 섬 주민들은 환희에 차 있었다. 우리의 구원자가 마침내 도착한 것이다. 섬의 고민거리를 해결할 장신의 남자가 선착장에 발을 내디딘 것이다.

모두가 전문가를 자기 집으로 모셔가길 원했지만, 정원에 별채가 있는 9호에게 그 기회가 돌아갔다.

주민들은 섬에 첫발을 내디딘 전문가가 감동적인 연설을 할 것으로 기대하고 있었다. 모두 흥분된 마음으로 기다리고 있었지만, 실망스럽게도 그는 입을 열지 않았다. 그는 악수로 환영식을 마친 뒤, 전 대통령의 경호원들과 함께 전 대통령의 집으로 향했다. 이런 과묵한 태도로 인해 그에 관한 전설적인 이야기는 더욱더 부풀려졌다. 그리고 그가 정말로 굉장한 사람이라는 사람들의 평가에 무게를 더했다. 전문가는 자화자찬하거나 인정받기 위한 말을 꺼내지 않고 그냥 가벼운 미소로만 주민들과 인사를 나눴다. 그런 모습을 본 주민들은 우리를 특별하게 생각해서 어렵게 섬에 온 것이라 생각했다. 그가 당연히 큰 선물을 안겨줄 것이라고 섬 주민들은 믿기 시작했다.

전문가는 섬에 있었던 일주일 내내 과묵함을 유지했다. 그가 아주 중요하다고 생각하는 한두 가지 일을 지시하기 위해서만 입을 열었다. 그런 행동만으로도 그에 대한 주민들의 존경심은 더 커져갔다.

그가 전 대통령과 무슨 이야기를 나눴는지 우리가 알아낼 방법은 없었지만, 그날 오후부터 그는 주민들에게 여러 가지를 지시했다. 전 대통령의 경호원들도 전문가의 명령을 따랐다. 경호원들은 우리에게 시간이 많이 없다고 했다. 일주일 동안 모두가 쉬지 않고 작업해서 섬의 곳곳에 긴 나무 기둥을 심어야 한다고 했다. 작업 완료 일자를 맞춰야 하는 일이었고, 시간 낭비가 허용되지 않았다.

우리는 나무 기둥을 어떻게 심어야 하며, 뭐에 쓸 것인지에 대해서 전혀 알지 못했다. 하지만 다음 날 아침부터 모두가 미친 듯이 일을 시작하는 데에 그런 건 걸림돌이 되지 못했다. 전문가는 언덕 위에서 작업을 지휘했다. 알아들을 수 없는 몇 마디를 입속에서 중얼거리는 것 외에는 말없이 긴 손가락으로 해야 할 일을 지시하고 있었다.

섬 주민들은 땀을 쏟으며 숲의 나무를 베어내고 잔가지를 쳐냈다. 그리고 통나무들을 이리저리 나르기 시작했다. 이번에는 전 대통령의 경호원들이 가장 큰 도움이 되었다. 섬에 막 왔을 때, 그 아름답던 나무들을 베어내던 능숙한 솜씨를 다시 보여주었다. 이젠 섬 주민들과 어깨를 맞대고 작업을 했다. 나무의 높은 가지가 서로 뒤엉키며 만들어냈던 초록의 시원한 그늘을 기억하는 사람은 이제 아무도 없었다.

다 좋은데, 힘들게 베어낸 나무들과 그 나무 기둥 끝에 올려둔 작은 나무 널빤지는 뭐며, 그 기둥들을 안간힘을 써가며 땅에 심어서 뭘 하겠다는 걸까? 왜 이런 작업을 하는 거지? 섬 주민들은 여기 삶에 만족하고 노동에 대한 개념마저 거의 잊고 살아온 사람들이었다. 살인적인 템포로 땀을 쏟을 정도의 일을 갑자기 하게 되자, 이런 불만스러운 질문들을 내뱉기 시작했다. 이런 분위기는 순식간에 주민 전체로 번졌다. 모두 "우리가 왜 이 일을 하는 거야? 이게 다 뭘 위한 거냐고?"라는 말을 하기 시작했다. 우리 중 가장 배짱 좋은 사람이 직접 전문가를 찾아갔다. 반쯤 뜬 눈으로 우리의 작업을 지켜보고 있던 그에게 이런 우리의 질문을 던졌다.

전문가는 질문을 못 들은 척했다. 아니면 답할 필요성을 느끼지 못한 것일지도 몰랐다. 전문가 주변으로 주민들이 모여들기 시작하고, 모든 섬 주민들이 일손을 놓자, 그는 겨우 입을 열었다. 그는 알쏭달쏭하게 "황새!"라고만 답했다. 그리고 돌아서더니 자리를 떴다. 누구도 그를 붙잡을 엄두를 내지 못했다. 그의 큰 키가 모두를 압도하고 있는 것 같았다.

"뭐라고 한 거야?"라며 주민들은 서로에게 물었다.

"뭐라고 한 거야?"

"황새라고 한 것 같은데."

"근데 무슨 뜻이지, 그게?"

"황새, 갈매기, 뱀, 여우…. 이것들 사이에 무슨 관계가 있다는 거야?"

주민들은 이 낱말 퍼즐에 완전히 빠져 있었다. 이 수수께끼를 어떻게든 풀려고 애썼다.

마침내 한 사람이 "황새가 뱀을 잡아먹잖아!"라고 했다.

"그래서?"

"그래서라니 이 친구야, 섬에 황새가 있으면 뱀이 남아나지 않게 되는 거지."

"그럼 전문가 양반이 황새를 데려오겠다는 거야? 어떻게 데려온 다는 거지?"

"황새는 이해가 되는데, 이 나무 기둥은 왜 심는 거야?"

그 순간 그들의 대화에 끼어든 라라가 "황새 때문에요! 모르시겠 어요? 황새는 나무 꼭대기에 집을 짓잖아요. 황새 집을 준비하는 거 예요."라고 말했다.

"맞아, 그건 전혀 생각 못 했네. 그렇다면 황새를 어떻게 여기로 내려오게 만든다는 거지? 초청장이라도 보낼 건가?"

공증인은 "그런 거였군, 나는 이해되네요!"라며 대화에 종지부를 찍는 말을 했다. "예정된 날짜까지 끝내야 합니다. 일주일 내에 모든 나무 기둥을 땅에 심어야만 한다고 했잖아요, 그렇게 말한 게 다 이 유가 있었어요. 해마다 이 시기면 황새들이 남쪽으로 날아가지 않았 나요?"

"날아갔죠, 섬 위로 날아가잖아요."

"그래요, 아마도 전문가가 황새들의 집을 만들어서 황새가 우리 섬에 내려앉게 할 건가 보네요."

이 대답을 듣고 라라를 제외한 모든 주민의 얼굴이 환해졌다. 마 침내 의문이 해결되었다. 우리 섬에 황새가 와서 뱀을 잡아먹으면, 이 뱀의 재앙에서 우리를 구해주는 셈이 되는 것이었다. 황새가 하늘에서 내려다보고 자신들을 위해 준비된 집을 찾아 이곳으로 내려온다는 게 이해되지는 않았다. 다른 경우에도 내가 반박을 하지 않았듯이, 나는 이번에도 가만히 있는 게 좋겠다고 생각을 했다. 위대하신 전문가께서 더 잘 알고 있을 테니.

작업의 비밀을 알아낸 섬 주민들은 더 열심히 황새들의 보금자리를 준비했다. 땅에 심어둔 긴 나무 기둥 끝에 고정한 작은 나무판자 위에는 짚으로 만든 황새 집이 놓였다. 그렇게 우리는 세상에서 유일한 황새 호텔을 완성했다. 이 말이 미친 소리처럼 들리겠지만, 안 될 것도 없지. 세상에는 너무도 얼토당토않은 일이 실제로 존재하니 말이다.

그날 저녁 라라와 나는 이 계획이 성공할 것인지에 대해 이야기를 나누고 있었다. 그때 갑자기 소설가가 우리를 찾아왔다. 이런 영광을 누구에게 고마워해야 할지 모르겠다고 너스레를 떨며 우리는 그를 맞이했다. 라라도 그를 무척 보고 싶어 했었다. 두 사람은 아주 친했고, 많은 주제에 있어서 같은 생각을 하고 있었다. 하지만 최근 들어 소설가가 마치 우리와 거리를 두는 것처럼 집에 오지도 않았고 연락도 하지 않았다. 우리는 찾아다녔지만, 도무지 그를 찾을 수가 없었다. 하지만 지금은 우리 집 마당에 소설가가 와 있었고, 그의 방문에 우리는 너무 기뻤다.

"자네들의 도움이 필요해, 친구들."이라고 소설가가 말했다.

"물론 도와야지. 우리가 뭘 하면 될까?"

"이 바보들이 이젠 전문가라고 하는 사기꾼 꽁무니를 쫓아다니고 있어. 나무 기둥을 땅에 심는다고 그러질 않나, 그렇게 하면 황새가 살 거라고 하질 않나⋯. 이번에도 주민들은 크게 실망하게 될 거야.”

“내가 봐도 그래. 살면서 이보다 더 말도 안 되는 계획을 들어본 적이 없어. 하지만 모두 어찌나 철석같이 믿고 있는지, 주의해야 한다고 말해도 들을 상황이 아니야.”라고 라라가 말했다.

“그러라고 해. 그래도 우리는 알려줘야지. 듣지 않겠다고 하면 듣지 말라지 뭐. 누가 옳은지 머지않아 밝혀질 테니까.”

“지금까지 우리가 했던 경고들이나, 자신들이 겪은 것으로도 그다지 교훈을 얻지 못한 것 같은데.”라며 내가 두 사람의 대화에 끼어들었다. 그리고 우리가 무엇을 해야 하는지 그에게 물었다.

소설가는 자신이 성명서를 준비해왔으며, 그걸 직접 손으로 베껴 써서 모든 집에 전달하자고 했다.

이 성명서가 먹힐 것이라는 믿음은 그다지 없었다. 하지만 그를 실망시키고 싶지 않아, 나는 바로 펜과 종이를 들었다. 라라도 예쁜 글씨로 베껴 쓰기 시작했다.

‘사랑하는 섬 주민 이웃 여러분’으로 시작하는 성명서는, 주민들에게 지난날들을 떠오르게끔 했다. ‘옛날의 행복했던 날들을 기억하는 사람들이 아직도 주민 중에 있을까요? 아니면 모두 집단 기억상실증에라도 걸린 겁니까? 누구도 다른 사람의 일에 간섭하지 않았고, 모두 화기애애한 분위기 속에서 지냈습니다. 음악가 친구들이 들려줬던 자연의 소리와 어우러진 플루트와 기타 연주곡은 생각나시나요? 그늘막 아래에서 구멍가게 주인이 요리한 생선에 화이트 와인을 마시고 이야기꽃을 피웠던 그 시절을 기억하고는 있으십니까? 갈매기들과 아무런 문제 없이 평화롭게 살았던 그때를 기억하는 사람이 있기는 한 겁니까? 장님이 아니라면, 전 대통령이 섬에 온 뒤로 모든 균형이 깨져버렸다는 걸 모두 목격했을 겁니다.'

성명서는 뒤로 갈수록 '제 말이 전부 맞았다고 굳이 말하고 싶지는 않습니다. 이제부터라도 제 말에 귀를 기울여 주세요. 지금까지 제 말이 다 옳았다는 걸 한 번 더 강조하고 싶습니다.'라는 말을 하고 있었다. '만약 그자의 미친 생각에 계속 귀를 기울이신다면, 또 다른 재앙을 피할 수 없을 것입니다. 여러분들도 보시게 되겠지만, 이 전문가라는 사람의 계획은 실패로 돌아갈 것입니다. 그날이 오면, 제가 옳았다는 걸 아시게 될 겁니다. 그날이 오면, 우리 모두 힘을 합쳐 전 대통령이라고 하는 자에 맞서야 한다는 걸 느끼실 겁니다. 그날이 오면, 그를 이 섬에서 쫓아내는 게 얼마나 중요한 일인지 깨닫게 되실 겁니다.'

성명서는 다음 문장으로 마무리 지었다. '저는 이번 성명서를 하나의 기회이자, 저 자신을 위한 시험으로 생각합니다. 만약, 전 대통령의 판단대로 전문가가 이 일에 성공한다면, 지금까지 제가 한 말을 모두 거둬들이고 전 대통령의 앞에서 무릎을 꿇고 사과할 마음의 준비가 되어있습니다. 하지만 제가 옳다면, 제발 여러분들도 정신을 차리시고 이 섬에서 또 다른 미친 짓을 벌이기 전에 전 대통령을 쫓아냅시다.'

우리는 이 성명서를 필사본으로 여러 장을 만들었다. 그리고 우리 셋은 각각 한 뭉치씩 들고 모든 집에 이 성명서를 돌렸다. 전 대통령의 집은 물론 제외했다. 무장한 경호원들에게 이 성명서를 건네주는 건 결코 현명한 일이라고 할 수 없었다. 그런데도, 이 성명서가 전 대통령의 손에 들어가는 건 시간문제였다. 1호 같은 사람들이 곧장 들고 전 대통령을 찾아갈 게 뻔했다.

그 무렵 벌어진 사건으로 구멍가게 아들이 눈물을 흘리는 걸 보고 나는 가슴이 아팠다. 구멍가게 아들이 아침에 닭장에 들렀다가 닭이 떼죽음 당한 것을 보고는 충격을 받은 모양이었다. 닭장 철망 울타리 밑으로 굴을 판 여우들이 닭장 속에 살아 있는 건 하나도 남겨두지 않고 다 죽인 것이었다. 닭을 전부 물어갈 수 없자, 여우들은 닭의 목을 물어서 죽였다. 닭장은 죽은 닭으로 넘쳐났다. 아이의 눈물은 며칠 동안 멈출 줄 몰랐다.

일주일 지나고, 정신없이 진행되던 작업은 완료되었다. 섬의 북쪽 해안에 수많은 나무 기둥이 세워졌다. 황새가 오기를 기다리는 것 말고는 우리가 할 수 있는 일은 딱히 없었다.

전문가가 섬에 온 지 딱 일주일이 되던 날이었다. 그날 오기로 되어있는 여객선을 기다리던 이웃이 아주 먼 곳에서 황새처럼 보이는 새들이 다가오는 것을 발견했다. 이 소식이 전해지자 주민 모두가 섬의 북쪽 해변으로 모였다. 다가오고 있는 새가 황새인지 아닌지를 놓고 의견이 분분했다. 전문가는 앙상한 검지를 입술에 대고 주민들에게 조용히 하라는 신호를 보냈다. 그 신호에 따라 모두가 입을 다물었다.

새들이 가까워질수록 정말로 황새 떼라는 것을 눈으로 확인할 수 있었다. 넓게 펼친 날개와 날씬하게 뻗은 몸통이 선명해지자, 섬에서는 흥분이 최고조에 달했다. 황새가 가까이, 더 가까이 섬으로 다가오더니 맞은편의 무인도에 내려앉았다. 무인도가 얼마나 가까웠냐면,

황새 날갯짓에서 황새들이 지친 상태라는 걸 알 수 있을 정도였다.

우리는 황당해하며 서로를 바라만 보고 있었다. 어째서 우리가 황새들을 위해 준비해둔 보금자리로 오지 않은 것일까? 반대편 섬에 잠시 있다가 이리로 오려나? 모두가 그런 생각을 하는 가운데 사람들 사이에서 속삭이는 소리가 들렸다. 서로의 귀에다 대고 어쩌면 우리가 모여 있어서 오지 않았을 거라고 속삭였다. 주민들은 소리 없이 흩어졌고, 잣나무가 있는 언덕에서 상황을 지켜보기 시작했다.

황새들은 반대편 섬에서 걸어 다니고, 물도 마시고, 어떤 녀석들은 부리로 날개 밑을 헤집기도 했다. 그러더니 황새들은 다시 날아올랐다. 하늘 높이 날아올라 우리 섬 바로 위까지 왔다. 우리는 고개를 젖히고 황새들의 행동 하나하나를 살폈다. 황새들은 섬 위를 몇 바퀴 선회했다. 우리의 고개도 황새들을 따라 빙글 돌았다. 모두 숨을 죽이고 있었다. 목에 담이 올 것 같다는 생각이 들 즈음, 우리는 황새들이 남쪽을 향해 날아가는 걸 지켜보고 있어야만 하는 쓸쓸함을 맛봐야 했다. 황새들은 떼를 지어 날아가 버렸다. 우리는 황새들 뒤에서 실망한 채로 그 광경을 보고만 있었다. 우리는 황새가 남쪽 수평선으로 완전히 시야에서 사라질 때까지 눈을 떼지 않고 있었다. 그리고 우리에게는 아무런 희망도 남지 않았다는 것을 깨달았다. 깊은 수치심에 사로잡혀 서로의 얼굴을 쳐다볼 수도 없었다.

그때 누군가가 전문가는 어디에 있냐고 물었다. 그 소리를 듣자 모두 정신이 들었다. 전문가를 찾아서 책임을 따지고 싶은 마음이 모두에게 들끓었다. 하지만 전문가는 보이지 않았다. 우리는 섬 구석구석 전문가를 찾아다녔고, 선착장까지 내려왔다.

여객선은 이미 닻을 올리고 떠나고 있었다. 우리는 황새를 지켜보느라 여객선을 포함해서 다른 어떤 것도 안중에 없었다.

구멍가게 주인은 우리에게 슬픈 소식을 전했다. 우리가 하늘만 멍하니 쳐다보고 있을 때, 전문가는 보트를 타고 여객선으로 갔다고 했다. 우리가 눈으로 보고 있듯이, 여객선은 닻을 올리고 섬을 떠나고 있었다. 구멍가게 주인을 나무라는 사람들이 있었다. 구멍가게 주인은 "그 사람을 떠나지 못하게 막아야 한다는 걸 내가 알았나요."라는 이성적인 대답을 했고, 우리는 아무 대꾸도 하지 못했다.

전문가는 갑판에서 돈을 세며 다음 순서로 들러야 할 곳에서 사람들에게 어떤 기적을 보여줘야 할지에 대해서 생각하고 있었을 거다. 하지만 우리는 그를 놓쳐버렸고, 저주받은 섬에서 얼룩덜룩한 독사와 함께 살아야 할 운명에 처했다.

엄청난 실망감과 함께, 우리 대부분은 몸살을 겪었다. 이 사건이 있고 난 이후로 며칠간 아무도 입을 열지 않았다. 모두 세상에 관심을 끄고 굳은 표정으로 지냈다. 며칠 뒤 사람들이 간신히 입을 열었을 때, 모두의 이야기 주제는 하나였다.

"그 사람이 아무것도 못 해낼 거라는 걸 난 사실 알고 있었어!"

"야, 근데 키는 정말 크더라."

"키라면 낙타가 더 크지!"

"그래, 맞아! 나도 그 말을 하려고 했어. 낙타는 크지만 풀을 먹고, 매는 작지만 고기를 먹는다잖아!"

"우리가 얼마나 순진했던 거야! 그 작자를 완전히 믿었어!"

"그렇게 말하지 마. 안 믿으면 어쩔 거였다고."

"맞아, 우리를 구해주고 제대로 된 길을 안내해줄 사람이 아무도 없었는데 뭐."

"단결과 통일이 가장 중요한 이런 시기에도 각하를 힘들게 하고, 비난하기 위해 기회만 엿보는 자들이 가만히 있지를 않네."

"아니, 아니야. 전 대통령도 무슨 말을 할지, 무슨 일을 벌일지 알 수가 없어. 전 대통령도 믿지 못하겠어."

"그래도 그분 말고 아무도 뭔가를 하려고 나서지 않잖아!"

"자네 말이 맞아, 나쁜 결과가 나오면 모두 불평만 할 뿐이지."

귀동냥으로 듣게 된 이 대화들로 인간을 이해하기 위한 나의 모든 노력이 헛된 짓이라는 게 확실해졌다.

19장

끔찍했던 사건을 겪고 많은 시간이 흘렀군. 이제 와 돌이켜보면, 자네와 보낸 섬에서의 마지막 밤을 오로지 문학 이야기만 나누었다는 게 믿기지 않아. 그날 밤이 우리의 마지막 밤이 될 거라는 걸 어떻게 알았겠어. 우리는 앞으로도 그런 밤이 많이 있을 거라고 생각했던 거지.

그날 밤 자네는 내러티브 아트에 관해 내가 알아야 할 중요한 것들을 이야기했었어. "심리, 성격, 인간관계는 신경 쓰지 말고 행위에서 나오게 해야 해. 아름다운 단어나 강한 의미를 담은 단어를 써서 수려한 묘사로 등장인물들의 상태를 묘사하려고 하지 마. 자네는 행위를 묘사하면 돼. 나머지는 독자들이 자신들의 머릿속에서 완성할 거야. 아리스토텔레스도 그렇게 말했어."

"예를 하나만 들어주지 그래."라는 내 말에, 자네는 민담 중에서 절대 잊을 수 없는 비유를 하나 찾아내 내게 들려줬었지.

"아주 옛날, 한 청년이 치과의사의 딸에게 반해버린 거야. 오로지 그녀를 보겠다는 생각에 의사를 찾아갔어. 청년은 사랑하는 여자의 얼굴을 보기 위해 서른두 개의 멀쩡한 이를 뽑았어. 자, 이 행위에 대해 어떤 사랑의 단어를 더 첨가할 수가 있겠어? 그 어떤 단어를 써도 이 묘사에는 못 미쳐."

우리가 이런 이야기를 나누고 있는 동안, 전 대통령은 자신의 경호원들과 함께 자네에게 마지막 치명타를 날리기 위해 준비를 하고 있었어. 사실, 그날 저녁, 상어 대가리가 뭔가를 해야만 하는 상황에 직면했다는 걸 우리가 직감하지 못한 건 아니었다. 황새 계획이 수포로 돌아가고 전문가가 달아난 뒤, 전 대통령은 난처한 상황에 직면해 있었다. 섬에서 그의 권위는 흔들리고 있었다. 뱀과 함께 살아갈 수밖에 없는 사람들에게 신뢰를 주기란 쉽지 않았다. 새로운 뭔가를 꾸미고 있다는 점에 대해서는 의심의 여지가 없었다. 하지만 어떻게 주민들을 속이겠다는 걸까?

나는 그날 밤을 무척 불안한 마음으로 보냈다. 예감이라는 게 정말로 맞아떨어질 때가 있는데, 나쁜 일은 일어나기 전에는 느낌이 왔다. 그날 밤, 내가 잠을 설치며 뒤척이자, 라라는 "무슨 일이야?"라며 물었다. "아무것도 아냐."라고 대답했지만, 나를 잘 알고 있는 라라는 계속해서 물었다. 나는 고민을 그녀에게 털어놓았다. 내 심장은 새가 퍼덕이는 것처럼 빠르게 뛰고 있었다. 라라는 자기도 나와 같은 심정이라고 말했다. 놀랍게도 우리 둘 다 서로에서 말하지 못한 나쁜 예감과 씨름하고 있었던 것이었다.

우리는 침대에서 일어났다. 뱀에 대한 두려움도 아랑곳하지 않고 정원으로 나가 앉았다. 우리는 서로를 진정시켜보려고 했지만, 아무 소용이 없었다. 뭘 해도 도움이 되지 않았고, 마음을 추스르지 못했다. 그 와중에 재스민은 시간 간격을 두고 향기를 뿜어내고 있었지만, 우리는 재스민 향기로 위안 받을 수 있는 상황이 아니었다. 우리의 미래에 관한 계획을 세워야 했다. 무섭고 불확실한 우리의 미래에 관해….

다음 날 아침, 모든 집으로 공지사항이 배달되었다. 저녁 시간에 그늘막 아래로 모이라는 것이었다. 공지사항을 받았을 때, 우리는 어젯밤의 예감이 틀리지 않았다는 걸 알았다. 그렇지만 지금 이야기하려는 사건은 전혀 예상치 못한 것이었다.

전 대통령은 전문가가 우리 모두에게 사기를 친 것과 관련해서 큰 유감을 표하며 말을 시작했다. 현시대는 누구도 믿을 수 없으며, 도덕이라는 것마저도 무너져버린 시대라고 했다. 자신에게 추천이 들어온 전문가라는 사람도 사기꾼이었고, 뱀을 막기 위한 어떤 조치도 하지 않은 채 섬에서 도망쳐버렸다고 했다. 전 대통령은 섬 주민들의 피해를 자기가 보상하겠다는 등등의 말을 했다. 나는 그가 하는 모든 말을 조금도 신뢰하지 않았고, 그냥 듣고만 있었다.

전 대통령은 새로운 계획을 발표했다. 뱀 문제를 해결하지 못했으니, 이제 남은 유일한 방법을 써야 한다고 했다. 섬에 있는 여우의 개체 수를 줄여야 한다는 것이었다. 처음에는 섬에 도움이 되었고 큰일을 해낸 여우들이 시간이 흐르면서 그 수가 너무 늘어나 득보다는 실이 더 크다는 것이었다. 여우의 개체 수를 줄임으로써 갈매기의 개체 수를 조금이나마 늘리자는 것이었다. 섬이 생태계 균형을 다시 찾게 되면 뱀 문제 해결에 도움이 될 것이라고 했다.

이 부분에서 나는 라라의 손을 꼭 쥐었다. 다시 총이 등장한다는 소리였다. 이젠 사냥꾼이 다 되어버린 섬 주민들은 다시 총을 들고 여우 사냥에 나설 것이었다.

전 대통령은 모두 무장을 하고 아침에 선착장으로 모일 것을 지시했다. "이제 다른 문제에 관해 이야기합시다. 여러분, 본인은 안전 때문에 이 외딴섬을 선택했습니다. 오랜 세월 국가를 위한 복무를 끝내고, 테러리스트들의 위협이 없는 오지에서 살고 싶어 했다는 걸 기억하실 겁니다."

주민 중 몇 명이 기억난다는 의미로 고개를 끄덕였다. 라라와 나는 그의 말에 귀를 기울였다. 지금 무슨 말을 하려고 저러는 거지.

"그러나 여러분, 불행하게도 이마저도 어려운 것 같습니다. 국가와 정권에 극렬 저항하는 적이 이곳에까지 나타났습니다."

라라와 나는 서로의 얼굴을 바라봤다. 무슨 말을 하려는 거지? 이 말속에 무슨 음모가 숨어 있는 걸까?

바로 이때 라라가 "말도 안 돼!"라고 중얼거렸다. 그 소리를 듣고 나는 그녀의 시선이 향한 곳으로 고개를 돌렸다. 전 대통령의 경호원 두 명이 손에 수갑을 찬 소설가를 그늘막 아래로 데려오고 있었다. 내가 자리에서 벌떡 일어나 소설가가 있는 곳으로 가려 하자, "자리에 앉아요. 내가 하는 말을 듣고 나서 하고 싶은 대로 해요."라고 전 대통령이 날 막았다.

"여러분, 이 아름다운 섬에 본인이 도착했던 날 선착장에서 모두 함께 단체 사진을 찍었던 걸 기억하십니까? 바로 그 사진을 수도로 보내 컴퓨터로 검색했습니다. 그 검색 과정에서 소설가라고 알려진 이 친구의 엄청난 비밀을 밝혀냈습니다. 이 자는 군 교도소에서 탈옥한 정치범이며, 정권의 적입니다. 자신의 이름을 바꿔서 우리 섬에 잠입했고, 여러분 모두를 속였습니다."

이 말에 모두 고개를 돌려 소설가의 얼굴을 바라봤다. 소설가는 아무 말도 하지 않은 채 분노에 찬 눈으로 전 대통령을 노려보고 있었다.

전 대통령은 "그렇지 않은가, 소설가?"라며 비아냥거리는 듯한 말투로 물었다. "또 어떤 특기를 가졌는지 내가 이야기를 할까? 아니면 이 정도로 충분한가? 자네 부인도 자네처럼 패배주의자며, 교도소에서 자살한 걸 자네가 이야기할 텐가? 아니면 내가 이야기할까?"

나는 그 순간 심장이 관통당하는 것 같은 고통을 느꼈다. 전 대통령이 한 말이 사실임이 분명했다. 소설가의 눈동자에 자리한 슬픔의 비밀이 바로 이것 때문이었던 것이다. 그런 정치 문제에 전혀 관심이 없는 나조차도 교도소에서의 자살은 논란이 끊이지 않는 문제라는 걸 알고 있었다. 탄압 일변도의 법률로도 실형을 내리지 못하고, 죄를 입증할 증거를 찾지 못하자, 군사 정권은 야권 인사들을 교도소에서 살해한 다음, 자살한 것으로 발표한다는 이야기가 나돌았다. 물론 정말로 자살한 사람들도 있었다. 그런 끔찍한 상황 속에서 사느니 차라리….

라라가 오열하고 있었다.

전 대통령은 소설가를 오늘 밤 가둬뒀다가 내일 아침 보트로 경찰에 인계할 것이라고 했다.

충격이 얼마나 컸던지 라라도 나도 온몸이 마비된 것 같았고, 움직일 수 없었다. 그런 상황에서 우리가 할 수 있는 게 있었을까?

전 대통령 상어 대가리는 늘 그랬던 것처럼 안하무인에 자신만만한 태도였다. 그는 가느다랗고 포악한 입술로 끔찍한 말들을 쏟아냈다. 모든 계획이 실패한 원인을 소설가에게 돌렸다. 자신의 국가운영 경험에 비추어 공동체의 사기는 매우 중요한 것이라 강조했다. 이런 조국의 반역자들이야말로 공동체의 사기를 무너트리는 공격을 가장 많이 자행하는 자들이라고 읊어댔다.

마침내 라라와 나는 정신을 차렸고 자리에서 일어설 수 있었다.

나 자신도 놀랄 정도의 용기로 나는 "말씀하신 걸 믿을 수가 없습니다."라고 소리쳤다. "이 섬에서 선을 대표하는 사람이 바로 저 친구고, 악을 대변하는 사람이 당신이야. 여기에 있는 모두가 그걸 목격했단 말이야. 섬을 이 모양으로 만든 사람은 저 친구가 아니라 당신이야. 당신이 오기 전까지만 해도 이 섬은…."

그 순간 머리 뒤쪽에서 통증이 느껴졌고, 눈이 감겼다. 나는 몸에서 열이 오르는 걸 느꼈다. 그 이후는 기억이 나지 않았다. 눈을 떴을 때, 머리가 무척 아팠고, 나는 낯선 방에 있었다. 지하실처럼 창문이 없는 곳이었다. 문을 열어보려고 했지만, 열쇠로 잠겨있어 열리지 않았다.

나중에 들은 바로는, 전 대통령의 경호원들이 권총으로 뒤에서 내 머리를 가격했다. 그리고 내가 기절하자 나를 질질 끌고 어디론가 데려갔다. 그들은 전 대통령의 집 지하실에 나를 가뒀고, 라라는 나처럼 때리지 않았지만, 어딘가로 데려가 감시하에 뒀다.

다음 날 우리가 풀려났을 때, 소설가는 우리 곁에 없었다. 선착장에 있던 보트에 태워서 어딘가로 데려갔고, 그에 관한 소식을 다시는 들을 수 없었다.

그래, 자네에 대한 소식을 더는 들을 수 없었어. 자네도 예상했겠지만, 자네가 가고 난 뒤 수많은 소문이 나돌았어. 내 눈엔 배신자들이고, 라라의 눈엔 나약해 빠진 자들인 우리 이웃들은 자네가 없어지자 욕을 해댔지. 사실 자네는 패배주의자일 뿐이었고, 자네 때문에 섬에서의 모든 일이 엉망이 되었다고 굳게 믿고 있더군. 사랑하는 친구, 그동안 일어났던 모든 일에 대한 책임이 자네에게 있다지 뭔가. 누구도 라라와 내 말을 믿지 않았어. 라라도 나도 '죄인'의 친구라서 믿을 수 없는 사람들로 취급받았다네.

우리는 이 모든 것을 이를 악물고 견뎌내고 참았어. 어느 날, 이런 나의 인내에 마침표를 찍고, 내가 한 놈의 얼굴에 주먹을 날렸지 뭐야. 그래 맞아, 내가 주먹을 날렸다고! 이 글을 자네가 보면 얼마나 놀랄지 짐작이 가. 나 같은 사람이 그런 행동을 했다고? 그런데 말이야, 그 자식이 자네를 보트에 태워서 바다로 나간 다음, 자네 다리에 쇳덩이를 묶어서 바다에 던졌다고 말하지 않겠어. 그것도 말이야, 크게 걱정스러워하는 게 아니라, 마치 잘했다는 것처럼 이야기하지 뭐겠어. 아마도 경호원 중 한 명의 입에서 실수로 나온 이야기인 것 같은데, 그 이야기가 여기저기로 퍼져나간 모양이었어.

라라와 나는 그 이야기를 절대 믿지 않았어. 자네가 육지의 교도소에 갇혀있는 게 죽었다는 것보다 나았으니까. 언젠가는 우리도 여객선을 타고 이 공포의 섬에서 나갈 수 있을 거라 생각했어. 어쩌면 자네도 다시 만나고, 예전처럼 이야기도 나눌 수 있을 거라고 말이야. 어쩌면 이 글을 읽고 자네가 또 나를 꾸짖는 날이 올지도 모르지.

오, 사랑하는 친구, 자네 어디 있는 거야, 정말로 어디에 있는 거야?

그 짧은 기간 동안 얼마나 많은 이야기가 나돌던지, 우리가 들은 이야기들은 어처구니없는 동화 같았어. 경호원들이 자네를 보트에 태워서 데려가는 동안 자네가 탈출했다는 이야기도 있었어. 이 이야기는 그렇게 신빙성이 있어 보이진 않았지. 바다 한가운데서 수갑이 채워진 상태고 덩치가 어마어마한 경호원들이 있는데 어떻게 탈출한단 말이야….

그래도 나는 왜 이런 소문들이 나돌까 하고 생각해봤어. 어쩌면 자네가 탈출한 것이 사실일지도 모른다는 생각이 들었어. 단지 세세한 부분에서 오류가 있는 것일지도 모른다고 말이야. 바다 한가운데가 아니라, 육지에 도착한 다음 도망쳤을 수도 있고

전 대통령의 경호원들이 자네 집을 걸어 잠그고 사람들이 자네 집에 들어가는 걸 금지했어. 그렇지만 그들이 한발 늦었지. 라라가 자네와의 추억을 간직하기 위해 자네 집에 들렀던 모양이야. 라라가 거기서 자네의 노트 한 권을 가져왔지 뭐야. 자네의 메모가 담긴 노트 말이야. 솔직히 나는 좀 놀랐어. 자네가 뭔가를 쓰고 있는 모습을 한 번도 보지 못했거든.

좀 뒤죽박죽인 노트였지. 자네가 쓰려고 했던 책과 관련된, 우리

에게는 별로 의미가 없는 글들이 노트에 많더군. 그렇지만 매일 자네가 남긴 메모에는 호기심이 생겼어. 우리와 이야기 나눴던 주제에 대해서 자네는 집에 돌아간 뒤에도 고민한 모양이더군. 우리가 나눈 대화와 우리가 겪은 일들에 관한 메모도 있었어.

고통스러운 삶을 목격한 것에 관한 자네의 글과 번뜩이는 자네의 생각들을 읽다 보니 가슴이 미어졌어. 자네는 매 순간 진실을 말하고, 닥쳐올 위험을 경고하는 게 의무라고 생각했지. 홀로 남게 될 것을 각오하면서도 구원자가 아니라, 명예롭고 선한 행동을 선택한 작가의 삶을 살겠다는 자네의 의지에 고마움을 느꼈어. 자네의 글을 언젠가는 책으로 출간해서 사람들에게 전해야겠다고 나는 맹세했어.

자네가 가고 난 뒤, 우리에게 무슨 일이 있었는지 요약하면, 역시나 무서운 일들이 벌어졌어. 전 대통령과 경호원들은 며칠 동안 이어진 여우 사냥을 벌였다네. 섬은 총성으로 신음했어. 매일 저녁 무렵이면 그들은 마치 천부적 재능이라도 되는 것처럼, 죽은 여우를 들고 돌아와서는 그걸 자랑했어. 새끼 여우는 그들의 허리춤에 매달려 있었어. 하지만 여우는 엄청나게 번식을 해서 그런지 총으로 쏘고 또 쏴도 끝이 없었지 뭐야. 모든 숲과 나무 밑을 다 헤집고 다니는 건 불가능했거든.

사냥을 나갔던 이들 중 한 명이 친구의 다리를 쏜 뒤로, 이 방법도 잘못됐다고 판단한 상어 대가리와 경호원들은 괴물로 변해버린 섬 주민들과 한통속이 되어 완전히 새로운 방법을 쓰기로 했어.

섬에 청산가리를 가져오게 한 것이지. 이 무시무시한 독극물을 고기에 묻혀서 숲에 흩어놓은 다음 여우를 사냥하겠다는 계획이었어. 그들은 그 계획을 실행에 옮겼고, 결과는 끔찍했다네. 이번에는 여우뿐만 아니라, 숲에서 사는 고기를 먹을 수 있는 모든 종류의 생명체가 청산가리에 중독이 되어 버렸어. 죽음의 섬으로 변했지.

여우, 토끼, 꿩, 거북이, 참새, 개구리, 담비, 자칼의 사체들이 즐비했어. 사냥에 나선 자들은 매일 수십 마리의 죽은 여우를 거둬들여서 선착장 앞 공터에 쌓았지. 그런데도 그들에게는 이 정도의 죽음으로는 양에 차지 않았던 모양이야. 마치 죽음만이 그들을 숨 쉬게 하고, 죽음을 통해서만 희망을 보고, 죽음만이 대화의 주제가 되는 것 같았어. 그들은 피를 보지 않고 보낸 하루는 하루가 아닌 것처럼 느끼는 것 같더군. 이런 끔찍한 히스테리에 빠진 사람들이 한때는 미소를 머금은 조용하고 다정했던 우리 섬의 주민이 맞나 싶었다네. 아니면 우리가 서서히 미쳐가고 있나? 라는 생각도 들었고 말이야.

어느 날 잣나무 숲으로 가다가 독극물을 먹은 여우가 몸을 뒤틀고 있는 것을 보았다네. 아마도 독극물이 발라져 있는 고기를 먹었던 것 같았는데, 여우가 사방으로 날뛰고 있었어. 내 인생에서 이것보다 더 견디기 힘든 장면을 본 적이 없었네. 여우는 내장이 다 끊어지는 것처럼 온몸을 뒤틀고 있었고, 커다란 꼬리를 쫓아 그 자리에서 맴돌고 있었지. 얼마나 고통스러운 얼굴을 하고 있던지 자네한테 다 설명하지도 못하겠어. 마치 얼굴 가죽을 뒤에서 잡아당긴 것처럼 입은 닫히지 않았고, 입꼬리는 한껏 뒤로 밀려난 채 이빨을 드러내고 있었어. 내 손에 총이 있었다면 그 고통을 끝내주기 위해서라도 바로 쏘았을 거야. 그 여우의 죽음은 길고 고통스러웠어. 나도 며칠 동안 그 충격에서 벗어나지 못했다네.

몇몇 이웃들은 병에 걸렸어. 의사는 독극물에 중독된 것이라고 하더군. 전 대통령의 얼굴도 노래지고 있었는데, 얼굴에 핏기가 없는 것처럼 보였어. 어떤 사람들이 그러는데 독을 먹은 짐승들은 물가로 가서 죽는다더군. 그렇게 해서 섬에 있는 샘물도 오염이 된 것이라고 주장했어. 그러니까 우리 모두 청산가리에 오염된 물을 마시기 시작했던 거지.

그런데 말이야, 자네가 비밀리에 섬으로 돌아와 숲에 은신하면서 전 대통령과 그의 부하들 그리고 그의 추종자들을 독극물에 중독시키려고 그랬다는 이야기도 나왔다네. 이 일에 자네를 돕는 누군가가 있다는 의혹까지 일었지. 라라와 나를 대하는 섬 주민들의 태도가 아주 이상해지기 시작했어.

라라와 나도 병이 난 것 같았어. 이 섬에서 도망쳐야 할 시간이 왔던 거지. 어쩌면 그 시간을 넘겼는지도 모를 일이었어. 우리는 다음번 여객선을 기다리고 있었어. 우리가 가지고 있는 걸 다 챙겨서 이 지옥 같은 섬에서 멀리 떨어진 곳으로 가려고 말이야. 매일 밤, 답을 찾을 수 없는 질문에 나는 괴로워했어. 라라의 잠을 방해하지 않으려고 이리저리 뒤척이고 싶은 걸 참아가며 몇 시간을 고민했었어. 나중에 알았는데, 라라도 깨어 있었더군. 내가 깨지 않도록 조심했던 거야. 그녀도 고뇌의 소용돌이에 빠져있었던 거지.

나는 "깨어 있었어?"라고 그녀에게 조용히 물었어. "자기도 깨어 있었어?" 우리는 일어나 정원으로 나갔어. 동이 틀 때까지 어디로 갈 건지, 어느 도시에서 정착할 거며, 무슨 일을 해서 어떻게 돈을 벌 것 인가에 대해 이야기했다네. 라라는 식당 종업원 자리를 찾을 수 있을 거라고 했고, 그게 힘들면 가정집 도우미 일이라도 하겠다고 했어. 나는 그런 일을 하도록 냐두고 싶지 않았지. 섬에서 편안하게 보냈던 그 오랜 시간을 뒤로하고 거칠고 냉혹한 그 무시무시한 세상으로 다시 돌아간다는 생각만으로도 소름이 끼쳤어. 하지만 라라의 말이 옳았어. 야만적인 그 섬에서 더는 살 수 없었어. 그저 안타까울 뿐이야, 비밀로 해왔던 우리의 천국을 생각하면 말이야.

우리는 돌고 돌아 같은 생각으로 되돌아왔고, 똑같은 질문을 하고 있었지. 어째서 우리의 친구는 하나도 남지 않은 걸까? 그 세월 동안 형제처럼 낮과 밤을 함께 했던, 한때는 천사라고 여겼던 그 사람들이 어째서 모두 적이 되어버렸을까? 그 인간들은 우리 섬의 주민이 아니었어. 그들의 두 눈에는 분노와 의심이 가득 차 있었어. 이제는 자신들이 결정한 내용을 우리에게 알려주지도 않더군.

청산가리가 다른 생물들도 죽이는 걸 목격하고는 그들은 이 계획도 포기한 것 같았어. 전 대통령이 새로운 계획을 세우고 있다는 이야기가 들려왔어.

여우는 숲속의 땅굴에 숨어 지낼 수 있어서 여우를 총으로 잡는 게 아주 어려웠나 봐. 그래서 여우를 굴에서 나오게 하려고 숲에 자신들이 통제 가능한 산불을 낸다는 계획을 세웠지 뭐야. 산불을 피해 여우들이 숲 밖으로 뛰쳐나가면 밖에서 기다리던 사냥꾼들이 여우를 해치운다는 계획이었어.

전 대통령에게 그 누구도 반대 의사를 보이지 않았기에 이 계획도 실행에 옮겨졌어. 멀리서도 불꽃과 연기가 보일 정도로 숲의 한쪽 가장자리에 불을 지른 거지. 불이 번질수록 여우들은 다른 동물들과 함께 숲에서 뛰쳐나와서 번개처럼 도망쳤어. 이렇게 빨리 움직이는 짐승을 쏘기란 쉽지 않았지. 그런데도 여우를 잡기 위해 최선을 다하더군. 쉬지 않고 총을 쏴댔어. 라라는 두 손으로 귀를 막은 채로 떨고 있었고, 나도 알아들을 수 없는 소리를 내뱉고 있었어. 내 생각에는 히스테리 발작 같았어.

섬 주민들의 모든 분노가 여우를 향하고 있었지. 갈매기는 이제 잊어버린 것 같았어. 의사가 공수병을 가장 많이 퍼트리는 동물이 여우라고 말한 뒤로, 섬 주민들의 공포와 분노는 눈에 보일 정도였지. 의사의 말에 따르면, 여우가 고양이와 개를 물었을 경우 공수병에 걸리고, 여우에게 물린 고양이와 개가 그 무시무시한 병을 사람들에게 옮긴다는 거야. 이런 이야기를 듣다 보니 '공수병이 이제야 퍼진다고?'라는 의문이 생겼지. 섬 주민들이 어찌나 흥분해있고, 분노에 휩싸여 총질해대던지, 공수병에 걸린 사람들이나 그렇게 행동할 거라는 생각이 들었지 뭐야.

그런데 말이야, 어디선가 타는 냄새가 났어. 아주 가까운 곳에서 장작을 태우는 것처럼 말이지. 얼마 지나지 않아 연기가 정원을 가득 메우기 시작했어. 몇몇 사람이 "불이야, 불. 피해!"라고 소리를 질렀어. 얼마 지나지 않아 우리를 향해 다가오는 불길의 열기가 얼굴에 느껴지더군.

사랑하는 친구, 섬 주민들이 총질과 여우를 죽이는데 얼마나 깊이 빠져 있었는지 자넨 상상도 못 할 거야. 갑자기 해풍이 일어 갈수록 바람이 강해지는데도 누구 하나 눈치채지 못했지 뭐야. 더 정확히 말하자면, 불이 번지는 걸 알아챘을 땐 너무 늦었던 거지. 숲에서 시작된 불이 강한 바람을 타고 섬 전체를 뒤덮었어.

커다란 숲이 마치 오열하고 비명을 지르며 폭발해서는 훨훨 타오르는 것 같았어. 목숨이 붙어있던 짐승들은 미친 듯이 숲 밖으로 몸을 내 던졌지만, 일부는 불 속에서 재가 돼버렸다네.

전 대통령의 경호원들, 그리고 그들과 한패였던 섬 주민들은 절망한 채로 불을 꺼보려고 했지. 하지만 그게 불가능하다는 것을 우리 모두 알고 있었어.

잣나무들이 소리를 내며 타오르더니 불이 선착장을 향해 나 있는 큰길의 양쪽 나무들로, 그 나무에서 집으로 번졌어. 불이 이렇게 빨리 번질 수 있다고 누군가가 말했다면, 난 믿지 않았을 거야. 하지만 그렇게 순식간에 번지더군. 목재로 지어진 집들은 불쏘시개처럼 타올랐어. 뜨거운 불길과 숨 막히는 연기에서 벗어나기 위해 우리는 집에서 멀리 떨어진 해안가로 피신할 수밖에 없었어. 거기서 보니 불이 번지고 있던 곳의 커다란 나무들은 성냥개비들에 연달아 불이 붙듯이 옮겨붙더군. 마치 연쇄 폭발이 일어나는 것 같았어.

섬 주민들은 엄청난 충격을 받아 이성을 잃었어. 그들은 집이 하나씩 불타고 있는 광경을 공포에 질린 눈으로 바라만 볼 수밖에 없었어. 그들이 할 수 있는 일이라고는 아무것도, 아무것도 없었어!

20장

갈매기들은 우리 모두를 비웃기라도 하는 듯이 머리 위에서 날아다녔다. 불에 타 황폐해진 시커먼 섬과 이젠 몸을 기댈 집도 남아 있지 않은 사람들을 하늘에서 내려다보고 있었다. 그 순간 갈매기가 공격해 왔다면, 우리는 어떤 방법으로도 당해낼 수는 없는 상황이었다. 그러나 갈매기들은 어떤 공격적인 행동도 보이지 않았다. 갈매기들은 옛날처럼 번식하고, 먹이를 사냥하고, 마음 놓고 알을 부화할 수 있게 되었다. 즉, 갈매기가 이 전쟁에서 승리를 거둔 것이었다.

패배한 우리는 땅바닥에서 자야 했고, 화마를 피한 작은 고깃배 덕분에 물고기를 잡아먹으며 도움이 오기를 기다렸다.

도움이라는 건 다른 게 아니라, 여객선이 와서 우리를 여기서 데리고 나가는 것이었다. 우리는 다시 이곳에서 살고 싶지 않았다.

불이 났던 다음날, 사람들은 화재 피해를 확인하기 위해 섬의 꼭대기에 모였다. 섬을 가장 잘 볼 수 있는 곳이 그곳이었다. 구멍가게 곱사등 아들이 새끼 갈매기를 날려줬던 그곳. 눈물을 흘리는 이웃들과 함께 나는 미어지는 가슴으로 피해 상황을 눈으로 확인했다. 섬의 모든 곳에서 시커먼 연기가 나고 있었다. 끔찍스러운 탄 냄새가 주위에 가득했다. 사망한 사람들을 매장했던 묘지를 포함해서 섬 전체가 불에 타버렸다.

전혀 믿을만한 이야기는 아니었지만, 누군가가 숲에 숨어 있던 소설가도 화재가 일어났을 때 죽었다는 말을 했다. 나는 그 말을 듣자 화가 치밀었다. 그 말은 소설가에 대한 희망이 아예 사라졌다는 의미였다.

소설가가 숲에서 타죽었다는 말을 믿지 않는 사람들은 다리에 쇳덩이를 달고 바다로 던져졌다는 이야기를 상기시켰다. 나는 이 두 이야기 모두 믿지 않았지만, 그렇다고 무슨 말을 믿어야 할지도 몰랐다.

잠시 뒤, 전 대통령과 경호원들이 우리에게 다가오는 게 보였다. 그는 먼저 부정적이고 의심에 찬 시선으로 우리를 훑어보았다. 그리고는 자신은 곧 보트를 타고 섬을 떠날 것이며, 다시는 이곳에 발을 딛지 않을 것이라고 했다. 그는 모든 지시를 내렸다는 말도 덧붙였다. 섬 주민 모두 마음 놓고 있어도 된다고 했다. 우리를 데려가기 위해 벌써 여객선이 출항했다는 것이었다.

그는 자신이 원인이 되었던 화재와 관련해서는 일절 언급하지 않았다. 죄책감도 느끼지 않는 게 확실했다. 이 일과 전혀 관련이 없는 외부인처럼 이야기했다. 어쩌면 자신이 조치해준 것에 대해 우리가 고마워해 주기를 기대하고 있는 것일 수도 있었다.

그때 라라의 목소리가 들렸다.

"지금 가시는 겁니까, 존경하는 각하?"

"그래요, 잠시 후에!"

"하지만 유감스럽게도 패배하신 채로 이 섬에서 떠나시는군요!"

"무슨 말이요, 패배라니?"

"그렇습니다, 존경하는 각하. 제가 한 말 그대로입니다. 패배하셨어요."

전 대통령은 화가 난 목소리로 "누가 나를 이겼다는 거요, 아가씨?"라고 물었다.

"갈매기요!"라고 라라가 대답했다. "고개를 들고 보세요, 당신을 비웃으며 하늘을 날고 있잖아요. 갈매기들이 당신을 이 섬에서 쫓아보낸 겁니다."

정말로 갈매기들이 우리 머리 위와 전 대통령이 서 있는 절벽 옆에서 날아다니고 있었다. 라라의 말에 전 대통령 상어 대가리는 화가 머리끝까지 난 것 같았다.

그는 고함을 치기 시작했다. "무슨 이런 무례한 인간이 다 있어! 어린 여자가 어른 앞에서 그런 이야기를 할 수 있는 거야? 갈매기가 어떻게 나를 이겼다는 거야? 당신들한테 일어난 모든 일은 당신들이 무능해서고, 그 소설가라는 패배주의자처럼 무정부주의를 추종했기 때문이야. 나는 이제 가. 다 끝났어. 이따위 섬이 뭐라고."

이 말을 들은 섬 주민들은 처음으로 전 대통령에 불만을 표시하며 웅성거리는 모습을 보였고, 전 대통령을 노려보기 시작했다.

나는 "자, 재앙의 원인이 여러분들 앞에 서 있습니다. 모든 것의 원인은 저 사람입니다. 우리 섬을 저 사람이 망쳐놨어요."라고 했다.

모여 있던 사람 중 한두 명이 "그래 맞아. 저 사람이 오기 전에는 모든 게 다 괜찮았어."라고 했다.

공증인은 "당신 같이 재수 없는 사람은 이 섬에 발을 들이지 말았어야 했어!"라고 소리쳤다.

전 대통령은 일이 자신에게 불리하게 돌아가는 걸 목격하고는 당황했다. 그는 언쟁의 대상을 다시 라라에게 돌리려고 했다.

"당신한테 인간적인 면이라고는 하나도 안 남은 것 같군, 젊은 아가씨. 섬 주민 모두가 목숨이 달린 문제로 힘들어하고 있는 순간에도 자기의 정치적 이상을 위해 도발을 일삼고 있다니. 평생 당신 같은 패배주의자들과 수도 없이 싸워온 사람이 바로 나야. 난 당신 같은 부류의 사람들에 대해 속속들이 알고 있어, 속속들이 말이야. 당신과 당신 남편도 소설가가 있는 곳으로 가야 해. 이 섬에서 모든 결정은 민주주의적인 절차에 따라서 내린 거야. 다수가 무엇을 원하든 그대로 한 것뿐이야. 즉, 내린 결정에는 모든 주민의 동의가 있다는 의미야. 자 이제 누구든 나와서 그게 아니라고 해봐. 어서!"

그 순간 내게 뭔가 변화가 일어났다. 머리끝으로 솟구치는 뜨거움을 느꼈고, 심장은 쿵쾅거리며 뛰기 시작했다. 분노로 인해 갈라진 목소리로 "내가 하지! 내가 아니라고 한다고, 상어 대가리야! 내가 아니라고 이야기한다고. 난폭하고도 난폭한 놈! 모든 걸 다 망쳐놓고 나서 우리에게 민주주의 동화나 떠들고 있어!"

내가 그 정도로 분노가 폭발한 상태가 아니었다면, 내 두 볼과 귀가 그렇게 붉게 달아오르지 않았다면, 전 대통령의 놀란 그 표정을 보고 아마 웃음을 터트리지 않았을까. 섬 주민들은 침묵하고 있었다. 평생 처음으로 내가 분노해서 목소리를 높여 대드는 걸 본 친구들은 놀란 눈으로 나를 바라보고 있었다. 내 가슴 속에서는 저항의 감정이 끓어올랐다. 나는 죽음의 길을 각오했다. 머리가 어지러웠다. 내게 무슨 일이 일어난 걸까?

　전 대통령은 "닥쳐!"라며 손을 치켜들었다. "당장 입 닥쳐! 닥치지 않으면 네가 태어난 걸 후회하게 만들어 줄 테니까."라고 소리쳤다.

　라라가 내 앞으로 나섰다. "더 뭘 어쩌겠다고, 뭘 어쩌겠다고!" 이번에는 내가 그녀의 앞으로 나섰고 똑같은 말을 반복해서 고함쳤다. 하지만 바로 그 순간, 전 대통령이 라라에게 얼마나 나쁜 짓을 할 수 있는지를 깨달았다. 나는 무서웠다. 너무 무서웠다. 그 순간 라라의 입을 막고, 이 상황에서 벗어나야겠다는 생각만 들었다. 내게 무슨 일이 일어나도 상관없었지만, 라라를 건드린다면 나는 미쳐버릴 것 같았다. 조금 전의 용기는 사라졌고, 심장은 쪼그라들었다. 전 대통령은 경호원들을 향해 돌아서서, "저 두 반역자를 대통령 모욕과 반란죄로 체포해. 우리와 같이 간다."라고 명령했다.

　검은 선글라스를 쓴 남자들이 우리를 향해 다가왔다. 그들은 먼저 라라의 팔을 잡았고, 그다음 나를 꽉 붙잡았다. 나는 아무것도 할 수 없었다. 그 상태로 섬 주민들을 바라봤다. 소설가를 죽였다는 소문도 있었는데, 우리를 이렇게 데려가는 걸 가만히 보고만 있을 건가? 오랜 세월 친구로 지낸 사람들이 우리를 이렇게 내버려 둘 건가? 주민들이 조금이라도 항의를 하면 우리를 풀어줄지도 모르잖아. 하지만 누구도 우리와 눈을 마주치려 하지 않았다. 모두 고개를 다른 쪽으로 돌리고 있었다.

그런데 바로 그 순간 사건이 벌어졌다. 아마도 지금까지 내가 직접 목격한 것 중 가장 고통스럽고 동시에 가장 용감한 행동이었을 거다.

구멍가게의 곱사등 아들이 지금까지 내가 들어본 적이 없는, 갈매기들조차 깜짝 놀랄만한 괴성을 질렀다. 그리고 전 대통령을 향해 빠르게 달려가 그를 들이받았다. 그 충격으로 두 사람 모두 절벽 밑으로 떨어졌다. 두 몸뚱이가 공중에서 허우적거리며 떨어졌고, 바위에 부딪혀 으스러졌다.

나는 온몸에서 피가 얼어붙는 것처럼 소름이 돋았다. 우리는 눈앞에서 벌어진 일을 믿을 수 없었다. 모두 절벽 아래로 눈을 돌렸다.

구멍가게의 말 못 하는 아들은 마치 제 몸을 던져 공격하던 갈매기처럼 달려들었고, 갈매기들보다 훨씬 더 큰 성공을 거뒀다. 불과 얼마 전, 이 절벽 끝에서 함께 새끼 갈매기들을 날려 보내던 걸 생각하니 눈물이 터져 나왔다. 날갯짓이 서투른 새끼 갈매기들이 이 바위에서 저 바위로 어설픈 날갯짓을 하며 하늘을 나는 방법을 배우던 장면이 눈앞에 어른거렸다.

누구의 관심도 받지 못했고, 사람으로도 대접받지도 못했던 아이. 그 아이가 존재한다는 것조차 인지하지 못하고 살았던 우리는 장애아의 목소리를 그렇게 처음으로 듣게 되었다. 그 괴성을 들었던 사람이라면 결코 잊을 수 없을 것이다. 그건 분노와 저항이 담긴 비명이었다. 세상의 모든 부당함과 억압에 맞서는 거대한 비명.

그때 구멍가게와 그의 아내의 울부짖음이 들렸다. 그건 땅과 하늘을 울리고 사람의 가슴을 찢어놓는 소리였다.

전 대통령의 경호원들은 공포와 공황에 빠져 허둥지둥 자리를 떠났고, 보트에 올라 곧바로 섬을 떠났다.

우리는 상처 입고 상실감에 젖은, 그리고 고통스럽고 분노에 찬 소수의 무리로 섬에 남았다. 다음날 군대가 와서 우리 모두를 체포해 악명 높은 군 교도소에 가둘 때까지.

바다 위 성처럼 거대한 군함에서 고무보트들이 내려졌고, 군인들은 우리를 그룹으로 나누어 선착장에서 군함까지 데려갔다. 카키색의 까칠까칠한 군복을 입고, 도끼로 대충 깎으면 그렇게 나올 것 같은 얼굴에, 거친 눈빛을 한 군인들이 군함 갑판에서 우리 모두를 한 줄로 엮었다.

바위에서 수습한 전 대통령의 훼손된 시체는 관에 넣어졌다. 그리고 군대 의식에 따라 배에 옮겨졌다. 장교들과 그 장교들의 명령을 따르던 군인들이 살인적인 분노를 담은 눈길로 우리를 바라봤다. 나는 그들과 눈을 마주치지 않으려고 애썼다. 남자와 여자를 다른 곳에 수용했기 때문에 라라를 볼 수는 없었다. 내 오른손과 1호의 왼손이 수갑에 채워져 있었다. 1호와는 대화를 나누지는 않았지만, 아래로 축 처진 어깨와 매 맞은 개처럼 바라보는 시선만으로도 그가 엄청난 후회를 하고 있다는 게 느껴졌다. 우리의 어떤 경고도 듣지 않고, 전 대통령과 한통속이던 이웃들도 우리와 마찬가지로 묶여 있었다.

섬의 미래에 대해 휘황찬란한 꿈들을 꾸었던 그들이 그 꼴이 되어있었다. 부자가 되고, 행복과 자유가 섬에 찾아올 것이라고 생각했었을 것이다. 결국, 모두가 패배했다. 전 대통령도, 그의 말을 따랐던 사람들도, 그에 반대해서 저항했던 사람들마저도. 누구도 승리하지 못했다. 라라가 말했던 것처럼, 자신들을 건드릴 사람 하나 남지 않은 갈매기를 제외하곤 말이다.

우리는 굴복해서 패배했다. 점차 수위를 높여가던 권력의 폭압이 얼마나 더 극에 달할 수 있는지 예상하지 못했기에 패배했다. 그 나무들이 잘려 나갔을 때, 그리고 구멍가게 아들이 얻어맞았을 때, 우리는 우리의 목소리를 냈어야 했다. 저항했어야 했다. 우리는 그러지 않았다. 전 대통령이 시도했던 모든 것들을 너무나 순진하게 받아들였다. 하지만 갈매기들은 저항했고, 타협하지 않았기에 승리했다.

이 상황에서 고개를 숙인 인류가 더 똑똑했던 건가, 아니면 저항한 갈매기가 더 똑똑했던 건가라는 질문을 던져야 맞지 않을까?

우리는 이곳 감옥에 갇혀있고, 우리가 저지른 원죄의 값을 치르는 중이다. 한 인간의 유혹에 넘어갔고, 눈을 감은 채 그 인간의 뒤를 따라나섰던 원죄 말이다. 인간은 저항한다는 정의를 망각한 것, 이기주의, 예측 부재, 외면, 독재에 굴복, 작은 것에 대한 탐닉과 같은 죄의 대가를 치르고 있다. 이 글은 우리 일상에서의 작은 굴복들이 만들어낸 작은 원죄들에 관한 이야기다.

군인들은 쉬지 않고 질문을 했고, 전 대통령에 대한 공격을 누가 계획했는지 밝히려고 했다.

나는 이 글을 다친 손으로 습하고 어두운 독방에서 쓰고 있다.

라라의 소식은 들을 수 없었다. 그녀에게 무슨 일이 있는지 알 수 없었다. 소설가도 이 교도소에 있는지 없는지 알지 못했다. 아무것도 알지 못했다. 아무것도!

단지 이상한 소문만 무성하다는 건 알고 있었다. 식당, 세탁실, 심문을 받으러 갈 때 사람들이 서로 수군거리는 말에 따르면, 소설가는 여전히 도피 중이었다. 섬으로 돌아가기 위해 바다로 나가는 걸 본 사람이 있다고도 했다. 최근에 다시 섬에서 살기 시작했을 것이라고도 했다. 섬에 새로 나무를 심고, 집을 지을 것이라는 말도 있었다. 소설가의 옛 친구 중 그를 돕기 위해 섬으로 가는 사람도 있을 거라는 말까지 나돌았다. 섬은 다시 활기를 찾을 것이고, 우리도 다시 섬에서 살기 시작하게 될 거라고, 지상의 낙원을 다시 만들게 될 거라고 말이다.

군함에서 내리면서 우리를 떼어 놓을 때, 라라가 마지막으로 잠시 나를 바라보던 눈빛을 떠올리지 않으려고 나는 노력했다. 그 장면을 생각하면 미쳐버릴 것 같았다. 미쳐서 내 머리를 독방 벽에 박아 산산조각을 낼 것 같았다. 그래서 나는 생각을 차단했다. 나 자신을 세뇌시켰다.

전 대통령의 장례식은 성대한 국장으로 치러졌다고 군인들이 우리에게 알려줬다. 장례식은 텔레비전에서 생중계되었다. 전 대통령의 산산조각이 난 시체가 안치된 흑단 나무 관은 국기에 덮여 견인포 차량으로 운구되었다고 했다.

장례식에서는 전 대통령의 영웅적인 업적과 이 나라를 위해 바친 그의 희생이 줄줄이 나열되었다. 여러 형태로 국익을 훼손하려는 테러리스트들과 그 사이에 테러리스트 두목이 된 구멍가게 아들에게 저주가 퍼부어졌다고 한다. 그리고 전 대통령은 가족과 국민의 눈물 속에서 국가 영웅들의 묘지에 안장되었다.

이제 나의 회상은 여기서 끝낼까 한다. 밤낮으로 '내 사랑 당신은 어디에, 어디에, 어디에 있는 거야?'라는 질문으로 나는 미쳐가고 있었다. 미치지 않기 위해 다른 곳에 정신을 돌릴 만한 일을 찾은 게 이 글을 쓰는 것이었다. 하지만 이제 그 일마저 끝나버렸다.

사랑하는 나의 친구, 자네가 어느 날 볼테르의 책을 예로 든 적이 있었지. 이스탄불에 있던 정원사가 평온을 갈구하던 캉디드에게 "정원을 가꿔!"라고 한 충고를 인용하며 내게 "이야기를 써!"라고 한 적이 있었어, 기억나?

"그냥 이야기를 써!"

나도 그렇게 했다네.

우리가 마지막 섬을 어떻게 잃게 되었는지에 대한 이야기를 말일세.

작가와의
질의응답

Q.

'마지막 섬'의 화자는 섬을 '마지막 은신처, 마지막 남은 인간적인 자투리땅'이라고 표현하고 있습니다. 화자는 '모두 자발적으로 참여해서 최선을 다했다.'라는 표현으로 섬에서의 경제활동을 설명하고 있는데요, 제가 보기엔 거의 유토피아 같은 세상이나 다름없습니다. 하지만 이런 상황이 길게 가지는 못하죠. 이 소설은 유토피아로 시작해서 디스토피아로 끝납니다. 섬을 현실 세계로 확대해본다면, 작가님은 이것이 전 세계적인 현상이고 피할 수 없는 것이라고 보시는지요?

A.

'마지막 섬'은 특정 국가에 대한 이야기가 아닙니다. 어떻게 보면 저의 정치적 성향이 가장 강하게 드러난 소설이라고 할 수 있습니다. 터키와 전 세계에 관해 제가 생각했던 것들을 외딴섬에서 살아가는 사람들과 갈매기 그리고 독재자라는 세 가지 축으로 설명해보려고 했습니다. 수많은 뉴스 속에서 묻혀버리는, 우리가 놓치고 있는 진실을 한 걸음 떨어져 객관화시키면 더 잘 묘사할 수 있을 것이라고 생각했습니다. 사람들은 편향된 뉴스의 홍수 속에서 진실을 거짓과 구분해내고, 굽은 것 속에서 곧은 것을 찾아내는 데 어려움을 겪고 있습니다. 사실 대다수의 사람은 어제는 잊어버리고, 내일은 생각지 않습니다. 오로지 지금을 살고 있을 뿐입니다. 집권자들과 언론이 이 '지금'을 조작하기 때문에 사람들은 대부분 잘못된 판단을 하게 됩니다.

Q.

소설에서 전 대통령이 무성한 나뭇길을 '공원이나 정원의 가지치기 방식으로 정리'하는 것으로 섬 주민들의 '무정부 상태'를 바로잡으려고 시도하는 것을 보면서, 지방자치단체들의 잘못된 녹지조성 개념과 게지 공원 시위를 떠올리지 않을 수 없습니다. 인생이야말로 예술을 모방한다는 걸 다시 한번 확인하게 되는데요. 환경문제에 민감한 예술가로 유명하신 작가님께서는 이 점을 어떻게 보시는지요?

A.

인생이야말로 예술을 모방한다는 말을 저는 갈수록 더 믿게 되었습니다. 사실, 5년 전(2008년)에 출간한 '마지막 섬'이 마침 게지 시위와 너무 맞아떨어지더군요. 그러니까 삶을 제대로 간파할 수 있다면, 예술을 통해 시간과 공간을 초월한 차원으로 옮겨올 수 있다는 말이 되겠지요. 세계문학과 터키문학에는 이와 유사한 수많은 예가 있습니다. 게지 시위를 즉각 알리는 건 언론의, 끝난 이후 사태를 평가하는 건 사회학과 역사학의, 그리고 미래를 예측하고 알리는 것은 문학예술의 몫입니다.

Q.

전 대통령은 '운영위원회'를 통해 섬을 통치하기 시작하게 되는데요, 독자들은 이 부분에서 이상한 점을 느끼지 못합니다. 그래서 '지금 벌어지고 있는 장면들은 다 연극일 뿐…'이라는 문장에서 볼 수 있듯이 사태가 파국을 맞이하게 될 것이라는 단서가 주어지지 않은 채 이야기가 전개되죠. 역사를 통틀어 살펴보면, 대부분의 파시스트 정권의 피해자들은 처음에 그들의 정책들을 연극 보듯 했고, 이 소설에서처럼 그들의 행동에 크게 관심을 두지 않았습니다. 이런 상황이 현재에도 존재한다고 보시는지요?

A.

1970년대에 제가 노래로 불렀던 메스레키 바바의 시를 보면 '늘면 늘었지 줄지 않네 / 억압은 서서히 서서히'라는 구절이 있습니다. 이 멋진 시구에 담긴 '서서히'에 주목해야 합니다. 모든 독재자는 초기에 자신의 이익을 마치 사회의 이익인 것처럼 보이려고 애를 쓰지요. 처음에는 누구도 겁먹지 않게 조심합니다. 하지만 권력이 커지고 자신감이 충만해지면 이빨을 '서서히' 드러내기 시작합니다. 당연히 프랑스 혁명과 같은 격변을 말씀드리는 게 아니라, '민주적'인 방식으로 집권한 '선출된 왕'을 두고 하는 말입니다.

Q.

이 작품에서 가장 중요한 것 중 하나가 너무나 민주적인 방식으로 선출된, 다수의 지지를 받는 집권 세력도 파시즘이 될 수 있다는 것인데요. 이것과 연결 지어보면, '이 섬에서 모든 결정은 민주주의적인 절차에 의해서 내렸어. 다수의 표가 무엇을 원하든 그대로 한 것뿐이야.'라는 부분에서 알 수 있듯이, 민주주의라는 것이 사실 얼마나 기만적인 개념인가를 너무나 고통스러운 종말을 통해 느끼게 된다는 것입니다. 우리가 많이 들어왔던 '다수가 정의다'라는 말을 바로 이 부분에서 지적하고 있는 것이라 생각합니다. 작가님께서는 어떻게 생각하시는지요?

A.

70년대에 '줌후리옛'지는 단답형 문답 형식으로 여러 사람의 답변을 연재한 적이 있었지요. 제게는 '민주주의'라는 질문이 왔고, 저는 '다수의 독재'라는 대답을 한 적이 있습니다. 이 발언이 꽤 논란이 되었지요. 그 당시 '민주주의'라는 단어는 너무 신성시되고 있었고, 제가 내린 정의를 많은 사람이 싫어했어요. 모리스 뒤베르제도 민주주의를 저와 비슷하게 정의 내렸습니다. 당연히 이상적이고 진정한 민주주의를 두고 정의한 건 아닙니다. 가면 뒤에 숨어있는 포악하기 그지없는 연극에 대해 말한 겁니다. 정말로 민주적인 권력이 되려면, 다수주의가 아니라 다원주의에 바탕을 두어야 하고, 권력 분립이 완벽하게 이뤄져야 합니다. 지금 우리가 겪고 있는 고통스러운 경험을 통해 이 개념을 더 잘 이해하게 되었다고 할 수 있죠. 예를 들자면, 사법부가 처참한 상황에 처했는데 정권을 누가 견제한단 말입니까!

Q.

비록 원치 않았다 하더라도, 독재자들은 권력을 유지하기 위해 억압적인 방법들을 선택하게 되고, 자신들이 주도한 '무력 선전' 방식으로 인해 스스로의 무덤을 파게 되는 독재의 딜레마라는 게 있죠. '이 일로 얼마나 놀랐던지 제대로 생각을 할 경황도 없었다. 오직 하나, 갈매기들에게 화를 낼 생각조차 못 했다는 건 확실했다. 그 대신에 이 지경으로 만든 전 대통령에 대한 증오가 커졌다.'라는 부분에서도 언급되는데요, 이와 유사한 경우들을 고려하시면서 이 작품을 쓰셨는지요?

A.

집권 세력의 권력 중독은 피할 수 없는 것이지요. 독재자들은 자신의 통수권 아래에 있는 군인과 경찰들을 믿고 다수의 대중을 '바로잡을 수 있다'라고 생각하는 실수를 범합니다. 그렇지만 이게 불가능하다는 것을 보여주는 역사적인 예들은 넘쳐나죠. 무솔리니처럼 모든 독재자는 끝까지 포기하지 않습니다. 광장에 시체로 매달릴 때까지 멈추지 않았죠. 이 작품을 집필하는 동안 군사독재와 쿠르드족 문제들이 제 머릿속에 있었습니다만, 나중에는 다른 문제에서도 유사한 점들이 보이더군요. 마치 소설을 읽은 사람이 소설처럼 그대로 한 게 아닌가 할 정도로 말입니다.

Q.

'마지막 섬'은 모두가 패하고 오로지 갈매기들만이 '저항했고, 타협하지 않았기에' 승리한 암울한 상황에서 미래에 대한 희망을 품는 것으로 막을 내립니다. 화자는 '나무들이 잘려 나갔을 때, 그리고 구멍가게 아들이 얻어맞았을 때, 우리는 목소리를 냈어야 했고 저항했어야 했다'라고 후회하죠. 소설가가 말한 것처럼 '어딘가에 악이 존재한다면, 그곳에 있는 모든 사람에게는 조금씩의 책임이 있는 것'이라고 할 수 있지 않을까요. '게지 정신'에 대해 이야기가 나오고 있는 지금, 작가님은 조금이나마 희망을 품게 되셨습니까?

A.
말씀하신 것에 전적으로 동감을 합니다. 악이 그 모습을 드러낼 때 그에 맞서 대항하지 않는 모두는 그 악행에 일정 부분 동참한 것이나 다름없습니다. '서서히' 독재자의 자리를 차지한 자들에게 처음부터 '아니'라고 해야 합니다. 저항하는 것은 고귀한 것입니다. 갈매기들은 저항했기에 승리했지만, 갈매기들의 희생도 적은 건 아니었습니다. 이 작품은 사회와 자연은 스스로 균형을 잡아간다는 것, 더 정확히 말하자면 균형을 잡아야만 한다는 점에 초점을 맞추고 있습니다. 만약 이런 균형을 깨트리려 한다면, 그 결과는 재앙이 될 것입니다. 자연도 인간도 파국을 맞이하게 되는 것이지요. 이런 학살은 어떤 경우에는 대놓고 독재의 방식으로, 또 어떤 경우에는 '민주주의'라는 속임수 뒤에 숨어서 자행됩니다. 독재자는 위원회나 의회 같은 조직의 뒤에 숨어서 마치 커다란 시스템이 작동하는 것처럼 보여주지만, 독재자 한 사람 손에서 결정됩니다. 시스템이라고 하는 것들은 모두 장식품에 불과하지요. 한 사람이 모든 결정을 내립니다. 그 독재자는 시간이 흐르면서 '권력의 부패'라는 과정을 거치게 되고, 신이 세상을 지배하라고 자신을 창조한 것이라 믿기 시작합니다. 게다가 세상을 지배하는 걸 자신의 당연한 권리라고 생각하지요. 그래서 반대하는 자들에게 화를 내고 분노합니다. 국민이 자신들의 목소리를 높이면 '반역'이라고 생각합니다.

솔직히 말씀드리면, 이 작품을 집필할 당시는 지금보다 더 절망적이었습니다만, 많은 사람처럼 게지 시위가 저의 숨통을 튀워주었습니다. 조직되지 않은 자발적 시위를 보고 인류는 멸종하지 않을 것이라는 생각을 했습니다. 그 역사적인 시기를 젊은 친구들과 함께 경험할 수 있는 행운을 얻게 되어 행복합니다.

옮긴이의 말

터키에서 일어난 1960년, 1980년 두 번의 군사 쿠데타만 보더라도 터키의 현대사는 우리와 닮은 점이 많다. 잦은 쿠데타와 군의 정치개입에도 불구하고, 이에 맞서는 국민적 저항은 미약했다. 친이슬람 정당의 장기 집권을 통해서야 겨우 군부의 통제가 가능해졌지만, 막강한 친이슬람 정치세력의 등장은 군부와 자리바꿈에 지나지 않았다.

쥘퓌 리바넬리는 군부의 영향력이 막강하던 1970년대에 사상범으로 군 형무소에 투옥되었다. 해외 도피와 망명 기간도 길었다. 그의 많은 작품에 이 시기의 경험들이 투영되어 있다. 그래서 감옥, 군인에 대한 이미지 묘사가 그의 작품에 빠지지 않고 등장한다.

쥘퓌 리바넬리는 군부뿐만 아니라, 현재까지 장기 집권 중인 친이슬람 유사 독재정권 아래에서도 자신의 신념을 굽히지 않았다. 그의 음악과 문학작품들은 늘 터키 국민들을 향한 외침이었다. 여성, 환경, 정의, 평화는 빠지지 않는 그의 작품 소재였다.

역자가 『마지막 섬(Son Ada)』을 번역해보겠다고 용기를 냈던 2013년 봄, 터키는 한창 부패 정권을 몰아내고자 하는 시위로 뜨거웠다. 정의개발당 정부가 단순한 친이슬람 성향의 정권이 아니라, 독재로 가고 있는 정권이라는 걸 국민이 자각한 계기가 된 시위가 바로 게지 공원 시위였다. 2008년에 출간된 『마지막 섬(Son Ada)』은 게지 공원 시위 이후, 또 한 번 독자들의 관심을 받았다. 이 책 말미에 있는 '작가와의 질의응답'은 게지 공원 시위 이후 추가되었다. 꼭 읽어보길 독자들에게 권하고 싶다.

작가 쥘퓌 리바넬리의 작품 중 세 편은 다른 번역가들의 노력으로 우리나라에 이미 소개된 바 있다. 『마지막 섬(Son Ada)』은 한국 독자에게 소개되는 그의 네 번째 작품이다. 그는 최근 다른 활동을 접고 집필활동에만 전념하겠다고 선언했고 새로운 작품이 매년 발표되고 있다. 매 작품이 베스트셀러가 되며 터키 독자들의 많은 사랑을 받고 있다. 쥘퓌 리바넬리의 훌륭한 작품들을 우리 독자들에게 소개하는 일은 이제 역자와 출판사의 몫이다.

2022년 10월, 오진혁

“세상 모든 것에 감탄하는 지혜로운 사람들의 공간”
도서출판 호밀밭

마지막 섬
ⓒ 2022, 쥘퓌 리바넬리 Zülfü Livaneli

지은이	쥘퓌 리바넬리 Zülfü Livaneli
옮긴이	오진혁
초판 1쇄	2022년 11월 30일
2쇄	2023년 03월 30일
편집	박정오 책임편집, 임명선, 하은지
디자인	박규비 책임디자인, 전혜정, 최효선
미디어	전유현
경영전략	김태희, 최민영
마케팅	최문섭
종이	세종페이퍼
제작	영신사
펴낸이	장현정
펴낸곳	호밀밭
등록	2008년 11월 12일(제338-2008-6호)
주소	부산광역시 수영구 연수로 357번길 17-8
전화, 팩스	051-751-8001, 0505-510-4675
전자우편	homilbooks@naver.com

Published in Korea by Homilbooks Publishing Co, Busan.
Registration No. 338-2008-6.
First press export edition November, 2022.

Author Zülfü Livaneli   **Translator** Oh, jin heouk
ISBN 979-11-6826-076-4   03830